愛されすぎて困ってます!?

登場人物紹介
クレイグ
大国アルグレード王国の王太子。
自信にあふれ、色気のある美丈夫。
『大陸会議』の場でフォルカナの王女を
妃に迎えると宣言するが……
セシリア
フォルカナ王国の第七王女。
頼れる後ろ盾もなく
使用人のような生活を送っている。
数々の嫌がらせを受け続け
したたかで達観した
性格となった。

王妃
フォルカナ王国の王妃。
娘であるエメラルダを
溺愛する。
エメラルダ
セシリアの異母妹。
絵に描いたような
傲慢・高飛車《たかびしゃ》・
自己中なお姫様。
マティアス
クレイグの側近。
優しく実直な好青年。
時に厳しくクレイグを
支える。
ラーナ
クレイグの妹。十歳。
アルグレード王国の
第一王女。天真爛漫《てんしんらんまん》で
おしゃまな少女。

プロローグ

いくつもの国々がひしめくひとつの大陸がある。

そのちょうど中央に位置する小国――それがフォルカナ王国だ。

国土も狭く、四方を多くの国に囲まれた弱小国ではあったが、七年ごとに行われるある慣習により、戦争や侵略といった憂《う》き目からは長く遠ざかっている。

そして、その慣習――俗に『大陸会議』と呼ばれる催《もよお》しが、再び幕を開けようとしていた。


「そろそろ国内外からの来賓《らいひん》が広間へ集まる時刻です。王城の者一同、気を引き締めて、決して粗《そ》相《そう》のないように！」

「グラスの数が足りない！　早急に運ぶように！」

「料理もまだ運べないのか？　気の早い来賓はそろそろ客室から出てくるぞ！」

「急げ、急げ！」

大陸中の国々の要人が一堂に会する『大陸会議』。その初日である今日は、フォルカナ王城を訪れた人々を歓迎するための舞踏会が開催される。

この日のために、城の者たちはそれこそ数ヶ月前から支度を始めているのだが、当日ともなれば必ず上を下への大騒ぎとなる。

数え切れないほど多くの蝋燭《ろうそく》と瑞々《みずみず》しい生花で飾り立てられた大広間には、早朝から多くの人々が出たり入ったりと実に忙しい。

だが、王城の奥にしつらえられた後宮もそれと同じくらいに慌ただしく、特に『薔薇《ばら》の間』と呼ばれる豪華な部屋では、部屋の主《あるじ》の甲高い声がひっきりなしに響いていた。

「そろそろ開場の時間よ！　ぐずぐずしないで急ぎなさいよ！」

部屋の主の名はエメラルダ。このフォルカナ王国の王女のひとりで、父である国王にもっとも可愛がられている娘だ。

緑色の瞳が印象的な美少女だが、外見と同じく内面も美しいかと言われればそうではない。

「髪飾りは真珠がついたものだと言ったでしょう⁉　どうしてわからないのよ！」

(――言われていないのだから、わかるはずがないわ)

エメラルダのいつもながらの高慢さに、髪飾りを差し出した侍女――セシリアは、思わずため息をつきたくなる。

だがそんな内心はおくびにも出さず、神妙に謝って身をかがめた。

――そのとき、彼女の傷《いた》んだ髪が一房、肩を滑って落ちる。

鏡越しにそれを見やったエメラルダは、猫が鼠をいたぶるように目元を歪《ゆが》めた。

「相変わらず冴えない髪をしているわね。せっかくの銀髪が台無しじゃない？」

セシリアは答えず、真珠の髪飾りを取り出し、エメラルダの癖の強い髪に留める。その反応がおもしろくなかったのか、フンと鼻を鳴らしたエメラルダは、軽く手を払って他の侍女たちに下がるよう合図した。

部屋にエメラルダとふたりきりになったセシリアはげんなりする。こういうとき、この王女様はたいていセシリアのことをねちねちといたぶりにかかるのだ。

案の定、鏡越しにこちらを見つめるエメラルダは楽しげに語り出した。

「あなた知っていて？　今夜の舞踏会で隣の大国アルグレードの王太子殿下が、我がフォルカナ王国の王女に求婚するのですって。お父様から聞いたお話だから間違いないわ」

色を塗った爪を見つめるエメラルダからは、まぎれもない優越感が見て取れる。大国の王太子に求婚されるのが自分だと信じて疑っていないのだろう。

いつにも増してピリピリしているエメラルダを不思議に思っていたが、そういうわけか。謎が解けてすっきりした一方、セシリアの胸にかすかな憤《いきどお》りが湧き上がってきた。

（大国の王太子様だかなんだか知らないけれど、わざわざ『大陸会議』の歓迎舞踏会で求婚しようなんて……）

なんてはた迷惑な、とついつい思ってしまう。支度をする側はおかげで大忙しなのだから。

髪飾りをつけ終えたセシリアは、扇を収めた大きな箱を引っ張り出す。

蓋《ふた》を開けた状態で箱を差し出すと、エメラルダはゆっくりと扇を選び始めた。

「まだ誰が選ばれるかわからないということだけど、お父様はわたしに、特に美しく装うようにと仰《おっしゃ》ったわ。それだけで答えはわかったようなものじゃない？　今頃、他の王女たちも精一杯着飾っているかと思うと、滑稽《こっけい》すぎて笑えるわ。……ああ、でも」

手にした扇を放るように箱に戻し、エメラルダはにたりと笑った。

「この後宮には、母親が死んで後ろ盾もない、かわいそうな王女がひとりいたんだったわね。舞踏会に出るためのドレスも作れず、つぎはぎだらけのお仕着せを着て、同じ年の王女に仕えている気の毒なお姫様が……」

そう言って、エメラルダは組んだ手に顎《あご》を載せて鏡越しにセシリアを見つめる。

セシリアはと言えば、重い箱を持ち続ける腕がぷるぷる震えてきて、答えるどころではない。

その様子に気づいているのだろう。エメラルダはもったいぶって、箱の中の扇を手にとっては戻すを繰り返した。

「でも仕方ないわよね。同じ年の王女と言っても、あなたの母親は貧乏男爵家の娘で、たまたま陛下のお手つきになっただけ。それに比べてわたしのお母様は、国内有数の侯爵家出身の王妃ですもの。最初から格が違うのよ、格が。それを充分にわきまえて過ごすなら、嫁いだあともあなたのことを侍女として取り立ててやってもよくってよ」

ようやく扇を選んだエメラルダは上機嫌に立ち上がる。

彼女に言われた内容はともかく、ようやく箱を下ろせることにセシリアはほっとした。

だが次の瞬間、腕をバシッと強く叩かれ、大きくよろめく。

「あっ……！」

色とりどりの扇が音を立てて床に落ちる。そのうちのいくつかが落ちた弾みでばらばらになると、エメラルダが「まぁ！」とわざとらしく声を上げた。

「なんてことをしてくれるのよ！　この扇ひとつでどれだけすると思っているの！」

「も、申し訳……」

「これだからおまえはグズだというのよ。そうやってお仕着せ姿で床に這《は》いつくばっているのがお似合いだわ！」

手にした扇で再びセシリアの腕を打ち据《す》え、エメラルダは高笑いしながら部屋を出て行った。

パタンと扉が閉まる音を聞いて、セシリアはゆっくり肩から力を抜く。

毎度のこととはいえよく飽《あ》きないものだと、散らばった扇を片付けながらふーっとため息をついた。

――エメラルダの言う通り、セシリアも一応はこの国の王女だ。

後ろ盾もなく、ほとんど忘れ去られた王女ではあるが。

彼女の母は男爵家の出身で、行儀見習いとして王城に上がった際、国王陛下のお手つきになりセシリアを身ごもったそうだ。

しかし大勢の妃が暮らす後宮の中で、身分の低い母の存在はあってないようなもの。そのため母子ともども国王陛下に顧《かえり》みられることはなかった。

さらに母が病で亡くなると、セシリアは後宮内で完全に孤立する。

そんなセシリアに目をつけたのがエメラルダだった。

彼女曰《いわ》く、自分の侍女に取り立てることでセシリアに後宮での居場所を与えてやりたいということだったが、実際は憂《う》さ晴らしのためにそばに置いているとしか思えない。

なにが気に入らないのか、エメラルダは幼い頃からセシリアに嫌がらせをしてきた。おかげでセシリアは多少のことでは動じない強い心臓を手に入れたわけだが、だからといって虐《しいた》げられることに慣れたわけではないのだ。

ヒリヒリ痛む腕をさすり、扇を片付けていると、閉じた扉が控えめに開けられた。

「あの……セシリア、様。エメラルダ様が会場についてくるようにと仰《おっしゃ》っていますが」

先に退室していた侍女のひとりがそう伝えてくる。

腫《は》れ物にさわるような態度に苦笑を覚えつつ、セシリアは「わかったわ」と頷いた。

さんざん『グズ』だと言いながら、エメラルダは舞踏会や晩餐会があれば必ずセシリアを同行させる。

——おそらく華やかな場所にセシリアを引っ張り出すことで、さらに惨《みじ》めな思いを味わわせようとしているのだろう。我が異母妹ながら、本当に陰険なお姫様である。

急いで片付けを終え、セシリアは後宮から大広間へと急ぐ。

多くの使用人とすれ違ったが、さすがに会場となる広間の入り口ではそういった慌ただしさは見受けられない。代わりに、盛装に身を包んだ来賓《らいひん》が楽しげに入場していくのが見えた。

「なにをしているのよ、セシリア！　さっさといらっしゃい」

人いきれの中、エメラルダを探してきょろきょろしていると、当の本人から呼びつけられる。慌てて近寄れば「本当にグズなんだから」とまた毒づかれた。

「広間に入ったら、わたしには王女としての社交の務めが待っているから。おまえは女官と一緒に端《はし》に控えていなさい」

扇の陰でひそひそと指示を伝えてから、とびきりの笑みを浮かべたエメラルダは堂々と会場入りしていく。

そのあとに続く形で大広間に足を踏み入れたセシリアは、目に飛び込んできたきらびやかな光景に思わず息を呑んだ。

七年に一度の特別仕様で飾られた大広間は、まさに圧巻の一言に尽きた。

数え切れないほどの蝋燭《ろうそく》と生花で彩《いろど》られた会場は、既に多くの参加者で賑《にぎ》わっている。

広間のきらびやかさもさることながら、社交に勤《いそ》しむ人々の装いもまばゆいほどだ。

(なんて豪華……七年前もこんなふうだったかしら?)

七年前は、セシリアも王女のひとりとして、きちんとドレスを着て参加していた。

だがそのときの様子はおぼろげにしか思い出せない。例によってエメラルダに嫌がらせをされたことは、なんとなく覚えているのだが。

そこでふと、別の記憶が頭をよぎってセシリアは眉を寄せる。

頭に浮かんだ光景はきらびやかな広間ではなく、薄暗い中庭のようなところだった。

(そういえばエメラルダに嫌がらせをされたあと、庭を通って部屋に戻ったのだわ)

きっとそのときの記憶だろう。

疑問を早々に結論づけたセシリアは、広間の隅を移動して、壁伝いに控える女官たちの列に加わる。

参加者の細々《こまごま》とした用を聞くための女官は、いずれも若い者ばかりだ。彼女たちも初めて見るであろうこの場の雰囲気にすっかり興奮して頬を赤く染めている。

(本当に、こんな綺麗な会場を見られるだけでも役得だと思わないとね)

その国独自の衣装に身を包む人々を見るのは楽しいし、次々に運ばれる飲み物や料理を目にするだけでもわくわくする。反対側の壁際では楽団が緩《ゆる》やかな音楽を奏でていて、参加者たちのお喋《しゃべ》りをより楽しいものに彩《いろど》っていた。

そうしてすっかり夢見心地に浸《ひた》りそうになっていた頃。

会場入りする参加者たちを吟味していた年頃の令嬢たちが、きゃあっと華やいだ声を上げる。

「見て、アルグレード王国の王太子殿下よ!」

その声を聞きつけた舞踏会の参加者たちが、一斉に大広間の入り口を振り向き、ほぅっと感嘆のため息を漏《も》らした。

同じようにそちらを向いたセシリアも、現れたそのひとに目が釘付けになってしまう。

(なんて凜々《りり》しい方なのかしら……)

すらりと背の高いその人物は、盛装ではなく軍服に身を包んでいた。

艶《つや》やかな茶褐色の髪は綺麗に整えられ、前髪からのぞく目元は涼やかで印象的だ。すっと通った鼻筋や、頬から顎《あご》にかけてのラインが美しく、胸にいくつも並んだ勲章の力強さと相まって、惚れ惚れするほどの男ぶりである。

（あの方がアルグレードの王太子殿下……）

なるほど、エメラルダが身支度に力を入れるわけだ。

大国の次期国王であれほどの美青年が相手となれば、目の色を変えるのも頷ける。

セシリアは会場を見回しエメラルダを探した。きっと王太子殿下の入場を知って、我先にと声をかけに行くはずだ。

思った通り、会場の奥で談笑していたエメラルダが姿を見せた。淑女らしく滑るように移動しているが、その顔は期待で輝いている。見ているとエメラルダだけでなく、なんとフォルカナ国王まで出迎えにやってきた。

「これはアルグレードの王太子殿下、ようこそおいでくださった！　今宵《こよい》の舞踏会で我が娘たちから花嫁を選ぶと聞いて、待ちわびておったのですぞ！」

わざとらしく大声で挨拶する父に、セシリアは思わず眉を寄せる。

『大陸会議』の主催国の長《おさ》として、また舞踏会の主催者として挨拶に向かうのはまだいいとしても、続く言葉はあまりに品がない。他国からの参加者も何人かそう思ったらしく、セシリア同様に眉をひそめている。

だがほとんどの人々はアルグレードの王太子が『花嫁を選ぶ』と聞いて、真偽を確かめるように王太子殿下を見つめていた。

軍服姿ながら、この広間の誰よりも存在感のある王太子殿下は、フォルカナ国王の無礼にもにこりと笑顔を返し、胸に手を当てて一礼した。

「フォルカナ国王陛下、お招きいただきありがとうございます。事前に文書でお伝えした通り、今宵《こよい》、貴国の王女より我が花嫁を選びたいと思っております」

「おお……っ、我が国にとってはまたとない栄誉。ささ、どうぞお選びください。未婚の姫は全員この舞踏会に参加しておりますゆえ」

そう言いながら、父王がさりげなく前に出したのはエメラルダだ。当然選ばれるつもりでいる彼女も、頬を紅潮させ王太子に熱い視線を送っている。

秀麗な美貌を裏切ることのない爽《さわ》やかな笑みを浮かべた王太子は、エメラルダを含む未婚のフォルカナ王女たちをぐるりと見回した。

王女たちはもちろん、会場全体が固唾《かたず》を呑んで彼の言葉を待っている。

が、彼は王女たちからついと視線を外すと、なぜか居並ぶ他の参加者たちに目を向けた。

フォルカナの王女たちがざわつく中、たっぷり時間をかけて会場中を見回した彼は――

「――見つけた」

そう呟《つぶや》くと、なんと隅に控えていた女官たちの一団に向かって歩き出したのだ。

会場中の視線が集まり、そのあまりの迫力に女官たちがぎょっと一歩退《しりぞ》く。セシリアもつられて後退した。しかし次の瞬間、こちらに向けられた王太子の視線が強くなり、セシリアは縫《ぬ》い止められたように動けなくなる。

自分のそんな反応に驚き、混乱しているあいだに、王太子殿下が大股でこちらに近づいてきた。マントがはためき、肩から下がる飾緒《しょくちょ》が明かりを受けてキラキラ輝く。見惚《みと》れるほど美しい姿なのに、セシリアはなぜか背中に冷や汗が伝うのを感じた。

果たして、王太子の足はセシリアの正面でぴたりと止まる。女官たちが慌ててセシリアのそばから離れたことで、ぽっかり空いた空間にふたりだけになった。

「えっ。あ、あの……？」

「フォルカナ王国第七王女、セシリア・エルマ・ステイン＝フォルカナ姫」

王太子殿下の力強い呼びかけに、セシリアは息を呑む。

それは間違いなくセシリアの王女としての名前であり、ここ数年誰にも呼びかけられることのなかったものだ。

そばにいた女官たちはもちろん、後宮住まいの妃や王女たちですら忘れ去っていたその名を、なぜ異国の王太子殿下が知っているのか――

「突然求婚する無礼をお許し願いたい。一刻も早く、あなたを妃にしたかったもので」

驚きのあまり言葉をなくして立ち尽くすセシリアの前に、王太子殿下は片膝をついた。

そしてつぎはぎだらけのお仕着せのスカートをそっと持ち上げると、その裾に恭《うやうや》しく口づける。

ただの侍女にしか見えない娘に、凛々《りり》しい王太子が跪《ひざまず》く。

本来ならあり得ない事態に、会場中が呆然と見守る中、当の王太子殿下は朗々と言い切った。

「セシリア王女、どうかアルグレード王国王太子クレイグ・アレンの妃として、我が国に嫁いできてほしい」

突然の、それも予想外の申し出に、セシリアの頭の中は真っ白になった。

第一章　思いがけない旅立ち

――七年に一度開催される『大陸会議』。

その名の通り、各国の要人たちが大陸中央部に位置するフォルカナ王国に集まり、国際情勢に絡《から》む様々なことについて議論する催事である。

約二ヶ月に及ぶ長期的な会議のあいだ、会議以外の催《もよお》し事も多く開かれる。舞踏会や狩猟など、国同士の親睦を深めることを目的としており、そこで婚姻の話が進むことも少なくはない。

なので、会議期間中の舞踏会で、一国の王太子が参加国の姫に求婚すること自体は、さしてめずらしくもない光景だ。

しかし、その求婚相手がとても王女には見えない……というより、どう見ても侍女にしか見えない娘であったことは大問題であった。

国の醜聞《しゅうぶん》にもなりかねない事態を前に、フォルカナ王国の中枢はひどく混乱し、困惑した。

ほぼ強制的にその渦中《かちゅう》に放り込まれたセシリアも動揺していたが、それ以上に彼女の頭を痛くさせていたのは、他でもないエメラルダとその母――この国の王妃の存在であった。

「――納得いきませんわ!!　なぜ王太子殿下はわたしではなくセシリアを選んだのです！　こんな生まれも卑《いや》しく侍女と大差ない小汚い娘、なにかの間違いとしか思えませんッ！」

髪を振り乱してそうまくし立てたエメラルダは、直後わああっと声を上げてその場に泣き伏した。

しゃくり上げる娘の肩を抱きながら、王妃が剣呑《けんのん》なまなざしでセシリアを睨《にら》みつける。

寵愛《ちょうあい》する妃と娘の嘆《なげ》きように国王はたじろいでいたが、うしろに控える臣下たちは幾分冷静だった。

「しかし先方から言われたのは『フォルカナ王国の王女の中から伴侶を選ぶ』ということだけで、それがエメラルダ様とは一言も言われておりませんよね？」

「結果的に大国と縁《えにし》が繋《つな》がれば、どなたが嫁がれることになっても我が国としては万々歳《ばんばんざい》です」

ぼそぼそと呟《つぶや》かれる意見は正論であったが、感情的になっているエメラルダと王妃には逆効果である。

「この女はわたしが王太子殿下に選ばれたがっていることを知っていたわ！　だからわたしへの当てつけに、王太子殿下を誑《たぶら》かしたのよ。会場入りする前に殿下とお会いして色目を使ったに違いないわッ！」

「まぁっ、なんと卑しいことを。王女の所行《しょぎょう》とは思えませんわ！」

ふたりから向けられるあまりに的外《まとはず》れな非難に、さすがのセシリアもげんなりしてきた。

あの求婚劇のあと、慌てて出てきた宰相や大臣たちによって、「突然のことに王女も混乱しているから」と、大広間から連れ出されて早数時間。

空き部屋に押し込められていたセシリアのもとに、父王を始めとする国の重臣たちがやってきたのはつい先ほどのことだ。

セシリアは待っているあいだ、これはきっと夢に違いない、そのうち醒《さ》めるはず……と半ば現実逃避をしていたが、やはりこの事態はまぎれもない現実のようだ。

目の前で泣き崩れる異母妹を前にして、セシリアもとうとう認めざるを得なくなった。

(『どうしてなの』と叫びたいのはこちらのほうよ……)

だが泣こうがわめこうがこの決定は覆《くつがえ》らない。他でもない大国の王太子が、衆人環視《しゅうじんかんし》の中で堂々と求婚し、宣言したのだ。セシリアを妃に迎えると。

驚きのあまりあの場で返事をすることもできなかったが、大国であるアルグレードに対して、小国のフォルカナに断る権利など、はなからないに等しい。

それにエメラルダたちはどうあれ、国政を担《にな》う重臣たちはこの婚姻を前向きに受け入れているようだ。

――その証拠に、老齢の宰相が口髭《くちひげ》を撫《な》でながら話をまとめにかかった。

「とにかく、アルグレードの王太子殿下のご要望を最優先にすべきです。王太子殿下はセシリア姫をお求めになった。それがすべてです。国王陛下、このお話、是《ぜ》とお返事してもよろしいですね?」

「うむ、まぁ……それしかないであろうな」

王妃とエメラルダから強烈な抗議の視線を受けながらも、そこは一国の国王、渋々と宰相の言葉に頷いた。

「ひとまず、セシリア姫に急ぎ後宮の部屋をご用意いたしましょう。身の回りのものと侍女も必要ですね」

「聞いたところ、王太子殿下は『大陸会議』が終わり次第、花嫁を連れて帰国なさるそうです。それまでに、セシリア姫には取り急ぎ大国の妃にふさわしい教育を受けていただかねば。陛下、よろしいですね？」

さっそくてきぱきと動き出す重臣たちを見やり、国王は重々しくため息をついた。そしておもむろにセシリアに向き直る。

「セシリアよ」

「は、はい」

国王である父にこうして名前を呼ばれるのは、もしかしたら初めてのことかもしれない。動揺して危うく声が裏返りそうになった。

「今よりそなたは正式に、アルグレードに嫁ぐ身となった。『大陸会議』終了までの二ヶ月、勉学に励《はげ》み、この国の王女として恥ずかしくない教養を身につけるように。よいな？」

それはもはや命令に他ならない。セシリアはぎこちなく頷いた。

「……承知いたしました、国王陛下」

お仕着せのスカートをつまみ、片足を引いたセシリアは精一杯淑女らしい礼をする。

エメラルダが噛みつかんばかりの目でこちらを睨《にら》みつけているのがわかったが、他にどう答えることができただろう。

（わたしが大国アルグレードの王太子妃に……）

あまりに予想外の転身に、セシリアも途方に暮れるしかなかった。

翌朝から、セシリアは王太子妃にふさわしい淑女教育を叩き込まれることになった。

なにせ嫁ぎ先はこの大陸でも一、二を争う大国、アルグレード。当然ながら妃に求められる教養も大陸一となる。まともな淑女教育を受けてこなかったセシリアのために、さっそく対策要員が集められた。

ところが、対策要員のひとりとしてセシリアのもとを訪れた王妃は、彼女へのいらだちを隠そうともしない。

セシリアに問題を解かせながらトントンと神経質に机を叩き、時折舌打ちまで響かせるのだ。普通ならたちまちすくみ上がってしまうほど威圧的な態度だった。

だが幼い頃から数々の嫌がらせを受けてきたセシリアは、この程度のことですくみ上がったりするほど弱い心臓をしていない。今も平常心を保ったまま、黙々と問題用紙と向き合っている。

「言っておきますけど、まともな姫君であれば余裕で満点を取れる常識的な問題を集めています。この程度の問題も解けないようでは嫁いだところで苦労をするだけ。ああっ、わたくしの娘であれば未来の王妃として、嫁ぎ先でも上手《うま》くやっていけたでしょうに……」

エメラルダそっくりの嫌味な口調でまくし立てる王妃に、セシリアは「できました」と短く言って答案用紙を渡す。

大儀そうに受け取った王妃は背後に控えていた侍女に採点を命じ、自身はお茶に手を伸ばした。

「いくら陛下のご命令とはいえ、こんな卑《いや》しい娘に淑女教育を施《ほどこ》すなんて。まったく……。時間の無駄になるのではなくって？」

こんな調子で延々《えんえん》と皮肉を語られる。セシリアが神妙な態度でそれを聞き流すこと数分。

採点を終えた答案用紙を目にした王妃は、お茶のカップを取り落としそうになった。

「ど、どういうこと？　満点ですって？」

（……暇に任せて図書室に入り浸《びた》っていたのが、こんなところで役に立つとは思わなかったわ）

驚愕《きょうがく》する王妃を横目に、セシリアはほっと胸を撫《な》で下ろした。

本来ならセシリアにも王家の姫として必要な教育がされるはずだった。

だが出自の低い母親が早くに亡くなり後ろ盾もなかったこと、エメラルダを始めとする兄弟姉妹が揃ってセシリアをいじめていたことにより、やがて大人たちからも存在を無視されるようになってしまったのだ。

そんな王女に教育を施そうとする物好きはおらず、セシリアは本来勉強に充《あ》てられていた時間を城の図書室で過ごしていた。

そのおかげでセシリアは、自国を含む大陸諸国の歴史や文化、産業についてなど、一介の王女とは比べものにならないほど深い知識を身につけたのである。

（王妃様はわたしが全問正解するなんて思っていなかったのでしょうね）

それどころか「王子だって苦戦するような問題なのに……」などと呟《つぶや》いている。わざと難しい問題を解かせて、苦戦するセシリアを王太子の相手にふさわしくないとでも言うつもりだったのかもしれない。

（本当に、母子揃って……）

その思いを敏感に感じ取ったのか、王妃が大きな声でまくし立てた。

「んまぁっ、ひどい顔だこと。淑女たる者、むやみに感情を露《あら》わにすることは許されません。エメラルダなら絶対にそんなことはしないのに。やっぱり生まれの差なのかしらね。こんな娘が王太子に嫁ぐなんて、なんたる悪夢……」

セシリアは内心で盛大なため息をつき、頭の中を意識的に空っぽにした。聞きたくない話を流すにはこれが一番よい方法なのである。

だが延々《えんえん》と続くかと思われた王妃の嫌味は、軽快なノックの音に止められた。

むっとした王妃が、棘《とげ》のある声で「お入り！」と告げる。

「失礼いたします、王妃様。あのぅ……」

「なんです。さっさと仰《おっしゃ》い！」

気が立っている王妃を前に、女官は恐縮したように肩をすぼめる。

――王妃がさらに眉を吊り上げたとき、「失礼いたします」と耳慣れない男性の声が聞こえた。

「セシリア王女殿下のお部屋はこちらで間違いないでしょうか？」

女官のうしろからひとりの青年が姿を見せた。装いこそ簡素だが、端整な顔立ちにがっしりとした立派な体格の若者だ。

男子禁制の後宮に突然現れた男性に、王妃は驚きのあまり「きゃっ」と声を上げる。

「なっ、なっ、なんですおまえはっ！」

「わたしはアルグレード王国王太子クレイグ殿下の側近で、マティアスと申します」

そう名乗った青年は、柔和《にゅうわ》な笑みを浮かべて丁寧に礼をする。

だが王妃の様子に気づいて、彼は少し申し訳なさそうに眉尻を下げた。

「国王陛下に許可をいただいたとはいえ、男子禁制の後宮に立ち入る無礼をどうかお許しください。我が主《あるじ》であるクレイグ様が、どうしても花嫁となられるセシリア姫に真心をお届けしたいと仰《おお》せでして」

それを聞き、セシリアを罵倒《ばとう》していた王妃は慌てたように口をつぐむ。

黙り込んで返事をする気配のない王妃を見て、セシリアは静かに立ち上がった。

「確かにここはお求めの部屋で間違いありません。ですが王太子殿下の真心とは……？」

「王太子殿下のご命令により、王女殿下に贈り物を届けにまいりました。失礼ですが、あなた様がセシリア姫でお間違いございませんか？」

「はい」

「これはご無礼を。主人の妃となられる姫君にお会いできて光栄に思います。以後どうぞお見知りおきを……」

恭《うやうや》しく腰を折ったマティアスは、挨拶を終えると身体をさっと脇にずらす。

すると、彼のうしろからぞろぞろと兵士たちが部屋に入り込んできた。

口を引き結んでいた王妃が悲鳴を上げて飛び退《の》く。

「ま、まぁ！　これはいったいなんですのっ？」

兵士たちは、白い布に覆われた真新しい机や椅子などの家具類を次々と運び入れる。衣装を入れるための長櫃《ながびつ》に至っては、なんと三つも運んできた。

「我が主《あるじ》は、花嫁となるセシリア姫に一流のものを使っていただきたいとお望みです。明日は長櫃に収める衣装をお持ちいたします。明後日は宝飾類、その翌日には小物を予定しております。さらにその翌日には――」

マティアスは笑顔で滔々《とうとう》と語り続けるが、その内容の半分もセシリアの耳には届かない。上質な家具にただただ唖然《あぜん》としてしまった。隣で王妃も同じような顔をしている。

いずれの家具も手の込んだ彫刻が施《ほどこ》してあり、この城にあるどの家具よりも上等なものだとすぐにわかった。

――そして急ごしらえで用意された後宮の部屋は、あっという間に家具でいっぱいになる。

「では、本日はこれで失礼いたします」

マティアスは再び丁寧な礼をして、兵を率いて颯爽《さっそう》と部屋を出て行く。

あとに残されたセシリアたちは言葉もなく、積み上げられた家具を前に立ち尽くすのだった。

結局、その日の夕方、セシリアは再び部屋を移ることになった。なにせ贈られた家具だけで居間と寝室が埋まってしまったのだ。これではとても生活できない。

だが後宮内にこれだけの家具がすべて収まる空き部屋はなく、急遽《きゅうきょ》セシリアには日常を過ごすための部屋と、贈り物を保管するための部屋が計四部屋与えられた。

この騒動は瞬《またた》く間に王宮中に広がり、セシリアがアルグレードに嫁ぐことがにわかに真実味を持って人々に伝わっていった。おかげで、それまでこの縁談自体なにかの間違いではないかと疑っていた者たちは急に掌《てのひら》を返し、彼女にへりくだるようになった。

(今までわたしのことなど見向きもしなかったのに、現金なものね)

嬉々《きき》として御用聞きにやってくる侍女たちに辟易《へきえき》しながら、ようやくひとりになったセシリアは大きなため息をついた。

王太子殿下からの贈り物が始まって、早一ヶ月。

最近では焼き菓子や生花になったとはいえ、それでも山ほど送られてくるのに変わりはない。

今日も兵士が十人がかりで大量の薔薇《ばら》を運んできた。この部屋だけではとても飾りきれず、女官たち総出で後宮中に薔薇を生《い》けて回ったほどである。

あまりの贈り物の量に、セシリアは一度「これ以上の贈り物は必要ない」と伝えようとした。

しかしそれは、アルグレードの文化を教える教師から厳しく止められた。

曰《いわ》く、『古くからアルグレードには、花嫁となる女性に結婚まで欠かさず贈り物をするという慣習があります。大量の贈り物は、花婿にそれだけの財があると花嫁側に示し、嫁いでからも安泰《あんたい》であることを伝える儀式的な意味合いがあるのです。それを断っては、相手の文化を蔑《ないがし》ろにしていると思われてもおかしくありません』――とのことだ。

そう言われてしまっては断ることもできない。

そのうちセシリアは、贈り物だけで充分生活できるほどになってしまった。

ドレスや装飾品に至っては、下手《へた》したらエメラルダより多く持っているかもしれない。今身につけているものも、すべて王太子殿下からの贈り物である。

「アルグレード王国がどれほどすごいのかは、もう充分すぎるほど理解できた気がするけれど」

本当に、結婚式まで贈り物を続けるつもりだろうか。

胸焼けを起こしたような気分になりながら、セシリアは教師が置いていった本を開いた。

その本はアルグレードの歴史について書かれたもので、本に載っていないことは教師が別に冊子を作ってくれている。

嫁ぐ前にきちんと目を通し、理解しておきなさいと言われていた。

淑女としての教育――礼儀作法やダンス、刺繍《ししゅう》や詩作など――は一通り教わったので、『大陸会議』が終わるまでの残り一ヶ月は、主にアルグレードの歴史や文化を学ぶことに充《あ》てられている。

ある程度の知識はあったが、最近の流行や王家の人間関係などには疎《うと》い。冊子にはそういったことも記されていて、セシリアは既にそらんじられるほど読み返し、内容を頭に叩き込んでいた。

その中で、やはり目が行ってしまうのは、婚約者となった王太子殿下のこと。

アルグレード王国の王太子、クレイグ・アレンは、もとは国王の次男として生まれた。しかし今から二年前、不慮の事故で兄である王太子が亡くなり、クレイグが王太子となったらしい。

それ以前の彼は、軍人として国中を飛び回っていたようだ。アルグレードの国境付近に出没していた山賊を、クレイグ率いる一個師団が討伐したことは広く知られている。そのときの戦功により、彼は多くの勲章を受けていた。

国民からの人気も高く、現在アルグレード国王が病床にあることもあって、クレイグが戴冠《たいかん》する日も近いだろうと冊子には書かれている。

セシリアは舞踏会での堂々としたクレイグの姿を思い出した。今さらながらに、自分が本当に彼の妃になっていいのかと不安になってくる。

(王太子殿下はどうしてわたしをお選びになったのかしら？　子供の頃はともかく、エメラルダの侍女になってからは舞踏会に出ることもなかったし、先日のように出て行くことがあっても侍女の姿だから、誰もわたしを王女とは思ってもいなかったはずなのに、なぜ……)

そのとき、扉がコンコンとノックされる。

次の授業の教師がくるにはまだ少し早い。誰だろうと思いつつ、セシリアは「どうぞ」と声をかけた。

「失礼いたします、セシリア様。エメラルダ様がお越しです」

「え……」

用件を伝えて侍女はさっさと姿を消す。入れ替わるように現れたのは、舞踏会でもないのに完璧に身なりを整えた異母妹、エメラルダだった。

彼女に会うのはあの舞踏会以来、一ヶ月ぶりだ。

彼女は無言でそばにくると、身構えるセシリアをじろじろ眺め回し、フンと鼻を鳴らした。

「すっかり大国の妃気取りね。おまえのような卑《いや》しい生まれの娘、どれだけ恰好を取り繕《つくろ》ったところで、いずれボロを出すに決まっているのに」

……どうやら相変わらずの様子だ。

セシリアが黙っていると、エメラルダは赤く塗った唇の端《はし》をくいっと引き上げた。

「今日はね、あなたに忠告をしにきてあげたのよ。このわたしが直々《じきじき》に足を運んであげたのだから感謝するといいわ」

そう言って、エメラルダは手にしていた扇をパチンと閉じた。

「他でもないアルグレードの王太子殿下のことよ。あなた、殿下がどういう方かちゃんとわかっていて？」

まるでなにも知らないだろうとでも言いたげな口ぶりだ。セシリアは先ほどまで見ていた冊子にちらりと目をやり、静かに口を開いた。

「……武勇に優れた、民から慕われている方、と。戴冠《たいかん》も目前と聞いています」

「ふーん？　まぁ、おまえにはそう言うかもしれないわね。周りも嫁ぐ相手に問題があるなんてわざわざ言わないでしょうし」

くすくすと笑うエメラルダの瞳には、隠しきれない愉悦《ゆえつ》が滲《にじ》み出ている。侍女であったセシリアをいたぶっていたときに見せていた底意地の悪い光。セシリアはかすかに唇を噛みしめた。

「ここだけの話だけど、王太子殿下は表向き文武両道の完璧なお世継ぎと言われているけれど、実際は女遊びの激しい方らしいわよ？　軍にいた頃は行く先々で愛人を作っていたのですって。その方たちとは、今も縁が切れていないとか。英雄色を好むと言うけれど、そんな方に嫁がなければいけないなんて、ふふ、お気の毒様」

哀れむような言葉ながら、それを告げるエメラルダの口元は楽しげに歪《ゆが》んでいる。

（女好き、ね）

その王太子殿下に選ばれずに泣きわめいていたのは誰だったかしら、とセシリアはつい考える。

どうやらエメラルダは、都合よくそれを忘れているようだ。

それにしても……舞踏会で会った王太子殿下には、エメラルダの言うような印象は見受けられなかった。むしろ衆人環視《しゅうじんかんし》の中、わざわざ膝をついて求婚してきた姿から、誠実な人柄がうかがえたのだけれど。

だが大国の王太子ともなれば、公《おおやけ》の場で本性や腹の内を隠すことなど造作もないのかもしれない。

そんなことをぼんやり考えていると、エメラルダはさらにまくし立ててきた。

「それだけじゃないわ。大きな声では言えないけれど、あの方は、実の兄君を手にかけ王太子の座を奪ったという噂よ。なんでも離宮に滞在しているときを狙って、建物に火を放ったとか。なんて恐ろしい方なのかしら」

確かに、教師のまとめた冊子には前の王太子は火事で亡くなったと書かれていた。不慮の事故らしいが、そういった場合、暗殺や謀略などの噂が立つのは仕方ないように思える。

エメラルダはその噂をさも真実であるようにセシリアに伝え、ぶるりと大きく身震いした。

「その火事で王妃様もお亡くなりになったそうよ。国王陛下はかろうじてお命を繋《つな》がれたようだけど、大火傷《やけど》を負われて、今は寝台から出ることも叶わないのですって。王太子殿下はそんな陛下に剣を突きつけ、王太子位を要求したそうよ。恐れ多いこと」

「……」

黙り込むセシリアに、エメラルダはわざとらしく眉尻を下げた。

「その様子じゃ、誰もおまえに王太子殿下がどのような方かを教えなかったようね。異国に嫁ぐおまえを慮《おもんぱか》ってのことかもしれないけれど、知らないほうが不幸だわ。そう思わないこと？」

「……そうですね」

ここで大げさな反応をしては、よけいにエメラルダの感情を煽《あお》りかねない。その思いから無表情で頷くが、これがエメラルダには気に入らなかったようだ。

一瞬、目元に深々とした皺《しわ》を刻んだエメラルダだが、なにを思ってか、一度閉じた扇を再び広げ、ひらひらと振りながら唐突に話題を変えた。

「ところで、どうしておまえのような生まれの卑《いや》しい王女が、アルグレードの王太子殿下に選ばれたかわかる？」

まさにそのことを知りたいと思っていたセシリアがハッと顔を上げる。それを見たエメラルダはにんまり微笑んだ。

「さっき、王太子殿下には愛人が山ほどいると言ったでしょう？　だからあの方にとって、妃にする女は誰でもよかったのよ。おまえを選んだ理由は、おまえになんの後ろ盾もないからだわ」

扇で口元を隠して、エメラルダは意味深なまなざしをセシリアに向けた。

「娘が大国の王太子妃になれば、当然その親族はこぞって権力を得ようと動き出すでしょう？　けれどおまえには母もなく、これといった親戚もいない。お父様からもほぼ見捨てられた状態だったわ。だからこそ、王太子殿下にとってはこれ以上ない相手というわけよ。妃に後ろ盾がないということはつまり、舅《しゅうと》や姑《しゅうとめ》が自分の治世に口を出してこないということでしょう？」

あまりな物言いにあきれて、セシリアは言葉が出ない。だが、エメラルダはまだまだ続けた。

「つまり、王太子殿下はおまえ自身を見初《みそ》めたのではないということよ。殿下が欲しているのは面倒が少なく、放っておいてもまったく問題がない相手というだけ。その条件に合うのが、たまたまおまえだったというだけなのよ」

……セシリアを傷つけようとする魂胆《こんたん》が見え見えだ。

しかし一方で、なるほどと納得できる部分もある。

（わたしに求婚してくるなんておかしいと思っていたけれど、そういう理由ならわからないでもないわ）

他の噂はどうあれ、これについてはあり得るような気がする。

セシリアは妙にすっきりした気分になった。求婚されてから今日までずっと疑問に思っていたことが解消され、ほっとしたのかもしれない。

それと同時に、少しだけ残念な気持ちになった。

（なんの理由もなくわたしを見初めた……なんて、そんな夢みたいなこと、本当にあるわけないわよね）

「あら、おまえ。もしかして王太子殿下に好かれているとでも思っていたの？」

ハッと我に返ったセシリアに、エメラルダは「無理もないわね」とかすかな同情が滲《にじ》む声音で頷いた。

「あれだけ見目麗《みめうるわ》しい殿方に求婚されて、勘違いしない女はいないわ。真実を知って……さぞ気落ちしているでしょうね」

エメラルダはしんみりした面持《おもも》ちでセシリアの手を取ってくる。

これまで一度としてなかった親しげな態度に、セシリアは逆に警戒心を抱いた。

さんざん語られた王太子殿下の悪い噂と相まって、今度はなにを言われるのだろうかと緊張する。

「ねぇ、いっそ、この求婚を断ってしまったらどうかしら？」

「はっ……？　な、なにを」

予想だにしなかった言葉に、セシリアの声が裏返った。

「だって嫁いだところで、おまえは絶対幸せになんてなれやしないわ。自分を都合のいい相手としか見ていない殿方に嫁いでも苦労するだけじゃない」

……本気で言っているのだろうか。

異母妹の考えに唖然《あぜん》としつつも、セシリアは一度深呼吸をし、相手を刺激しないよう意識しながら口を開いた。

「それはできません。大国の申し出を断れるほど、この国は強くも大きくもありません。なにより陛下の命で、既に宰相が先方に承諾の返事をしているはずです」

「あら。正式な発表はこれからでしょう？」

「それでも、王太子殿下がわたしに求婚するところを大勢の方がご覧になっています」

それを覆《くつがえ》す真似をするなどとんでもない。国同士の関係にヒビを入れるつもりかと言外に伝えるが、エメラルダはまったく聞き入れる気がないようだ。

「確かにそうだけど、でもあのときは『フォルカナの王女に求婚する』と知らされていただけだし、参加者のほうもおまえの顔や名前まで覚えてはいないでしょう。別の人間にすり替わっていたところでバレやしないし、それ以前に、この二ヶ月でいろいろと調整してそうなったのだろうと察してくださるはずよ。なにせ招待されている人々も皆、国を代表する要人ですもの。そのあたりの事情はよく心得ているはずだわ」

歌うようなエメラルダの台詞《せりふ》に、セシリアは頭を抱えたくなる。

エメラルダも一国の王女であるはずなのに、よくもまあ、こんな自分本位の考え方を並べられるものだ。

（というより、わたしに成り代わってアルグレードへ嫁ぎたいと思っていることがバレバレよ）

王太子殿下の悪口を吹き込むのも、結局はそれが目的だろう。

どう反論しようか、どうすれば角が立たないだろうかと頭を悩ませながら、セシリアは辛抱《しんぼう》強く言葉を紡《つむ》ごうとする。

「ですが実際にそんなことをすれば、国の信用問題に関わります」

「もう、そんな難しいことは宰相たちにでも任せておけばいいのよ！」

エメラルダがいら立った様子で反論してきた。

が、さすがのエメラルダも、セシリアの様子から芳《かんば》しい答えは返ってこないと悟ったのだろう。「いいこと？」と扇の先を突きつけ、きついまなざしをセシリアに向けてきた。

「次の舞踏会で王太子殿下にお会いしたら、求婚を断ると直接殿下に伝えなさい。これはおまえのために言っているの。おまえが異国で心細い思いをしないようにという、わたしの気遣いなんだから。そこをしっかりわきまえるのよ！」

いいわね！　と念押しして、エメラルダはドレスの裾を翻《ひるがえ》し靴音高く退室していった。

現れたときも唐突だったが、立ち去るときはもっと突然だ。まるで嵐が去ったような感覚を覚えて、セシリアはため息まじりに椅子に沈み込んだ。

しばらくぐったりと座り込んでいたが、やがて不安がチクチクと胸を刺激してくる。

（いくらこちらが常識を説《と》いたところで、あんな様子のエメラルダが、おとなしく手を引くとはとても思えないのよね……）

近隣諸国にふたりの婚約が正式に発表されるのは、『大陸会議』を締めくくる舞踏会の席でと伝えられている。

国外からの来賓《らいひん》もいる中、求婚を断るなど常識的にあり得ないが、セシリアに本気で成り代わる気でいるエメラルダがなんの行動も起こさないとは考えにくい。

成り代わることが無理だとしても、セシリアを貶《おとし》めるためになにかとんでもないことを引き起こして、結果的にアルグレードとのあいだに問題が起きる事態になったら……

（か、考えただけで頭が痛いわ）

セシリアは文字通り頭を抱え、先ほどとは比べものにならないほど深いため息を吐き出した。

「本当に、どうしてわたしがこんな目に遭《あ》わなくてはならないの」

半ばやけっぱちで呟《つぶや》くが、返事が返ってくることは当然ない。

「いったい、どうすればいいの……」

本気で途方に暮れながら、セシリアはひとり下唇を噛みしめていた。


どんなに悩んだところで時間が止まることはなく、気づけば舞踏会の日を迎えてしまった。

いろいろなことを考えすぎてすっかり疲弊した中、セシリアはあきらめにも似た気持ちで、舞踏会の準備のため部屋に詰めかけてきた侍女たちと向き合う。

ドレスは、昨日のうちに王太子殿下から届けられた贈り物だ。

これまで贈られてきたドレスの中でもひときわ豪華な仕立てで、一緒に入っていた宝飾品といい、これが婚約発表を兼ねた舞踏会のために用意されたものだと一目でわかる。

ご丁寧に、『これを着たセシリアがどれほど美しくなるのか楽しみにしている』と直筆で書かれたカードまで添えられていた。

たいていの令嬢ならきゅんとする心遣いだろう。だが、面倒極《きわ》まりない自分の状況を思うと、気持ちは沈んでいく一方だ。

……とはいえ、いつまでも暗い気持ちを引きずっているセシリアではない。

気持ちの切り替えは彼女が生きていく上での必須項目だ。そうでなければ後ろ盾もなく後宮で暮らしてなどいられない。

エメラルダのもとで何年も侍女としてやってこられたのも、それがあってこそだった。

（本当に、我ながらよく耐えてきたわ）

二ヶ月前までの日々を振り返ると、凄絶《せいぜつ》すぎてなんだか笑いが込み上げてくる。

そんなセシリアになにを思ってか、姿見を運んできた侍女がはしゃいだ声を上げた。

「本当にお美しいですわ……！　セシリア様、どうぞご覧になってください」

ちょうど着付けが終わり、裾などを整えていた侍女たちがさっと立ち上がって離れていく。

顔を上げたセシリアは、鏡に映った自分の姿にわずかに息を呑んだ。

ドレスは華やかな桃色で、シフォンが幾重《いくえ》にも重なる愛らしい意匠《デザイン》だった。広く開いた首元や細い手首を飾るのも、桃色の光沢を放つ大粒の真珠だ。

セシリアの長い銀髪は、一部だけを編み込みあとは背に垂らしている。

毎日のように手入れをした髪はつやつやで、ドレスの愛らしさと相まってセシリアをいつもより数倍美しく見せていた。

「大変お綺麗ですわ」

侍女たちもうっとりと感嘆のため息を漏《も》らす。

すっかり変身したみずからに驚きつつも、セシリアは短く礼を言い、羽根飾りのついた扇を受け取った。

そして侍女たちを前後左右に従えて、舞踏会の開かれる大広間へ向かって歩き出す。

侍女を伴《ともな》って会場入りする……こんな王女らしい扱いは生まれて初めてだ。

（でもきっと、これが最初で最後になるわね）

自嘲《じちょう》まじりの笑みを浮かべながら、大広間の入り口にたどり着いたセシリアは、煌々《こうこう》と明かりの灯《とも》る広間をじっと見つめた。

誰にも言わなかったが……エメラルダの訪問から今日まで、この求婚についてずっと考え続けてきた。

エメラルダに言った通り、こちらから断るなど常識的にあり得ないことだと重々承知している。

しかし……

「セシリア王女のご入場です！」

広間の入り口にいた案内係が、セシリアの姿に気づくなり大声を張り上げる。

既に会場入りしていた人々は、わっと拍手を贈って彼女を歓迎した。

華やかな音楽が流れる中、楽しげに会話をしていた人々が、わざわざ振り返って好意的な視線を向けてくれる。

婚約の発表はこのあとのはずなのに、既に周知の事実となっているのは間違いないようだ。心なし胃が痛くなってくる。

強張《こわば》りそうになる口元をとっさに引き上げ、控えめな笑みを浮かべてはみたものの、内心はこの場から逃げ出したい思いでいっぱいだった。

（やっぱり、こんな中で求婚を断ったら大問題もいいところだわ）

改めてそれを思い知らされる。

と、人混みが割れて、ひとりの青年がまっすぐこちらに歩いてくる。ひときわ大きくなった拍手に、セシリアも自然とそちらに目を向けた。

そうして現れた青年の姿を目にした途端、思わず緊張も忘れて見入ってしまう。

（王太子殿下……！）

ゆったりと歩いてきたのは、アルグレード王太子クレイグ・アレン殿下だ。

先日は濃紺の軍服を着込んでいた彼だが、今宵《こよい》は装飾もきらびやかな礼服を纏《まと》っている。

色は紺を基調としていて、おそらく軍服と同じで瞳の色に合わせた配色なのだろう。

真っ白なタイに留めている宝石も紺色だ。手の込んだ刺繍《ししゅう》は金色で、釦《ボタン》も飾緒《しょくちょ》も同じ色に統一してある。重厚感を保ちながらも、実にきらびやかな装いだった。

（本当に、心臓に悪いくらい美しい方だわ）

礼服に合わせて整えられた茶褐色の髪も、その隙間からのぞく紺色の瞳も、なにもかもが輝いて見える。

そんな彼にじっと見つめられ、セシリアは魅入られたようにその場で固まってしまった。

（い、いけない、いけない）

ぽうっと見とれている場合ではない。軽く頭を振ったセシリアは、手を伸ばせば届く距離で立ち止まった王太子殿下に慌てて向き直った。

「久しぶりだな、セシリア。元気にしていたか？」

王太子殿下の端整な顔に笑みがあふれる。熱っぽいまなざしで見つめられ、セシリアは喜びよりも恐れ多さにくらくらした。

「はい。おかげさまで……。殿下もお元気そうで嬉しく思います。あの、贈り物をありがとうございました。このドレスも……」

「特注で作らせたものだが、想像以上によく似合っている。まるでここだけ花が咲いたみたいだ」

会場にはたくさん生花が飾られている上、着飾っているご婦人も多くいるのに、そんな賛辞を贈られると大げさすぎて身がすくむ。

だが言っている本人は大真面目らしい。目を細めて「本当に綺麗だ」と呟《つぶや》くその表情に嘘は見当たらなかった。

(は、恥ずかしいにもほどがあるわ……!)

彼の視線だけで耳まで真っ赤になりそうである。

「よろしければ、ダンスをご一緒願えますか?」

「よ、喜んで……」

緊張のあまりどもりながら、セシリアは差し出された大きな手にぎくしゃくとみずからの手を重ねた。

それを待っていたように　楽団がワルツを奏で始める。人々がさーっと動いて、広間の中央をふたりに譲った。

「こうしてともに踊れる日を指折り数えて待っていたんだ」

セシリアをしっかりホールドし、王太子殿下が感慨深そうに囁《ささや》いてくる。

どこか色気さえ感じられる声音に、危うく腰が抜けそうになった。動揺したせいか、うっかりステップを間違えそうになる。

よろめきかけたところをすかさずたくましい腕に支えられて、男のひとの力強さについどきっとさせられた。練習相手の女教師では、決して得られなかった安心感もある。

「大丈夫か？」

「は、はい……」

腰を抱いてくる腕にも心なし力が込もった気がして、それまで以上に迫ってきた異性の気配に、否応なくどきどきしてくる。

おまけに彼のリードはとても軽やかで、まだまだダンスに慣れないセシリアでも自然と身体が動く、実に完璧なものだった。

（緊張するのは仕方ないとしても、こんなふうに誰かと踊れるなんて夢のようだわ）

曲に合わせてくるりとターンしながら、セシリアは自然と笑みを浮かべる。

するとクレイグがまぶしいものを見るように目を細めた。

「そうやっていつも笑っていてほしい。おまえが微笑むだけでおれは幸せを感じられるんだ。嫁いだあとも、おまえがいつでも笑顔でいられるために努力すると誓おう」

なんとも熱烈な台詞《せりふ》に、セシリアは思わず目を見開く。本当なら真っ赤になって恥じらうところだが、セシリアは不思議と冷静さを取り戻すことができた。

（さすがは大国の王太子殿下、口説《くど》き文句も一流だわ……）

こんなことをさらりと言えるあたりに、彼の社交性の高さがうかがえる。長くひとりで暮らし、その後も侍女として生活していたセシリアにはとうてい真似できない芸当だ。それだけに、彼とは住む世界が違うと意識させられる。

そんなことを考えながら、周囲に目を向けると多くの人々がこちらに注目しているが見えて、またよろめきそうになった。

（……やっぱり、わたしには無理。このひとの隣に立つような資格はないわ）

人々の視線が突き刺さるように感じる。大国の王太子妃ともなれば、これ以上の衆目に晒《さら》されることもあるだろう。

なのに既に泣きそうになっている自分には、とても彼の妃など務まらない。

（さんざん考えたけど、この求婚はお断りしたほうがいい……）

それがいかに非常識なことであるかはよくわかっているつもりだ。

自分本位なエメラルダに頭を抱えていたくせに、セシリア自身がこんなことを考えるなど正気の沙汰ではない。しかし――

（住む世界も教養もなにもかも違う方に嫁いで、上手《うま》くやっていけるとはとうてい思えないもの）

こんなにきらびやかな場所で、目の覚めるような美青年と踊れただけでも僥倖《ぎょうこう》だ。むしろ奇跡と呼んでもいい。――そしてたいてい、こういったいいことは続かないようにできている。

（伊達《だて》に十七年間、苦汁を舐《な》め続けてきたわけではないわ。物事というのはたいてい悪い方向に転がるもの。こんな幸せな思いは一時の夢だから味わえるものなのよ）

他人が聞いたら考えすぎだと一笑《いっしょう》に付《ふ》すかもしれないが、降って湧いた幸運を現実のことだと簡単に信じられるほど、セシリアは甘い人生を送ってきてはいない。

生まれも育ちも、おまけに容姿まで完璧な異性に求婚されるなど、それこそ夢かなにかとしか思えなかった。

夢は必ず醒《さ》める――それがわかっているから、醒めてつらい現実を突きつけられる前に……自分からすべてを手放すのだ。

（もちろん、そんなことをしてただで済むとは思わないけれど）

もしかしたら後宮から去れと言われるかもしれないが、それこそセシリアにとっては願ってもないことだ。もともと王女として忘れ去られていた身だし、また縁談があるとも思えない。

どうせなら国外れの修道院に身を寄せ、清貧に生きるのもいいだろう。

（そうすれば侍女暮らしに戻ることもないし、わずらわしい人間関係に悩まされることもなくなって万々歳《ばんばんざい》だわ）

エメラルダを頼るわけではないが、セシリアが結婚を拒否すれば彼女が父王や王妃を取りなして、その後は上手《うま》くやるだろう。アルグレードと縁を結びたい重臣たちもすぐに動くはずだ。そのあたりは問題ない。

ともすればひるみそうになる心をそんな言葉で叱咤《しった》し、セシリアは思い切って顔を上げる。

「あの、王太子殿下」

「できればクレイグと呼んでほしい。結婚するのに他人行儀のままじゃ寂しいだろう？」

大の男に「寂しい」などと言われ、セシリアはぽかんとした。

「え。いえ、あの……」

「緊張しているのか？　さっきからあまり顔色がよくないようだが」

なんとか気を取り直し、腹をくくったセシリアは再び口を開く。

「無礼を承知で申し上げます。……どうかこのたびの求婚、なかったことにしていただけませんか？」

それまで笑みを浮かべていた王太子殿下がかすかに目を見開く。だが何事もなかったようにステップを続け、ターンしたセシリアを優雅に受け止めた。

「理由を聞いてもいいか？」

「……わたしなどが、クレイグ様の妃になるなど恐れ多いことでございます」

セシリアはそう口にしてうつむく。

気が短い者ならこの時点で激昂《げっこう》されてもおかしくはない。相手の激しい反応を覚悟して、セシリアはきつく目をつむった。

しかし――

「そうか」

と、当の王太子殿下はあっさり頷いた。

予想外な反応に、セシリアのほうが大いに困惑してしまう。

「えっ……。あの、よろしいのですか？」

「よろしくはないな。当たり前だが」

セシリアの唖然《あぜん》とした表情がおもしろかったのか、王太子殿下――クレイグはふっと相好《そうごう》を崩した。

その表情にどきっとなる。クレイグはセシリアをじっと見下ろしながら、気遣うように優しく問いかけてきた。

「ただ、どうして突然そんなことを言い出したのかは知りたいな。なにか理由があってのことだろう？」

「え？」

「理由は……ですから、大国の王太子妃はわたしには荷が勝ちすぎていて」

なにもかもお見通しという様子に、セシリアは少し気まずくなる。

「……そう言い張るなら、そういうことにしておこう。だが、おまえは本当にそれでいいのか？」

いつの間にかクレイグの表情からは笑みが消えている。射貫くような視線でまっすぐ見つめられ、セシリアはたちまち言葉に詰まった。

「おれとの結婚をやめたとして、この国に残ったおまえは幸せになれるのか？　脅すつもりじゃないが、結婚を断れば、おまえは相応の責任を取らされることになるんだぞ？」

セシリアは大きく息を呑む。

クレイグの言葉には、非常識なことを言い出したセシリアを責める響きは微塵《みじん》もなかった。

代わりに、セシリアの身を案じる心配そうな雰囲気が伝わってくる。真摯《しんし》な表情で、心の奥底をのぞき込むみたいにじっと見つめられ、セシリアは急に落ち着かなくなった。

強い視線から逃れるためにうつむいたセシリアに、クレイグは静かに言葉を続ける。

「確かにアルグレードは大国だ。立場や風習の違いに不安を感じることもあるだろう。だが、この国に残って今よりつらい目に遭《あ》うくらいなら、この機を生かして現状を抜け出してみるのも、ひとつの手なんじゃないか？」

「現状から、抜け出す？」

思いもしなかったことを告げられ、セシリアは呆然と聞き返す。

顔を上げた彼女にニヤリと好戦的な笑みを浮かべ、クレイグはセシリアの頬を指先でつぃと撫《な》でた。

「おれと結婚すれば、おまえはおまえを蔑《ないがし》ろにしてきたこの国を堂々と出て行くことができるんだぞ？　そっちのほうがいいと思わないか？」

セシリアは驚きのあまり、青い瞳をこぼれんばかりに瞠《みは》った。

(どうしてこの方がそれを知っているの……!?)

セシリアが長く苦境にあったことなど、異国の人間である彼には知りようがないはずなのに。

戸惑いを隠せないセシリアに、クレイグは笑みを深める。

そしてセシリアの腰をぐいっと引き寄せ、今にも鼻先がふれ合いそうな至近距離で囁《ささや》いてきた。

「おれの手を取れ、セシリア。自分を変えたいと思うなら」

セシリアにしか聞こえない小さな声なのに、そこには彼女の奥底を激しく揺さぶる力強さが宿っていた。

目の前に迫る紺色の瞳から視線を逸《そ》らせず、セシリアは目を見開いたまま硬直する。

華やかな音楽も人々の視線もなにもかもが遠くなって、彼の存在と言葉だけがセシリアの内を支配した。

（自分を、変える？）

　これまで考えたこともなかった言葉だ……セシリアは驚きのあまりしばらく動けなくなった。

　ちょうど曲が終わり、弦楽器の音が長い尾を引いて広間に細く響き渡る。

　本来なら、ダンスを終えた男女は少し身体を離し互いに礼をしなければならない。だがセシリアは衝撃のあまり、彼の腕に手を添えたままうつむいていた。

　そんなセシリアをクレイグは優しく抱き寄せる。厚い胸板を頬に感じ、まだ困惑の中にいるセシリアは大いに狼狽《うろた》えた。

　だが状況はゆっくり考えることを許してくれない。

　ほどなく抱擁《ほうよう》を解いたクレイグは、彼女の足元に静かに跪《ひざまず》いた。求婚したときと同じように。

「セシリア姫、改めてあなたに求婚する。我がアルグレードに嫁ぎ、わたしの伴侶として生涯をともにしてほしい」

　懐《ふところ》に手を入れたクレイグは、そこから掌《てのひら》に載るくらいの小さな化粧箱を取り出した。彼が化粧箱の蓋《ふた》をセシリアに向かって開くと、それを見た周囲の人々からどよめきと歓声が沸き起こる。

　セシリアは息を止めて箱の中身を見つめた。

　化粧箱の中で柔らかなビロードに収まっていたのは、銀のリングに、アクアマリンを花の形に埋め込んだ豪華な指輪だった。

「了承してくれるなら、婚約の印《しるし》にこの指輪を受け取ってほしい」

跪いたまま、こちらをまっすぐ見つめるクレイグに、セシリアは困惑する。心臓がうるさいくらいに高鳴って、耳元で騒いでいるような気がした。

そもそも彼の立場であれば、無理やり指輪を嵌《は》めることだってできるのに……こうしてセシリアの気持ちを請《こ》うてくる姿に、不覚にも胸がときめいてしまう。

彼は改めて求婚することで、セシリア自身の意思を尊重すると言外に示してくれているのだ。

(どうしてなの？　彼ほどのひとが、政略で娶《めと》る花嫁にここまで気を遣う必要なんてないはずなのに……)

一瞬、エメラルダに聞かされた『愛人を多く囲っている』という噂が頭をよぎった。

だがそれを凌駕《りょうが》する勢いで、自分を真摯《しんし》に見つめる彼を信じたい気持ちが湧き起こり、さらなる戸惑いに突き落とされる。

なにより、先ほど言われた力強い言葉が、セシリアの胸を激しく揺さぶっていた。

『おれの手を取れ、セシリア。自分を変えたいと思うなら』

(本当に変われる？　この手を取ることで……)

これもまた一時の夢に過ぎず、実際に嫁いだらこれまで以上に苦労をするかもしれない。

しかし——

(……変えたい。変わりたい)

この国で、これからも同じような日々を送るくらいなら、いっそ——

(彼の手を取って、ここを、抜け出す——！)

セシリアはぐっと唇を噛みしめ、震える手を伸ばした。両手でそっと化粧箱を包み込む。

周囲が再び盛り上がった。大広間中に拍手の音が鳴り響き、どこからともなく祝福の声が上がる。

立ち上がったクレイグはみずから指輪を取り出し、セシリアの左の薬指にそっと嵌《は》めた。

銀の指輪はセシリアの指にぴたりと収まる。きらきらと輝く美しいアクアマリンに、セシリアはこくりと喉を鳴らした。

（本当に、大国アルグレードの王太子と婚約してしまった……）

自分で選び取った道とはいえ、指輪を目にするとその重圧がずしりと肩にのしかかってきたように感じる。

あまりのことに青くなるセシリアの顎《あご》に、クレイグの長い指がかかり、くいっと顔を上げさせられる。

え、と声を上げる間もなく唇になにかがふれ、視界いっぱいに紺色の瞳が広がった。

周囲がどっと沸いて、若い令嬢の口から黄色い悲鳴まで上がる。

口づけられた、と気づいたときにはクレイグは顔を上げていて、してやったりという表情でセシリアを見下ろしていた。

「なっ、なにを……！」

「なにって、婚約者にキスをしたんだが？　なにか問題でも？」

「キッ……、んぅっ」

思わず悲鳴を上げそうになったところをすかさず覆い被さられる。薄く開いた唇から流れ込む吐息に、飽和状態の頭が危うく真っ白になりかけた。

「んっ……、……はぁ……っ」

「……可愛い声で煽《あお》るな。食べたくなるだろうが」

わずかにかすれた声で囁《ささや》き、クレイグはかすかにのぞかせた舌先でセシリアの下唇をぺろりと舐《な》める。

びくんと肩を揺らしたセシリアに口角を引き上げ、クレイグは彼女の細腰をしっかり引き寄せながら居並ぶ人々に向き直った。

「ただいまより、フォルカナ王国王女セシリア姫は、アルグレード王国王太子クレイグ・アレンの婚約者と相成りました。国に戻り落ち着き次第、結婚式を挙げる予定ですので、その折にはぜひ皆様も足をお運びください――」

王太子らしくにこやかに発表するクレイグに、周囲の人々は再び温かい拍手を贈る。

クレイグは余裕の笑みで手を振っていたが、いっぱいいっぱいの状態になっていたセシリアはされるがままになっていた。

おまえも手を振れ、とクレイグに耳元で囁かれ、ようやくぎこちない笑みを浮かべて手を振る。

多くの人々が祝福を送ってくれることに嬉しさ以上に戸惑いを覚えつつも、何気なく周囲を見回したセシリアは、直後ぎくりと肩を強張《こわば》らせた。

人混みの向こう。祝福の輪から外れた遠くから、エメラルダが射貫くようなまなざしでこちらを見つめている。

まぎれもない憎しみが見える瞳に、このままでは終わらない予感を感じ取って、セシリアは密かに背筋を凍らせた。

＊　＊

正式に婚約が決まると、本格的に輿入《こしい》れの準備が始まった。

もともとクレイグの帰国に合わせて支度は進められていたが、いかんせん彼からの贈り物の量が多すぎて、荷造りだけでも大仕事となってしまったのだ。

セシリア自身も最後のおさらいとばかりに、毎日行儀作法や勉強に明け暮れていた。出発前夜ともなるともうへとへとで、湯浴みを終えたあとはばたりと寝台に倒れ込んでしまったほどだ。

(本当に、目が回るような日々だったわ)

おかげで考えにふける時間はほとんどなく、どこか現実味がないまま物事が進んでいく。

自分は本当に明日、アルグレードに輿入れするのだろうか？

セシリアは無意識に左の薬指に嵌《はま》る指輪を指先で撫《な》でた。

(そういえば……結局、王太子殿下がなぜわたしを選んだのかはわからずじまいね)

だが彼はある程度セシリアの身の上を把握していたようだった。

その上でセシリアを選んだのなら、エメラルダが言っていたように、後ろ盾がないことが好都合だったからなのだろうか？

（でもそれにしては、あのときのあの方のまなざしは……）

おれの手を取れ、と力強く言ってきたクレイグのまなざしが思い出され、セシリアはたちまち落ち着かない気持ちになる。

彼がセシリアを選んだ理由がなんであれ、あのときの彼の真剣なまなざしと言葉はまぎれもない本心であったと感じた。

その気持ちは今も変わらず、彼のことを信じたいという思いが少なからず存在している。

妃として相応の努力はもちろんしていくとして、あのような言葉をかけてくれるクレイグのそばで、これまでとは違う人生を送っていきたいと今のセシリアは考えていた。

しかし……

（気がかりがあるとすれば、やっぱりエメラルダのことね）

セシリアが求婚を断らなかったことでまたなにか行動を起こすだろうと思っていたエメラルダが、今日までいっさい動きを見せていない。

さすがにあきらめたのかとも考えるが、エメラルダの性格からしておそらくそれはないだろう。

ここまで自分の思い通りに物事が進まないことは、両親に甘やかされて育ってきたエメラルダにとって初めてのはずだ。きっとこれまで以上の憎しみをセシリアに募《つの》らせているに違いない。

（無事にアルグレードに出発できればいいけれど……）

祈るような思いでそう考えていたとき、侍女がお茶を持って寝室に入ってきた。

安眠を促《うなが》すためのハーブティーは既に飲みやすい温度になっている。入浴のあとで喉が渇いていたセシリアはそれを一息に飲み干し、早々に寝台に横になった。

疲れのせいか、驚くほどの早さでころりと眠りに落ちてしまった。

翌日。朝日がちらちら入るのを感じつつ、寝台から身体を起こしたセシリアは、ぐらりと強いめまいに襲われた。

(なに？　頭がぐらぐらする……)

とっさに敷布に手をついて、しばらくじっとしている。その後ゆっくり目を開けたセシリアは、なだれ落ちてくる髪を左手で掻き上げた。

「……えっ？」

何気なく薬指を見たセシリアは、文字通り顔色をなくす。

「指輪……っ、え、どうして、……ない……っ！」

クレイグから贈られた婚約指輪が、左手の薬指から消えている！

入浴のとき以外、セシリアは常に指輪を嵌《は》めたまま過ごしていた。昨夜も確かに指輪を見た記憶があるのに、いったいどうして――

慌てて毛布をまくり上げ、敷布の隅々まで懸命に探した。だが指輪はどこにも見当たらない。戸棚や衣装棚も手当たり次第探すが、やはり見つからなかった。

「いったいどこに……」

物音に気づいてか、洗面の支度をした侍女たちがノックとともに入室してきた。

あちこちひっくり返された部屋に驚く彼女たちに、セシリアは真《ま》っ青《さお》な顔で詰め寄る。

「あなたたち、指輪を見なかった？　王太子殿下からいただいた婚約指輪が見当たらないの！」

たちまち侍女たちが顔色を変え、全員で部屋全体をくまなく探し回った。だがいくら探しても婚約指輪は見つからない。

（どうしよう……あれは他の贈り物とはわけが違うわ。婚約の印《しるし》としていただいたものなのに！）

すっかり散らかった部屋の中央で、セシリアは今にも崩れ落ちそうになる。

そんな中、騒がしい足音とともに部屋の扉が音を立てて開け放たれた。

「た、大変です！　セシリア様のお荷物が……！」

真っ青な顔をした女官が息を切らせて駆け込んでくる。

さらなる嫌な予感に震えながら、セシリアは急いで身支度を整え外に出た。

女官が案内したのは城の正面玄関から少し離れたところだ。そこには荷物の運搬などに用いられる入り口があり、セシリアの荷物を積んだ馬車が横付けされている。

促《うなが》されるまま荷馬車をのぞき込んだセシリアは、思わず口元を覆った。

「なんてことでしょう……！　ああっ、ドレスが、こんな、ひどい……ッ」

うしろからのぞき込んだ侍女たちも涙まじりに叫ぶ。

荷馬車の中は惨憺《さんたん》たる有様だった。きちんと荷造りされていたセシリアのドレスや小物類が、ズタズタに切り裂かれている。宝飾品の入っていた箱はすべて壊され、中身がごっそり持ち去られていた。

「いったい誰がこんなひどいことを……！」

さめざめと泣き始める侍女たちの声を聞きながら、セシリアは呆然と立ち尽くす。その脳裏に、ゆらりと浮かんでくる人物があった。

「まーあ、朝からいったいなんの騒ぎ？」

頭上からのんきな声がかけられて、セシリアは雷に打たれたように身体を震わせる。ゆっくり背後を振り返ると、そこにはまさに今、脳裏に浮かんだ人物がたたずんでいた。

二階の窓が大きく開け放たれ、侍女を従えたエメラルダが笑みを浮かべて身を乗り出している。彼女は幌《ほろ》が開けられた荷馬車の中をのぞき込み、わざとらしく目を丸くした。

「あら？　そこに散らかっているのはアルグレードの王太子殿下から贈られた品々ではなくって？」

エメラルダは眉をひそめつつ、さっと口元を扇で覆う。だが、隠し切れていない彼女の唇がニヤリとつり上がるのを、セシリアははっきり見てしまった。

セシリアの中で激しい感情が湧き起こる。それを感じているのかいないのか、エメラルダは厳しい表情でまくし立ててきた。

「これから嫁ごうという方からの贈り物を蔑《ないがし》ろにするなんて、いったいどういうつもり？　いくら寛大な王太子殿下でも、これはさすがに許してくれないのではなくって？」

「――ッ！」

ただでさえ腸《はらわた》が煮えくりかえりそうなところに説教じみた言葉までぶつけられ、セシリアは思わず駆け出そうとした。これ以上ないほど姑息《こそく》なやり方を用いた異母妹を、高いところから引きずり下ろしてやりたいと思ったのだ。

「セ、セシリア様！」

本能的にまずいと感じたのだろう。侍女たちが抱きつくようにしてセシリアを止めにかかる。無意識に身をよじりながら、セシリアは抑えきれない怒りをほとばしらせた。

「どうしてっ……！　なぜこんなことができるのっ！」

「なっ……」

扇の陰でほくそ笑んでいたエメラルダが顔色を変える。これまでずっと虐《しいた》げてきたセシリアが、はっきりと敵意を向けてきたことに驚いたらしい。

セシリアは激しく身体を震わせながら、高みの見物を決め込む異母妹を大声で怒鳴りつけた。

「いくらわたしが気に入らないからと言ってこんなことをするなんて、恥を知りなさいッ！」

すると、エメラルダは一転して顔を真っ赤にした。

「この……っ、黙っていれば図に乗って！　おまえのような女、さっさと王太子殿下に見限られてしまえばいいのよ！」

紅を刷《は》いた唇を吊り上げ、エメラルダは高らかに笑って踵《きびす》を返す。

「せいぜい苦しむことね！」

嘲笑《ちょうしょう》とともに去っていくエメラルダを睨《にら》みつけながら、セシリアは音が鳴るほど奥歯を噛みしめる。

——物心ついてからこれまでさんざん嫌がらせを受けてきたが、今ほど彼女に怒りを感じたことはない。

（なんて馬鹿なことをしてくれたの……！）

どうせ彼女はセシリアに恥をかかせようと深く考えずにやったのだろうが、あまりに愚かと言わざるを得ない。

切り裂かれたこれらはただの贈り物ではない。クレイグが自国の慣習に則《のっと》り贈ってくれた品々なのだ。この贈り物を蔑《ないがし》ろにするということは、クレイグの心遣いだけでなくアルグレードの文化そのものを侮辱するということになる。

つまりセシリアが愛想を尽かされるどころか、外交問題に発展してもおかしくない暴挙なのだ。

（いくらこの国にいい思いはないとはいえ、そんな事態を引き起こすのは不本意よ。このままじゃ大変なことになる……！）

エメラルダが黙っていないことは予想できたが、まさかこんな形で報復されるとは思いもよらなかった。これまで気に入らないことがあれば、セシリアに直接攻撃してきていただけに、荷物がやられることなど考えもしなかったのである。

——収まらない感情の嵐に震える拳《こぶし》を握りしめていると、侍女のひとりがおずおずと歩み出てきた。

「い、いかがいたしましょう。もうそろそろ出発のお時間です。先ほどアルグレードの方々が城の正面に馬車を用意しているのが見えました」

セシリアは弾かれたように顔を上げた。

「出発を待っていただくように連絡したほうが……あっ、セシリア様ッ!?」

侍女の言葉が終わるより早く、セシリアは城の正面に向かって駆け出していた。

もともと近いところにいたこともあって、セシリアはすぐ城の正面に到着する。

そこではアルグレードの兵士たちが忙しく動き回っており、クレイグの姿もあった。

「――王太子殿下！」

側近のマティアスとなにやら話していたクレイグは、ハッとセシリアを振り返る。今日は飾り気の少ない軍服姿だが、なにを着ていても彼の美しさが損なわれることはないようだ。

「セシリア？　どうした、そんなに慌てて」

婚約者のただならぬ様子に気づき、すぐセシリアのもとへ駆けつけてきたクレイグは、さりげなく兵たちの視線から彼女の姿を隠す位置に立った。

とにかく彼に謝らなければと走ってきたものの、いざ本人を前にすると言葉に詰まる。緊張したセシリアは息を吸い込んだ途端に噎《む》せてしまった。

「大丈夫か？　いったいなにが――」

クレイグの言葉が不自然に止まる。その目はセシリアの左手を見つめていた。

「婚約指輪はどうした？」

びくり、とセシリアは身を強張《こわば》らせる。背筋を冷や汗が伝うのを感じながらも、正直に話さなければと口を開いたとき――

「おお、お早いですな王太子殿下」

と、朗《ほが》らかな声が割り込んできて、クレイグとともにそちらを見やったセシリアは小さくうめいた。フォルカナ国王と王妃、そして宰相を始めとする重臣たちが、ぞろぞろと城から出てくるところだった。腹立たしいことに、エメラルダも涼しい顔をして同行している。

クレイグはまた、さりげなく彼らの目からセシリアを守るように立ち位置を変え、そばに控えていたマティアスに向かって手を挙げた。

「全員、整列！」

主人の意向を受け、マティアスが兵士たちに向け声を張り上げる。

兵士たちが一斉に作業を切り上げ、瞬《またた》く間に三列に並んだ。一糸乱れぬ統制された動きに、フォルカナの面々は一様に気圧《けお》されたようだった。

「これはフォルカナ国王陛下。皆様もお揃いのようで、このような早い時間からありがとうございます」

「なに、クレイグ殿下のもとには我が娘が嫁ぐのですから、このくらいは当然のことです」

言いながら、父王がぐるりと視線をめぐらせる。肝心のセシリアの姿がないことに気づいたのだろう。セシリアはこのまま逃げ出したい気持ちをぐっと抑え、クレイグの背後から思い切って姿を見せた。

「なっ！　セシリア、そんな恰好でなにをしておるっ」

部屋中を引っ掻き回したあと、適当なドレスに着替えて飛び出してきたのだ。今の彼女は化粧はもちろん髪も結っていない。人前に出るどころか、庭を散歩するのもはばかられるような恰好だった。

父の鬼のような形相《ぎょうそう》にひるみそうになりながらも、セシリアはぐっと顔を上げた。

「王太子殿下にお詫びを申し上げようとしておりました」

「なに？　詫びだと？」

「セシリア」

クレイグがなにか言おうと口を開くが、セシリアはその前に彼の足元に跪《ひざまず》いて深く頭を下げた。

「申し訳ございません。殿下からいただきました贈り物を……わたしの不徳のいたすところにより、すべて駄目にしてしまいました」

「なっ……」

その言葉に絶句したのは、フォルカナの面々だった。

「だ、駄目にしたとはどういうことだ、セシリア？　はっきり言いなさい」

「それは……」

「……わ、わたし見ましたわ。セシリア姫様のお荷物が、すべて切り裂かれていたところを……！」

ハッと顔を上げると、エメラルダ付きの侍女のひとりが真《ま》っ青《さお》な顔で声を上げた。

彼女の言葉を皮切りに、他の侍女も次々と証言していく。その内容に国王や王妃は言葉を失い、宰相たちは卒倒しそうになっていた。

「まぁ、なんということ……！」

その中で唯一怒りの声を上げたのは、他でもないエメラルダだった。

「王太子殿下のせっかくのお心遣いを台無しにするなど、なんて恥知らずな！」

こちらを非難する物言いに、セシリアは怒りを通り越して開いた口がふさがらなくなった。いったいどの口がそれを言うのかと、よっぽど問い詰めてやりたくなる。

エメラルダはすっかり勢いづいて、父王を振り返った。

「お父様、このままセシリア姫をアルグレードに嫁がせてもいいものでしょうか？」

「う、む……。確かにそうだな」

エメラルダの勢いに押されて頷いた国王だが、その目はすぐに厳しいものに戻る。冷たく鋭い視線を向けられて、セシリアは心臓を掴《つか》まれたようにびくりと震えた。

（……悔しいけど、罰を受けるのは仕方ないわ。ここでエメラルダにやられたと言ったところでなんの解決にもならないもの）

下手《へた》に言い訳をして、これ以上クレイグやアルグレードの人々のフォルカナに対する心証を悪くしてはいけない。

すべてをあきらめ、セシリアはじっとうつむいたが――

「あいにく、わたしはセシリア姫以外を妃にするつもりはありません」

セシリアは驚いて顔を上げる。

父王にまっすぐ対峙するクレイグは、先ほどまでと変わらず笑みを浮かべていた。

そんな彼の様子に、父王もエメラルダも戸惑った顔をする。

「い、いや、しかし王太子殿下……」

「わたしが面目《めんぼく》を潰されたとお思いでしたら、それは杞憂《きゆう》というものです。今回の『会議』への参加も、彼女に求婚することが目的でした。それが叶った今、贈り物がどうなったところで問題はありません。また贈れば済む話ですからね。むしろ彼女が無事であったことに安堵していますよ」

跪《ひざまず》いたままのセシリアをさりげなく立たせ、クレイグは愛おしげにその額《ひたい》に口づける。突然そんなことをされて、セシリアの心臓が音を立てて跳ね上がった。

「そ、そう言っていただきまして、ありがたい限りです。ですが……我々としましては、やはりそのような問題のある姫を嫁がせてよいものかと。幸い我が国には王女は多くおりますし、このエメラルダは中でも抜きんでた存在で――」

「フォルカナ国王陛下」

有無を言わさぬ低い声で、クレイグは話を遮《さえぎ》った。

「わたしは、セシリア姫以外の女性を妃にするつもりはないのです。……おわかりいただけますね？」

クレイグは、ゆっくりと言い聞かせるように先ほどの言葉を繰り返した。

王を見つめて笑みを深める彼からは、心なし不穏な気配が漂《ただよ》っている。さすがの父王もそれに気づいて、ぴたりと口を閉ざした。

「ご安心ください、セシリア姫のことは生涯大切にいたします。決して惨《みじ》めな思いはさせませんし、周囲にもそれを徹底させます。――皆もよく聞け！」

背後に控える兵士たちに聞こえるように、クレイグは声を張り上げた。

「これより、セシリア姫を侮辱することは、夫となるこのわたしを侮辱することだと心得よ。もし万が一、彼女に危害を加えるようなことがあれば、例外なく厳罰に処す。いいな！」

兵士たちが「御意！」と声を揃え、手にしていた槍や剣で地面を強く叩いた。

その兵士たちの迫力はもちろん、クレイグの力強い宣言にすっかり気圧《けお》され、フォルカナの人々は無意識にじりっと後ずさる。

(明らかにこちらに非があるのに、責めるどころか、わたしを守ってくださるなんて……)

驚きに息を呑むセシリアだが、クレイグの腕に再び抱き寄せられて慌ててしまった。

「お、王太子殿下っ？」

「クレイグと呼べ。行くぞ」

「行くって……きゃあ！」

膝裏に手を入れられ、いきなり横向きに抱え上げられる。足が宙に浮く心許《こころもと》なさに、セシリアはとっさにクレイグの首筋にしがみついた。

「そのまま掴《つか》まっていろ」

クレイグが気をよくしたようにからりと微笑む。

「お、降ろしてくださ……！」

「では、国王陛下。我々はこれで失礼させていただく。……先ほどの言葉、ゆめゆめお忘れなきように」

言外にセシリアを蔑《ないがし》ろにしたら許さないと脅しつけるクレイグに、当の彼女は肝を冷やした。

彼はくるりと踵《きびす》を返し、セシリアを腕に抱いたまま馬車へ向かう。

その体勢が恥ずかしいやら、黙り込むフォルカナの面々にいたたまれないやらで、口を開くこともできない。気づけばセシリアは馬車に乗せられていた。

そのあいだにも、クレイグはマティアスを呼びつけ短く指示を出す。マティアスは小さく頷くと、クレイグが乗ったのを確認してから馬車の扉を閉め、張りのある声で号令をかけた。

「これよりアルグレード王国に帰還する。一同、前進！」

ふたりを乗せた馬車がゆっくり動き出し、そのあとに付き従うように、無数の軍靴《ぐんか》の音が聞こえてくる。窓からちらりと見ると、兵士たちはぴたりと揃った美しい行進で馬車のうしろを進んでいた。

セシリアは城の正面に目を移す。

入り口付近にはフォルカナの面々が戸惑った様子で立ち尽くしていた。そんな中、エメラルダは悔しげに扇に爪を立てて、こちらを睨《にら》みつけている。

どんどん遠ざかっていくフォルカナ王城……セシリアが十七年間過ごした場所。石造りの白亜の城は見た目こそ優雅だが、そこで過ごした日々にあまりいい思い出はない。

だが不思議なもので、いざ離れるとなるとやはり寂しく感じられるものらしい。

ガラス窓に映るセシリアの表情はみるみるうちに曇っていった。

（さようなら）

胸中で小さく呟《つぶや》き、遠ざかる城からそっと目を背ける。

一度目を離したそこを、振り返ることは二度となかった。

＊　＊

王城のある王都を抜け、次の街へと続く道を走り出す頃になると、出立《しゅったつ》前のささくれ立った気持ちも落ち着いてきて、少しぼうっとしてしまった。

「――腹は減っていないか？　その様子だと朝食は食べていないんだろう？」

そう柔らかく声をかけられ、セシリアはハッと我に返る。慌てて窓辺から正面に顔を向けると、長い足を組んだクレイグが微笑を浮かべながらこちらをうかがっていた。

いくら感傷的になっていたとはいえ、彼の存在をほとんど忘れかけていたとは。セシリアは慌てて頭を下げる。

「だ、大丈夫です。お気遣いいただきまして……」

同時に贈り物を駄目にしてしまったことも思い出され、謝罪が遅くなったことにひどく恐縮した。

「あの、贈り物の件は本当に申し訳ございませんでした。……指輪も……なくしてしまって」

セシリアは自分の左手に視線を落とす。そこに指輪が嵌《はま》っていないことがひどく罪深く思えて、右手でそっと左手を押さえた。

するとそこに、クレイグの大きな手が重なってくる。

「言っただろう？　おまえが無事ならそれでいいと。それともどこか怪我でもしているのか？」

美貌の青年にまじまじと顔をのぞき込まれ、セシリアはたまらず真っ赤になった。

「し、しておりません」

「それならよかった」

身を引いたクレイグは心からほっとした笑みを浮かべる。

その表情に、セシリアの心臓がとくとくと速い鼓動を打ち始めた。なんだか馬車の中の温度が上がった気がする。セシリアは、彼とふたりきりという状況を強く意識してしまった。

こちらを見つめてくるクレイグの視線から逃れるように下を向きつつ、まだ熱の残る掌《てのひら》をもじもじとすり合わせる。

（本当に、この方はどうしてわたしに、ここまでよくしてくださるの？）

贈り物を駄目にされても怒らず、それどころかセシリアを責めるフォルカナの人々から彼女を守ってくれた。父王にも真っ向から対峙し、セシリアを蔑《ないがし》ろにすることは許さないとまで言い切ったのだ。

彼にとってセシリアとは、エメラルダの言っていたような、結婚相手として都合がよい存在というだけではないのだろうか？

それとも単に、婚約者であるセシリアが貶《おとし》められることで、自分の名誉に傷がつくことを嫌がったのだろうか？

（そういえば……彼がフォルカナにやってきたのは、確かわたしに求婚するためだったと言っていたわ）

初めからそのためにやってきた、など、にわかに信じがたい。しかし……

尽きない疑問が胸の内に積もっていく。いつの間にか真剣な表情で考え込んでいたセシリアに、クレイグがくすりと笑った。

「セシリア。おれに悪いと思っているなら、隣にきてくれ」

「え」

セシリアはびっくりして顔を上げた。

「隣に、ですか？」

「そう。ここにおいで」

座席の端《はじ》に寄ったクレイグは、空いたスペースをぽんぽんと叩きながらセシリアを手招く。

セシリアは困惑しつつも、言われるままクレイグの隣に座った。端整な美貌を間近にし、よけいに落ち着かない気持ちになっていく。

「指輪をなくした謝罪はキスでいいぞ」

「は？　キス？」

セシリアは思わず真顔で聞き返した。

クレイグは笑みを浮かべながら、自分の頬をちょんちょんと指さす。

「ここでいいから。キスしてくれないか？」

「……」

セシリアはつい固まった。婚約したとはいえ、果たしてそんな親密な行為をしてもいいものだろうか？　いや、頬にキスするくらいなら別にいいのか？　唇ではないし……

（そ、それに、わたしがこれ以上贈り物のことを気に病《や》まないように、気遣ってくださるがゆえのお言葉かもしれないし）

そう自分を納得させて、セシリアは神妙に頷いた。

「で、では、目を閉じていてください」

見られたままではさすがに恥ずかしい。小声でお願いすると、クレイグはすっと目を伏せた。

セシリアは緊張でますます赤くなりながら、彼の頬にそっと唇を押し当てる。なめらかで少し硬い感触がした。

「あの……これでよろしいでしょうか？」

目を伏せたままのクレイグを見て、セシリアはおずおずと声をかける。

「ん？　ああ、あまりに早すぎて気づかなかったらしい。もう一回頼む」

「えっ？」

「そうしたら指輪をなくしたことはチャラだ」

「うっ……」

そう言われては断れない。

「わ、わかりました……」

ええい、こうなったらさっさと終わらせるまで。そんな気分で、今度は先ほどより強めに唇を押しつける。強すぎて鼻の頭が彼の頬骨にぶつかってしまった。

「申し訳ありませんっ」

セシリアは慌てて身を引いてクレイグに謝る。

だがクレイグは頬に手を当て、そのままぐっと前かがみになった。

その反応にセシリアの心臓は止まりそうになる。だがよくよく見ると、クレイグの肩は笑いをこらえて小刻みに揺れていた。

「……王太子殿下？」

「ぷ、くく……。わ、悪い。おまえがあんまり素直で可愛いから、危うく欲情しそうになった」

「なっ……!?」

絶句するセシリアを前に、顔を上げたクレイグは笑いすぎて浮かんだ涙を指先でぬぐう。

なんてひと……と憤慨したのもつかの間、色気を帯びた視線を向けられ、セシリアはどきりとした。彼の手がこちらに伸びてきて、とっさにきつく目をつむる。

その手はセシリアの頬を優しく撫《な》でたあと――そこをぷにっとつまんだ。

「ふへ？」

「少しは元気が出たか？」

驚いて顔を上げれば、とびきりの笑みを浮かべたクレイグが、こちらを愛おしげに見つめていた。

「……っ」

彼の笑顔は何度か見たが、こんなふうに微笑む彼は初めて見る。秀麗な美貌になんとも言えない甘さが加わった笑みは破壊力抜群で、セシリアはとうとう首筋まで真っ赤にした。

「これで贈り物の件はチャラだ。今後はそのことで悩まないように。いいな？」

「は、い……」

よし、と頷いて、クレイグは改めてセシリアに向き直る。あっと思う間もなく、ふんわりとその胸に抱き寄せられた。

彼の首筋に頬を埋《うず》める形になったセシリアは、どうしたらよいのかわからず身を強張《こわば》らせる。

鼻先をくすぐるクレイグの匂いや自分より少し高い体温に、心臓が勝手に早鐘を打ち始めた。

「『会議』のあいだは忙しくてなかなか会いに行けなかったから、おまえがどう過ごしているだろうといつも気になっていたんだ」

「その、お気遣いいただきまして」

「婚約者を気遣うのは当たり前だろう？　おれのところにくることを選んだこと、決して後悔はさせない」

力強い宣言に、婚約発表のときの彼の言葉がよみがえる。

『おれの手を取れ、セシリア。自分を変えたいと思うなら』

あの一言があったから、自分は今ここにいる。つらい思い出が多かったフォルカナの王城を抜け出し、新たな未来を掴《つか》もうと決意できたのだ。

それを思い返すと胸の奥に温かいものがあふれ、セシリアは声を詰まらせた。

「……そのことですが、どうかお礼を言わせてください」

ほんの少し彼の胸を押して、抱擁《ほうよう》から抜け出す。彼と正面から向き合ったセシリアは、紺色の瞳をまっすぐに見つめた。

「あのとき、わたしに手を差し伸べてくださってありがとうございました。あなたの言葉で、わたしは初めて『変わりたい』と強く思うことができました」

「そうか。おまえが変わるための一助になれたなら光栄だ。礼はキスでいいぞ」

ふっと笑うクレイグに、真面目に話していたセシリアは拍子抜《ひょうしぬ》けする。ついあきれて口をつぐむ彼女に、クレイグが手を伸ばしてきた。

「あ、ちょっ……」

大きな手がセシリアの頬を包み込む。同時に顔を寄せられ、セシリアは青色の瞳を大きく見開いた。

「してくれないならこちらからするぞ」

「待って、……んんっ？」

止める間もなく唇にキスをされて、セシリアは目を見開く。

「ん……、きゃっ」

驚きに硬直しているセシリアの唇を、クレイグがかすかにのぞかせた舌でぺろっと舐《な》めてくる。

飛び上がったセシリアは両手で口元を覆って、座席の上を後ずさった。

「真っ赤になって可愛いな」

してやったりと言わんばかりの態度で悠々と座り直すクレイグに、セシリアはぷるぷる震えた。

こっちは真剣にお礼を言ったというのに、こんなふうに茶化されてキスまでされるなんて。

おまけに唇にしてくるとは。婚約発表のときにもされたとはいえ、こんなふうにまたあっさりと奪われるとは！

「ひどいです、殿下！」

「はははっ。もう一回してほしいか？」

「結構ですっ！」

ぷいっとそっぽを向くが、クレイグはまだ笑っている。馬車の車輪の音に重なって響くその声はとても楽しそうだ。

（エメラルダが言っていた、彼が女好きという噂はあまり信じていなかったけれど……あながち間違いではないかも）

いきなりこんなキスをしてくるなんて。セシリアはできるだけ距離を取ろうと、クレイグから離れて座席の端《はじ》に座り直した。

しかしここは狭い馬車の中。自然と近くにいる彼を意識してしまい、駆け足のような胸の鼓動も顔の火照《ほて》りも、しばらく引きそうになくて困ってしまった。


その後のアルグレードまでの道中は快適の一言に尽きた。

初めての馬車旅に、最初こそ気分を悪くすることもあったセシリアだが、同乗するクレイグがこまめに休憩を入れてくれたおかげで、悪化することはなかった。

少し旅に慣れてくると、クレイグは立ち寄った街で様々な菓子や本を買い与えるようになった。

あまり荷物が増えるとそれだけ兵士たちが大変になるからと、控えめに遠慮の言葉を伝えると、愛らしい花束が贈られるようになった。それも、野辺に咲いていたものをクレイグみずからが摘《つ》み取ったという。

大国の王太子がすることとは思えない意外な行動だが、それが逆に彼の心遣いを示しているようで胸が温かくなる。

移動中の馬車で、クレイグは従軍しているときに見たという山や海について詳しく話してくれた。彼の経験や知識は実に豊富で、セシリアは本でしか知らない光景について飽《あ》くことなく聞き続けた。

これがただの馬車旅であれば、これ以上ないほど心地よく楽しい道程と言えるだろう。

だがこれは政略結婚で、大国の王太子に嫁ぐための道程なのだ。これから自分に待ち受けるだろうことを考えるだけで身がすくむ。

さらに、セシリアを悩ませていることはもうひとつあった。

「セシリア、キスさせてくれ」

それは唐突に告げてくるクレイグからのおねだりである。

馬車に乗ったときから、クレイグはことあるごとにセシリアにふれようとしてきた。エメラルダが言っていた『女好き』との噂を信じてしまいそうになるほどに。

「今日だけで、もう三回はしていると思いますが……」

そのせいだろうか、自然と目は据《す》わり、遠回しに断る言葉にもあきれている心情が滲《にじ》み出てしまう。

婚約している以上、全部を拒絶するわけにはいかないだろうが、それでも日に何度もこんなことを言われれば避けたくなるのも無理からぬ話だろう。

さりげなく座席の上を後ずさって彼から距離を置こうとするが、クレイグはそこをあっさり詰めて彼女の顎《あご》先を指ですくった。

「なんだ、数えていたのか？　おれとしては数え切れなくなるくらいキスしたいと思っているが」

「ばっ……、なにを仰《おっしゃ》っているのですか」

自由すぎる言葉にセシリアは頭が痛くなってくる。最近のクレイグときたら挨拶代わりのようにキスをねだってくるので、毎回焦って反応するのも馬鹿馬鹿しくなってきたほどだ。

さすがのクレイグも思い直したのか、苦笑まじりにセシリアから手を離した。

「なにかおもしろい景色は見えるか？」

「ええ……。今日は天気がいいので山の峰が美しく見えます」

「それはいいな。どのあたりに見える？」

「あちらのほうに……ん、んぅっ」

クレイグにも外の景色が見やすいように身体を少しずらした途端、セシリアは後頭部を引き寄せられ口づけられていた。

隙を突くような不意打ちのキスにセシリアは硬直する。だが薄く開いた唇を割ってぬるりとした舌が入り込んできた瞬間、身体がびくんと跳ねた。

「やっ……、殿下！」

「悪いな。おまえの横顔が可愛すぎて」

「もうっ、そんなことばかり仰るのだから！」

眉を吊り上げて怒るが、まったく効果なしだ。

それどころかクレイグは嬉しげに微笑み、毛を逆立てる猫を相手にしているみたいに、セシリアの喉元をくすぐってくる。

「やっ、いやです……、くすぐったいっ」

「本当に？　くすぐったいだけか？」

「んんっ……！」

首筋を伝う指に軽く耳をふれられた瞬間、セシリアの身体が再びびくりと跳ねた。

「や……、さわらないで」

「指は嫌か？　なら、舌は？」

「は、ぅ……っ」

肩に腕を回され、あっという間に抱き寄せられる。そのまま唇で左の耳を軽く咥《くわ》えられると、体温が一気に上がるのを感じた。

「だめ……、んっ……」

拒絶したいのに、繰り返し耳朶《じだ》を食《は》まれると身体が震えて上手《うま》く力が入らなくなる。

唇から漏《も》れる言葉は弱々しく、自分で情けなく思うくらい頼りなかった。

（ああ、もう、キスをされるといつもこうなってしまう……っ）

きちんと拒まなければ。婚約しているとはいえ、結婚まで節度ある関係でいなければならないのは、王女であれば当然のことだ。教育係にもそのあたりは口を酸っぱくして教え込まれている。

なのに……

毎度そう思っても、セシリアはずるずると彼の手管《てくだ》に溺《おぼ》れてしまうのだ。

「ん、あ……、やぁっ、舌、入れないで……っ」

耳孔のそばで舌をちろちろと動かされ、セシリアは身をよじって逃れようとする。

だがクレイグの両腕にしっかり身体を捕まえられていて、逃げることができない。繰り返し耳を刺激されて、いつの間にかセシリアは彼の腕に縋《すが》りつく恰好になっていた。

「ぁ、はっ……、はぁ、はぁ……っ」

「……首筋まで真っ赤になって、可愛らしいな」

「あんっ……」

ドレスの胸元からのぞく鎖骨を指先でなぞられた瞬間、セシリアは悪寒《おかん》にも似た震えを感じて動揺する。とっさに下唇を噛んで漏《も》れそうになる声をこらえるが、火照《ほて》った身体はびくびくと大きく揺れてしまった。

「セシリア……」

かすれた声で名前を呼ばれ、どきんと胸が高鳴る。

正面から向かい合い、クレイグはセシリアの髪を掻き上げながらそっと唇を重ねてきた。

ついばむような軽い口づけを何度も繰り返し、根負けしたセシリアが唇を薄く開くと、待っていたとばかりに彼が舌を差し入れてくる。

こうなるとセシリアはもう抵抗することができない。この数日で、彼の口づけが気持ちいいことを知ってしまったから――

唾液を纏《まと》った舌で歯列の裏をなぞられ、舌の根をくすぐられる。舌先同士をすり合わされ、腰の奥が熱く疼《うず》き始めた。

ふれられるたびに自分の身体がひどく敏感になっていく……。そのことに、セシリアは軽い恐怖と困惑に見舞われた。

(き、気持ちいいなどと思っては駄目よセシリア。結婚前にこんなことをされてドキドキするなんて、不謹慎にもほどがあるわ)

だからさっさと突き飛ばさなければ駄目……！

セシリアの理性は激しく警鐘《けいしょう》を鳴らして、そう訴えているというのに——

「ん、ふ……、ふぁ……っ」

自分が漏らす鼻から抜ける甘い声に、セシリアは泣きたくなる。まるで快楽に流されているとしか思えない反応だ。

(わたし、本当はこんなに淫《みだ》らだったの？)

「もっと舌を伸ばして……。そう、いい子だ」

彼の少しかすれた低い声を聞くと、考えるより先に身体が動いてしまう。

思うようにならない自分の身体におののきながら、セシリアは今日も甘く苦しい口づけを受け入れるのだった。

そうして、楽しみと苦しみを同じくらい味わうセシリアを乗せた馬車は、フォルカナとアルグレードの国境にあるラロシュの街に到着した。

ラロシュには、この土地を治める辺境伯の城があり、一行はそこで一晩の宿を借りることになっていた。

別荘として使われている城は、この日のために隅々まで磨き上げられ、多くの使用人はもちろん、花を添えるために楽団まで呼ばれていた。

辺境伯のもてなしをクレイグは快《こころよ》く受け入れ、晩餐の席に着くことを了承する。当然、彼の婚約者であるセシリアも同席することになった。

そのため、セシリアはあてがわれた部屋に入ると、辺境伯が用意してくれた女性の使用人の手を借りて盛装に着替える。

旅のあいだは身体を締めつけない簡素なドレスと踵《かかと》の低い靴でいたので、久々の華やかなドレスと高いヒールに少し緊張した。

おかしくないかと何度も姿見をのぞき込んでいると、比較的年配の使用人がくすりと微笑む。

「王女様、そんなに不安そうなお顔をしなくても、とてもお綺麗でいらっしゃいますよ」

「そ、そうかしら」

「ええ、そりゃもう！　でも、ふふっ、婚約者の王太子殿下があれだけ男前だと、不安になるお気持ちもよくわかります」

セシリアの背をさりげなく押して鏡台へ導きながら、使用人は朗《ほが》らかに言った。

「本当に、惚れ惚れするほど素敵な殿方でしたわねぇ。男のひとに美人というのは変ですけど、あの方にはぴったりな気がしますわ」

「わたしもそう思うの。本当に美しい方よね……」

旅のあいだ身近に接するようになっても、彼の美貌にはなかなか慣れることができないでいた。

それどころか、ふたりきりになったときに見せる、普段とは違う柔らかな表情にどぎまぎする。

おまけにキスやそれ以上のことをされると、とても平静ではいられなくなってしまうのだ。

(政略とはいえ、結婚するなら仲はいいに越したことはないけれど……)

結い髪に花を挿《さ》してもらったセシリアはすっくと立ち上がり、使用人に手を引かれて晩餐の開かれる食堂へ向かう。

階段を下りて行くと、食堂の入り口で辺境伯と話しているクレイグが目に入った。

今夜のクレイグは緑を基調とした華やかな盛装に身を包んでいる。婚約発表のときもそうだったが、着飾った彼は見惚《みと》れるほどに麗《うるわ》しい。普段は下ろしている前髪をきちんと撫《な》でつけているため、男ぶりがさらに上がったような気がした。

「セシリア、美しいな」

ドキドキしながら近づくと、セシリアに気づいたクレイグが破壊力抜群の笑みを浮かべて、さらりとそんなことを言ってきた。軽く抱擁《ほうよう》されて頬に口づけられては、ときめくなと言うほうが無理な話である。

「仲睦《なかむつ》まじいことで、大変結構なことですな」

辺境伯が心の底からそう思っている様子で、うんうんと頷いてくるのもいたたまれない。

セシリアは真っ赤になって、クレイグの胸をさりげなく押した。

「ひ、人前でこんなことはなさらないでください」

「別にいいだろう、頬にキスくらい。なんなら唇にでも……」

「王太子殿下っ」

飛び退《の》くように離れると、クレイグは楽しげに笑って、礼儀正しく手を差し出してきた。

「食堂までエスコートさせていただけますか、婚約者殿？」

セシリアは頬を膨《ふく》らませながらも、彼の腕にそっと手を添える。

そんな彼女の様子をどう受け取ってか、辺境伯はクレイグににこにこと声をかけた。

「セシリア姫は大変初々《ういうい》しく可愛らしい方ですな。このような方を花嫁にできて、王太子殿下は果報者ですね。なんともうらやましい」

「そうだろう？　だが辺境伯、その言い方だと、まるで貴殿がわたしの婚約者を狙っているようにも聞こえるが？」

「滅相《めっそう》もございません。まぁわたしがあと二十ほど若ければ、どうなっていたかはわかりませんが」

「だとしても彼女を手に入れるのはこのわたしだ。こんな美しくて愛らしい姫君をみすみす他の男にくれてやるなど、男がすたるからな」

男同士の冗談交じりの会話だとわかっているが、横で聞いているセシリアは恥ずかしいばかりだ。

意気投合したらしい男たちは、晩餐のあいだも楽しげな会話を続けていた。一方でセシリアは、彼らの話題に自分が上《のぼ》るたびにいたたまれなくなり、せっかくの料理も音楽もほとんど味わうことができなかった。

食後、クレイグが辺境伯に誘われ、酒を飲みに奥へ消えていくのを見送るとようやく人心地つけて、セシリアはつい「はぁぁ……」と深いため息を吐き出した。

（こんな状態で、本当にこの先やっていけるのかしら。なんだか不安……）

がっくりと肩を落としつつも、セシリアは就寝のためにあてがわれた部屋へ戻ろうと踵《きびす》を返す。

だが階段を上がろうとしたとき、背後から自分を呼ぶ声がかかった。

「セシリア姫様、どうかお待ちください……！」

どこか切迫した呼びかけに、セシリアはその場で振り返る。見れば年若い女の使用人が駆け寄ってくるところだった。その顔色はひどく悪く見える。

「わたしになにか用かしら？」

こんなに急いでやってくるなど、どうしたのだろうと思いながら問いかける。すると、使用人は深く頷いた。

「はい。あの、フォルカナ王城から姫様に早急にお目にかかりたいと、使者がお見えなのですが……」

「王城から使者？」

明日には国境を越えるというのに、いったいどんな用があるというのか。

戸惑うセシリアを、使用人は「こちらです」と強引に引っ張っていこうとする。その行為にセシリアは眉をひそめた。

「本当に王城からの使者なのですか？　もしそうだとしたら、わたしではなく、まず王太子殿下に取り次ぐのではなくて？」

すると使用人の女は目に見えてびくりと肩を揺らした。

「えっ、えっと、それは……」

忙《せわ》しなく視線を泳がせる使用人は、なんと言えばいいかわからず戸惑っている様子だ。

明らかに不慣れな様子に、もしかしたら今日のために急遽《きゅうきょ》雇われた者なのかもしれないとふと思った。勤めて日が浅いなら、王城からの使者相手にどう返事をしたらいいかもわからないだろう。

その証拠に使用人の女はひどく焦った様子で、セシリアに向け頭を下げた。

「お、お願いします、どうか一緒にきてください……。そうでないとわたし……っ」

「……わかったわ。案内してちょうだい」

目に涙を浮かべて言い募《つの》る使用人に憐《あわ》れみが湧いて、セシリアは渋々頷いた。

（けれどフォルカナからの使者って……。今さらわたしに用などないはずよね？　なんだか嫌な予感がするわ）

セシリアは念のため、先導する使用人に確認を入れた。

「その使者のこと、誰か他の者にも伝えていて？」

「いいえ。その、使者の方がとにかく早急にと仰《おっしゃ》ったので……」

「なら、案内を終えたら、すぐに王太子殿下にこのことをお知らせしてちょうだい」

言い渡すセシリアの脳裏には、ズタズタに切り裂かれたクレイグからの贈り物のドレスがあった。

隙を突かれてあのようなことをされるのは二度と御免だ。

「かしこまりました……」

そうして侍女のあとを歩くこと数分。セシリアは、城の裏手の湖へ通じる扉に案内された。

（――いくら急いでいるからって、こんなところに呼び出したりするかしら？）

セシリアは警戒心を強くする。

クレイグのもとへ知らせに行こうとする使用人に、この扉は絶対に閉めないように伝えてから、セシリアは外に出た。

歩いて行くと、使者らしき男はひとりで湖のそばに立っていた。

湖の周りにはぐるりと蔓薔薇《つるばら》が茂《しげ》っており、宵闇《よいやみ》の中、甘い芳香が漂《ただよ》っている。

セシリアは内心の緊張を隠して、使者らしき男に問いかけた。

「あなたがフォルカナの使者ですか？」

相手の手が届かない距離を保って立ち止まる。男はすぐに振り返り、胸に手を当てて優雅に一礼した。

「いかにも。王女殿下にはご機嫌麗《うるわ》しく……」

顔を上げると同時に使者は親しげに微笑んだ。だが、セシリアは硬い表情を崩さない。相手が見知った人物であれば違ったかもしれないが、セシリアにはまったく覚えのない顔だったからだ。

相手から視線を逸《そ》らさないまま、セシリアは慎重に口を開いた。

「急ぎの用事とのことですが――」

「はい。実は王女殿下を心配された国王陛下より、お言葉を賜《たまわ》ってまいりました……」

国王陛下がわたしを心配？　セシリアは我が耳を疑った。

「……陛下はなんと？」

「国王陛下は、アルグレードの王太子に姫様を嫁がせることに、強い懸念《けねん》を抱いておられます。もし姫様がこの婚姻に少しでも不安をお持ちなら、なんとしても連れて戻れと密かにお命じになられました……」

「な……」

セシリアは思わず息を呑んだ。

（このひと、フォルカナの使者なんかじゃないわ――！）

十七年もの長きにわたり娘を放置し続けてきた国王陛下が、大国アルグレードを敵に回してまで、そんなことを言うはずがない。

胸に渦巻《うずま》いていた疑惑が決定的になり、セシリアは相手に気づかれないよう、そっとうしろに下がった。

「……そ、そんなことを突然言われても困ります。わたしはもう隣国に嫁ぐ心づもりでいるのですから――」

「ええ、ですから、国王陛下も密かに姫様にお伝えするようにとご命令になりまして――」

「どのみち、そのようなこと、すぐに結論は出せません。少し考える時間を……そう、部屋に戻ってじっくり考えてみるわ。だから……」

どくどくと鼓動を打ち始めた心臓をなだめながら、平静を装ってセシリアは城へ戻ろうとする。

だがセシリアが駆け出そうとすると、使者は即座にセシリアの腕を掴《つか》み、力任せにひねり上げた。

「きゃあっ！　――んんっ⁉」

鋭い痛みに悲鳴を上げるが、直後、口元を強く押さえられる。

「ん、ん――！」

「ちっ。忌々《いまいま》しい小娘め。おとなしく国に戻っていれば無事でいられたものを……！」

舌打ちとともに不穏なことを言われて、セシリアはさっと青ざめた。

逃れようと必死にもがくが、男の腕はびくともしない。そのあいだにもずるずると引きずって行かれて、気づけば湖の縁に立たされていた。

（ま、まさか……⁉）

「恨むなら、おまえを花嫁にしたクレイグ・アレンを恨むんだな」

そう憎々しげに吐き捨て、男は勢いよくセシリアを湖に突き落とした。

「――ッ！」

悲鳴を上げる間もなく、真っ黒な湖面へ投げ出される。

耳元でバシャン！　と大きな音が弾け、鼻や口から容赦なく冷たい水が入りこんできた。苦しさと恐怖に、セシリアはたちまちパニックに陥《おち》ってしまう。

「うっ……、ごほっ、かはっ……！」

冷たい水に芯まで凍りつきそうになりながら、セシリアは懸命に水を掻いて頭を出そうともがく。ほどけた長い髪が顔に張りつき視界がふさがれる。次第に息をするのも困難になってきた。

「い、や……たすけて……っ！」

水面に顔を出して必死に叫ぶが、かすれたうめき声にしかならない。

水を吸ったドレスが重石《おもし》となり、身体がどんどん湖底へ引きずり込まれていく。必死に水を掻く腕も寒さで動かなくなってきた。

このままでは溺《おぼ》れ死ぬ――耐え難い孤独と恐怖に襲われたセシリアは、消えそうになる意識の中で懸命に叫んだ。

（誰か助けて。王太子殿下……、クレイグ様――……！）

そのときだ。湖底に沈みかけていたセシリアの身体が、強い力で引き上げられる。

気づけば大きな水音とともに顔が水面に出て、肺に空気が大量に流れ込んできた。

セシリアはたまらず激しく噎《む》せ込む。

「うっ……！　ごほ、げほっ！　はぁ……、けほっ」

「セシリア！　大丈夫かッ⁉」

がんがんと痛む頭に、切羽詰《せっぱつ》まった声が響く。

思わず低くうめいたセシリアだが、その声がクレイグのものであると気づき、なんとか瞼《まぶた》をこじ開けた。

「ク、レイグ……さま……？」

「セシリア……！」

首から下が水に浸《つ》かった状態で、しっかりとセシリアを抱きしめていたクレイグは、彼女の頬に自分の頬を強く押しつけてきた。

セシリアは咳き込みながら、目線だけで周囲を確認する。もがいているうちにずいぶん岸から遠いところにきていたらしい。岸からはふたりを呼ぶ声が繰り返し聞こえてきていた。

明かりと声を頼りにクレイグは湖畔へと泳いでいく。

「すぐに岸に着くから頑張れ。ゆっくり息をしていろ」

指先まですっかり凍えて声も出せないセシリアに、クレイグはずっと励《はげ》ましの言葉をかけてくれていた。

セシリアを抱いて泳ぐのはさぞ大変だろうに、それでもこうして気遣ってくれるなんて……

岸に泳ぎ着いたクレイグは、兵士の手を借りてセシリアを岸に押し上げた。

力なく地面に倒れたセシリアは、夜風に身体を震わせる。奥歯をカチカチ鳴らしながらうずくまっていると、身体が温かななにかで包まれた。

鼻先をかすめる匂いから、それがクレイグの上着だと気がつく。

「殿下、ご無事ですか？」

「当たり前だ。それより——」

「使者を名乗っていた男でしたら既に捕らえたと報告がありました。使用人の女からは今事情を聞いていますが、どうやら家族を人質に取られて脅されていた模様です」

「まったく。他国の人間まで脅しつけるとは、恥さらしもいいところだ」

そう悪態をつくクレイグの声に、セシリアは寒さとは別の感覚からぶるりと身を震わせる。それは湖の水よりも冷たく容赦のない声だった。

そんな主人をマティアスがなだめつつ、セシリアに視線を向けてくる。

「姫君のお世話はいかがいたしますか？」

「おれがする。——あとを任せてもいいか？　辺境伯への説明も」

「もちろんです」

クレイグはマティアスの返答に頷くと、セシリアのそばに膝をついた。

直後、身体がふわりと浮き上がり、クレイグに抱き上げられたのがわかった。

寒さに凍えるセシリアは、クレイグの温かな胸に思わず頬を寄せる。

「そのまましがみついていろ」

セシリアを抱く腕に力を込め、クレイグがそっと声をかけてきた。

先ほどの冷たく容赦のない声とは違う、労《いたわ》りに満ちた声音……

それにほっと息をついた途端、緊張の糸がぷつりと切れて、セシリアの意識は闇に沈んだ。


ふと気がついたとき、セシリアは温かく硬いなにかに包まれていた。

身じろぎすると、そっと身体を引き寄せられる。

同時に唇に柔らかくふれてくるものがあり、セシリアは朦朧《もうろう》としながらゆるゆると瞼《まぶた》を上げた。

長い睫《まつ》毛《げ》に縁取られた紺色の瞳が視界いっぱいに広がる。

驚きに薄く唇を開くと、そこからなにかが流れ込んできた。

「気付けの酒だ。身体が温まる」

舌に感じた苦みに思わず首を振るが、なだめるように頭を撫《な》でられ渋々飲み込んだ。たちまちカッと喉が熱くなる。

セシリアに口移しで酒を飲ませた後も、クレイグは彼女から唇を離そうとしなかった。

「……ぁ……、で、んか……」

角度を変えて、何度も何度も口づけられ、セシリアはじわじわと焦りを覚える。とっさに身体を離そうと彼の胸に手を置くが、その感触にぎょっとした。

指先にふれてきたのはシャツなどの衣服ではなく、熱くて硬い、男の汗ばんだ肌だったのだ。てっきりなにか着ているものだと思っていたのに、クレイグは肌を晒《さら》してセシリアの隣に横たわっている。

だがそれ以上に驚いたのは、自分がなにも身につけていないことだ。剥《む》き出しになっている自分の胸元を見下ろしたセシリアはたまらず悲鳴を上げた。

「きゃあ！　な、なんで……！　どうしてこんなっ」

セシリアは慌てて胸の前で腕を交差し、裸の胸を隠す。

真っ赤になった彼女に苦笑しながら、クレイグはゆったりした手つきで彼女の長い髪を梳《す》いた。

「覚えていないか？　おまえはフォルカナの使者を名乗った男に、湖に突き落とされたんだ」

「……っ！」

記憶が一気に戻り、恥ずかしさに火照《ほて》った身体が瞬時に冷えた。

「すぐに気づいて助け出せたからよかったものの、湖に沈んでいくおまえを見たときは心臓が止まるかと思ったぞ」

身を強張《こわば》らせているセシリアに腕を回し、クレイグはぎゅっと抱きしめてくる。

その抱擁《ほうよう》から、彼が自分をとても心配してくれたことが痛いほど伝わってきて、胸の奥がきつく掴《つか》まれたように痛んだ。

「も、申し訳ありません。怪しいと思いながら、わたしが不用意に出て行ったりしたから……。まさか湖に突き落とされるとは思わなかったので……」

遅まきながら、心配以上に迷惑をかけたことに気づき、セシリアは震える声で必死に謝罪の言葉を口にする。

だが冷静になろうとするほど、湖の中を沈んでいく恐怖と苦しみが思い出されて、指先がカタカタと震えてきた。

「セシリア……」

クレイグが痛ましげにその手を包む。

彼のぬくもりに縋《すが》り、セシリアは「ごめんなさい」と繰り返した。

「謝らなくていい。おまえをひとりにしたおれの落ち度だ。……本当に、無事でよかった。間に合わないかと思って、心底肝が冷えた」

「うっ……」

優しい言葉と抱擁に、セシリアはこらえきれずに嗚咽《おえつ》を漏《も》らす。

そんな彼女を慰《なぐさ》めるように、クレイグの手が優しく背中を撫《な》でてきた。セシリアは彼の広い肩口に顔を埋《うず》めて、心のまま涙を流す。

（そういえば、こんなふうに心から誰かに心配されるなんて初めてだわ……）

これまで誰からも優しくされてこなかったセシリアにとっては、クレイグの言葉や仕草ひとつひとつが心に染みる。温かなものが胸の奥に広がり、セシリアはかつてない幸せを感じて恐怖から抜け出すことができた。

それからどれくらい経っただろう。

ひとしきり涙を流したセシリアはようやく落ち着きを取り戻した。が、それと同時に別のことが気になってくる。

今さらとは思いつつも、セシリアはそろりと顔を上げて、おずおずと尋ねた。

「あ、あの、どうしてわたしたち……、ふ、服を、着ていないのでしょうか？」

クレイグは一度パチパチと瞬《まばた》きをして、それから苦笑まじりに答えた。

「こうして裸で抱き合うのが、凍えたときの一番の対処法だからだ。先に湯も使ったが、まだ寒そうにしていたから温めていたんだ」

まさかこんなときにまで不埒《ふらち》な真似に及んでくるとは考えていなかったが、理知的に説明されて、セシリアはほっとした。

同時に「もしかして……」とほんの少し疑心を抱いたことが恥ずかしくなって、セシリアは殊《しゅ》勝《しょう》に頭を下げる。

「お手数をおかけいたしました」

「これくらいはなんでもないさ。おまえが気がついてよかった」

大真面目に答えられれば、ますます恐縮してしまう。

が、答えがわかったからといって、このまま裸でいることは大いに躊躇《ためら》われた。

「あの、おかげさまで寒気も収まってきました。すっかり回復したと思いますので、その、腕を放していただけませんか……？」

言外にこの状況のままでは恥ずかしすぎると伝えるが、クレイグは拘束を緩《ゆる》めようとしない。それどころか、

「まだ駄目だ」

とセシリアの細い手首を掴《つか》んで、彼女の顔の横に縫《ぬ》い止めてしまう。

自然と仰向けになったセシリアに、クレイグは覆い被さるように馬乗りになってきた。突然のことにセシリアの心臓は大きく跳ねる。

「あ、あの……！　んっ……!?」

問答無用とばかりに口づけられ、舌に残る酒の味にくらりとさせられた。

「は……、でん……、ん、ん……ッ」

「今すぐおまえをおれのものにしたい」

切羽詰《せっぱつ》まった声音で告げられ、セシリアは息を呑んだ。

「そ、それは……っ」

「結婚するまで待つつもりだったが、もう無理だ。我慢できない」

「で、殿下……」

「クレイグと呼べ」

いつもと違う強い口調で命じて、クレイグはセシリアの首筋に額《ひたい》を埋《うず》めた。

「ひとつに繋《つな》がって、おまえがちゃんと生きていることを確かめさせてくれ」

そう言ったクレイグに強く下肢を押しつけられ、セシリアはびくっと息を止める。

(こ、これって、男のひとの……！)

太腿に当たる熱く硬いものの正体に思い至り、セシリアはかぁぁっと頬を真っ赤に染めた。

頭の中にエメラルダの自慢げな声がよみがえってくる。早熟だった彼女は純潔こそ守っていたようだが、多くの男友達を後宮に引き入れ、淫《みだ》らな遊興にふけることがままあった。

その後の始末をするのは侍女の仕事であったため、自然とセシリアは男女のあれこれについて話す他の侍女たちの言葉を耳にする機会が多くなったのだ。

きっと自分には縁がないことだろうと半分聞き流していたが、それでもある程度のことは知っている。さらにクレイグとの結婚が決まってから受けた淑女教育に、そうした知識を授ける授業も含まれていたのだ。

おかげで今の彼がどのような状態にあるのか、セシリアはすぐに察することができてしまった。

(うそ。どうしよう……！)

いきなりのことに動揺して逃げ出そうとするが、手首を押さえるクレイグの力は驚くほど強い。

逃がさないとばかりに首筋を唇でたどられ、セシリアはびくんと大げさなほど身体を跳ね上げた。

「だ、だめ……、あっ……」

クレイグの唇が喉元に吸いつき、ちゅうと音を立てて吸い痕《あと》を残す。

同時に両手首を頭の上でひとつにまとめられ、あいた手で胸元にふれられた。

「やっ……」

セシリアは驚きのあまり息を止める。

クレイグはセシリアの乳房に手を添えて、膨《ふく》らみを持ち上げるようにそっと包み込んできた。

「お願い殿下、やめて……っ」

うっすらと涙目になりながら、セシリアはいやいやと首を振る。

だがクレイグの動きは止まらず、セシリアは羞恥《しゅうち》と焦燥《しょうそう》に身を強張《こわば》らせた。

（いけないわ、結婚前にこんなこと……！）

セシリアは必死に、クレイグの手を引き剥《は》がそうとした。

「殿下、駄目です、結婚前にこんなことをしては……！」

「どうしてだ？」

「んっ……！」

乳房を覆うクレイグの手はびくともせず、それどころかセシリアの抵抗など無意味だと言わんばかりに、これ見よがしに膨らみをこね回してくる。

そうされると意に反して力が抜けそうになって、セシリアは懸命に訴えた。

「こ、こういう行為は……ん……、神様の前で夫婦になることを、誓って、から……、はぁ……、するものでないと、いけない、と……っ」

切れ切れになりながらなんとか伝えるも、クレイグはどこ吹く風の様子で乳房をいじり続ける。それどころか、指先で薄紅色に染まる乳房の頂《いただき》を軽く弾いてきた。芯を持って勃《た》ち上がり始めていた乳首をしごくように擦《こす》られて、じわりと滲《にじ》んだ快感にセシリアは首をのけ反《ぞ》らせた。

「あぁっ、や、……は、ん……っ」

そのままこりこりと乳首をいじられていくと、自然と息が荒くなる。いじられているのは胸なのに、なぜか腰のあたりがむずむずと落ち着かなくなってきた。

たまらず身をよじるたび、太腿にふれている彼自身が硬度を増していくのを感じる。それがよけいにセシリアの焦燥を煽《あお》った。

「だ、だめぇ……っ。お願い、もうやめ……、あ、あンンッ」

彼の指先に翻弄《ほんろう》され喘《あえ》ぐことしかできない自分に、情けなさといたたまれなさが湧き上がって、目頭がジンと熱くなった。

「んう、ぅ……っ」

「……泣くな。困らせたいわけじゃない」

さすがに無視できなくなったのか、一度身体を起こしたクレイグは、セシリアの目尻に軽く唇を押し当ててきた。

セシリアは怖々と瞼《まぶた》を開ける。滲んだ視界に映るクレイグの表情はいつになく真剣で、こちらをまっすぐ見つめる紺色の瞳にセシリアの心は大きく揺さぶられた。

「クレイグ、さま……」

「おれに、おまえが生きていることを感じさせてくれ」

「……どうして……」

セシリアは戸惑いに瞳を揺らす。

どうして彼は、セシリアのことをこれほど求めてくれるのだろう。

(わたしは彼にとって、政略のための相手ではないの……？)

「抱かせてくれ」

セシリアの唇に一度強く唇を押し当て、クレイグが熱く懇願した。

「誰よりもそばで、おまえの存在を確かめないと、不安でどうにかなりそうだ……っ」

切なさのまじる訴えに、セシリアはますます戸惑いを深める。

彼から向けられる情熱の大きさに怖くなるほどだ。しかし——

(彼の立場なら、力尽くで奪うことだってできるはずなのに……)

強引に組み敷いてきても、こうしてセシリアの意思を確かめてくる。おそらくセシリアが本気で拒めば、彼もこれ以上の行為に及ぶことはないに違いない。

その優しさと、彼が自分をこれほど求めてくれているということに、不覚にも喜びのような感情が湧き上がってきた。それだけでなく、彼の気持ちに応えたいという気持ちまで芽生えてきて、大いに狼狽《うろた》える。

じっと返事を待つクレイグに見つめられ、セシリアの胸の鼓動は信じられない速さで高まっていった。

流されてはいけない。そうわかっているのに――

「セシリア」

かすれた声で名前を呼ばれ、愛おしげに髪を掻き上げられる。止められない思いが泉のように湧いてきて、セシリアはかすかに唇を噛んだ。

「セシリア……」

露《あら》わになった額《ひたい》に口づけられ、頬を撫《な》でた親指が唇にふれてくる――

(もう、無理)

拒むなんて――できない。

(こんな声で呼ばれて、突き放すことなんてできないわ……!)

それまでの貞操観念を覆《くつがえ》すことへの戸惑いと、未知のことへの恐怖に泣きそうになりながら、セシリアはゆっくり身体の力を抜いた。

それを承諾と理解したのだろう。クレイグはかすかに微笑み、セシリアの細い身体をもう一度ぎゅっと強く抱きしめた。

「――優しくする。おれにすべてを委《ゆだ》ねてくれ」

「……んぁ……、あ、あぁ、あ……」

手の甲で口元を覆いながらも、漏《も》れ出る声を抑えられずにセシリアはか細く喘《あえ》ぐ。せわしなく上下する胸元にはクレイグが伏せていて、舌や指先を使いセシリアの敏感なところを絶えず攻め立てていた。

「あ、ぅん、んン……ッ」

舌先で丹念に乳首を舐《な》め回され、腰の奥が蕩《とろ》けそうだ。もう一方の乳首は指先でつままれ、押し込められたりしごかれたりされている。そのたびに身体の奥が煮え立つほど熱くなり、頭がふわふわしてきた。

顔を上げたクレイグが、セシリアの首筋から左耳へと舌を這《は》わせる。

「ぁ、あ……、だめ、耳は……ッ」

尖らせた舌先が耳孔に差し入れられた。耳元で聞こえるぴちゃりという水音に、セシリアは目元を真っ赤に染めた。

「あん、ん、ン……、あぁ……！」

身体が熱くてたまらなくて、じっとしていることすら難しい。

身をよじれば、下肢からも小さな水音が聞こえてくる。

ふわふわと心許《こころもと》ない感覚のせいで、気づかぬうちに粗相《そそう》をしてしまったのかと、セシリアは羞恥《しゅうち》を通り越して恐ろしくなった。

「っ……で、殿下、待って。やめて……！」

「どうした？」

「……粗相を……」

恥ずかしさのあまり蚊の鳴くような声で呟《つぶや》き、セシリアは両手で顔を覆った。

動きを止めたクレイグは、おもむろに片手をセシリアの太腿のあいだに差し込んでくる。

「きゃっ」

「……濡《ぬ》れているな」

ずばりと指摘され、セシリアは瞳を潤《うる》ませた。

「い、言わないでください……っ」

「恥ずかしがらなくてもいい。これはおまえが思っているようなものとは違う。ほら、見てみろ」

セシリアの秘所から手を引いたクレイグは、その指先を彼女の眼前にかざす。

指の隙間からそっとのぞくと、節くれ立った彼の指が、粘性のなにかで濡れているのが見えた。

「や、あ……！」

生々しい光景にセシリアはますます瞳を潤ませる。

そういえば、女性の身体は官能の高まりにより秘所を潤《うるお》すと聞かされていた。

だが、いざ自分がそうなっていることを見せつけられると、恥ずかしすぎていたたまれなくなる。

「軽くふれただけなのに、こぼれてきたぞ」

「あ、んっ」

再び秘所にふれられ、セシリアの腰が跳ねる。

クレイグの指先は肉襞に隠された割れ目のあたりを行き来していた。

「あ、あ、……あん、ん……！」

あふれ出る蜜をすくい上げるようにして指先を動かされ、むず痒《がゆ》い感覚に意識が持っていかれそうになる。

「そのまま力を抜いていろ」

「……あ……、っ……！」

くちゅ、と音がして、蜜を纏《まと》ったクレイグの指先が割れ目の中へ沈められた。

他者の指が自分の身体の中に挿入《はい》ってくるという事実に狼狽《うろた》え、セシリアはとっさに敷布の上をずり上がり逃げようとする。

そんな彼女の腰を捕まえて、クレイグが「ゆっくり息をしろ」と囁《ささや》いた。

「痛いか？」

「い、痛くは、ありません……けれど……、あっ……！」

狭い膣胴を進む指がぐるりと回され、未通の襞が引き延ばされる。

痛みはないが、中を広げられる奇妙な感覚に身体が震えた。セシリアはきつく瞼《まぶた》を閉じ、敷布を握りしめる。

そんなセシリアを見つめながら、クレイグは慎重に指を出し入れしていく。

最初は第一関節まで。一度引き抜いて、次は第二関節まで。時間をかけて付け根まで挿入《そうにゅう》すると、今度は指を二本に増やして一緒に沈めていく。

「あ、ん……っ」

圧迫感が強くなり、セシリアはぐっと眉を寄せて慣れない感覚に耐える。呼吸のたびに下腹が波打ち、中に入ろうとする指を押し返すように媚壁がうねった。

「あっ、ああッ……？」

ゆっくりと埋《うず》められた指が、中でくいっと曲げられる。小さな稲妻みたいな感覚が全身を駆け抜け、びくりと背が反《そ》り返った。

下腹がこれまで以上の熱を持ち、セシリアは大いに狼狽えて目を見開く。

「ここ、か？」

「あ、待っ……、やっ、やぁ……！」

クレイグの指先が膣壁のある一点を擦《こす》り上げてくる。

ピリピリする感覚が押し寄せてきて、セシリアはたまらず喉を反らした。そこを繰り返し刺激されると、呼吸すらままならなくなってきて、青い瞳に涙が浮き上がる。

「そこ……だめです、さわっては……、あぁッ……」

「なぜ？」

「ンぅう……！　だ、って……、おかしいの、熱くて……っ」

指がうごめくたびに身体の奥が熱く煮え立つ。眉間の当たりがむずむずして耳鳴りがした。

苦しむセシリアを前にしても、クレイグは動きを止めてくれない。それどころか口元に笑みすら浮かべている。

「おかしくないさ。感じすぎて気持ちよくなっているだけだ」

「あっ……、感じ、て……？　んン……ッ」

こめかみに口づけられ、それだけで身体がジンと痺《しび》れる。

（これが『感じる』ということ？）

自分がとても淫《みだ》らになった気がして、セシリアはふるふると首を振った。

「違い、ます……っ。そんな、はしたないことに……はぁ、ならない……っ」

切れ切れに訴えると、クレイグは緩《ゆる》く首を振ってますます笑みを深めた。

「そんな残念なことを言わないでくれ。おれはおまえに大いにはしたなくなってもらいたいんだ」

「なっ、にを……、ンンッ！」

クレイグが指の動きを速くして、先ほどから攻め立てている一点をより強く刺激してきた。敏感な媚壁が彼の指を感じるたびにわななき、最奥《さいおう》から音を立てて蜜が湧き出してくる。

むず痒《がゆ》くも蕩《とろ》けそうな心地に、セシリアは甘い声を漏《も》らしながら激しく身悶《みもだ》えた。

そんな彼女を見下ろして、クレイグが優しい声音で囁《ささや》いてくる。

「どんな相手にでも感じてしまうのは困りものだが、夫相手ならいくら乱れても問題はない。おれとしてはむしろ大歓迎だ」

「そ、そんな……、……あ、あんっ」

クレイグの指がおもむろに秘所から引き抜かれ、あとを追うようにあふれた蜜がお尻へ伝い落ちていく。

空洞になった膣壁が物欲しげにヒクつくのがわかり、あまりの恥ずかしさに目がくらんだ。

だがクレイグの手が膝頭にかかるのを感じハッとする。止める間もなく足を左右に大きく開かされて、セシリアは小さな悲鳴を上げた。

「い、いや、見ないで……！」

誰にも見せたことのない部分がクレイグの前に晒《さら》され、セシリアは慌てて秘所を隠そうと手を伸ばす。

だがその手をやんわり掴《つか》まれ、クレイグの身体が足のあいだに入ってきた。

ほどよく筋肉のついたしなやかな身体に見惚《みと》れたのは一瞬のこと。視界の端《はし》に彼の昂《たかぶ》りが映った瞬間、セシリアは悲鳴を上げて顔を逸《そ》らした。

「そうあからさまに顔を背けられると、少し傷つくな」

傷つくという言葉にどきりとして、セシリアは真っ赤になりながらも必死に呼吸を整える。そしてそろそろとクレイグに顔を戻した。

（お、男のひとのあそこって……、いつもこんなふうになっているの？）

腹部まで反《そ》り返っているものを前に、なんの経験もないセシリアは怖《お》じ気《け》づいてしまう。

彼女のおびえを察してか、クレイグが少し身を引いた。

「普段はこんな状態じゃないさ。女が濡《ぬ》れるのと一緒で、男のものは興奮するとこうして張り詰める。女の中に挿入《はい》りやすくなるために」

「あっ、や……」

クレイグの指が再びセシリアの割れ目に潜《もぐ》り、膣壁のざらついた部分を擦《こす》り立てる。

その刺激にびくびく震えるセシリアを見つめ、クレイグは屹立《きつりつ》を自身の手でしごいた。

湧き上がってくる熱に翻弄《ほんろう》されながらも、セシリアはつい彼の手の中のものを見つめてしまう。

みっしりと張り詰めたそれが、セシリアの中に挿入《はい》ってくる……？

（指ならまだしも、あれほど太くて大きいものを挿《い》れるなんて、とても無理よ……）

だがそのあいだにも、セシリアの中でクレイグの指の動きは激しく執拗《しつよう》になり、湧き上がる快感に思考が鈍《にぶ》くなっていく。

為す術《すべ》もなく喘《あえ》ぎ声を上げていると、不意にクレイグが身をかがめ、秘所に顔を伏せてきた。

「あっ、なにを……？　ッ……ひ、あああ……！」

セシリアは青い瞳をこぼれんばかりに見開く。

セシリアの秘所に息がかかるほど顔を寄せた彼は、舌を伸ばし割れ目の少し上のあたりを舐《な》め上げた。

銀の茂《しげ》みに隠された小さな粒に彼の舌先がわずかにふれただけで、激しい疼《うず》きが湧き起こる。

「あ、あぁ、そこいや……いやっ、やめてぇ……っ！」

静止の声に構わず何度も同じ場所を舐められ、セシリアは背を弓なりにしならせ悲鳴を上げた。

ぷっくりと赤く膨《ふく》らんだそこは信じられないほど敏感で、吐息がかかるだけで腰が跳ねるほど感じてしまう。

くりくりとその上で指を動かしつつ、さらに中の指を出し入れされると、内と外の両方からの愉《ゆ》悦《えつ》が広がり、腰の奥が煮えたぎるみたいな錯覚を覚えた。

「はっ、あぁ、あぁ……！　も、だめ……駄目です、クレイグさまっ……」

立ち上《のぼ》る愉悦《ゆえつ》のあまりの大きさにおののき、セシリアは涙目になってクレイグに許しを請《こ》う。

下半身に顔を埋《うず》める彼の頭に手を置き押しのけようとした。だが肉芽の周りをぐるりと舐《な》められた瞬間、逆にその髪を握ってしまう。

「あん……っ、あ、あぁぁ……ッ」

恥ずかしい声が止まらない。荒い呼吸を繰り返して、喉はからからに渇いているのに、口内は唾液であふれている。下手《へた》をすれば唇の端《はし》からこぼれてしまいそうだ。

「こ、んな……ッ、あっ、だめ……、なにか……くる……！」

がくがくと震えていた足が自然と突っ張り、腰が浮き上がる。込み上げてくる衝動に喉を引き攣《つ》らせながらセシリアはぎゅっと目をつむった。

「そのままその感覚を追いかけていくんだ」

「っ……いや、怖い……！」

「大丈夫。抱いていてやる」

身体を起こしたクレイグは、片腕でセシリアの腰を抱き寄せる。そっと薄目を開けると彼の端整な顔がすぐ目の前にあり、あまりの恥ずかしさに落ち着かなくなった。

「あ、あンンッ……、あ、あ、あ……っ」

挿入されたままのクレイグの指の動きが速くなる。

膨《ふく》らんだ花芯を掌《てのひら》の付け根で圧《お》しながら、秘所全体を彼の手で覆われた。中と外から与えられる激しい刺激に、セシリアは再びきつく瞼《まぶた》を閉じる。

「はぁ、はぁ……っ。あ、あ、はっ……」

無意識に腰が揺れそうになり、セシリアは緩《ゆる》く首を振ってなんとか自制しようとする。

クレイグはそんな彼女のこめかみに口づけ、熱くかすれた声で囁《ささや》いた。

「我慢するな。そのまま気持ちよくなるんだ。一度達すれば楽しめるようになる」

「っ……そ、な……、楽しむなんて……あっ……」

ふしだらな、と突っぱねようとするが、気持ちとは裏腹に身体はどんどん上《のぼ》りつめていく。信じ難い反応に怖くなって、セシリアは彼の肩にしがみついた。

彼女の耳朶《じだ》に舌を這《は》わせながら、クレイグが小さく笑う。

「そうだ。そのまま掴《つか》まっていろ——」

「あ、あぁん、はんっ……、ん、んぅ、う……ッ」

耳孔に舌を差し込まれそうになって、慌てて首を振って逃げる。

するとクレイグは、お仕置きだとばかりに唇に喰らいついてきた。汗とは違う味がする口づけに淫《みだ》らな衝動が煽《あお》られ、背筋がぞくぞく震える。

クレイグの指が何度も中を往復し、あふれ出る蜜がぐちゅぐちゅといやらしい音を響かせた。

硬く勃《た》ち上がった乳首が彼の厚い胸板に擦《こす》られジンジンと甘く疼《うず》いていく。

その直後、彼の指先が一番感じるところを擦り上げ、積もりに積もった愉悦が一気に弾け飛んだ。

「ひっ、あっ、……あぁぁ——……ッ‼」

甘さを含んだ自分の悲鳴が、どこか遠くから聞こえるような気がする。

指先まで痺《しび》れる快感が全身を包み込み、気が遠くなった。一拍遅れて足腰ががくがく震える。

あまりに強い愉悦《ゆえつ》に息もできない――

「上手にイけたな」

息を切らし寝台でぐったりしていると、クレイグの満足そうな声が聞こえてくる。

そっと目を開けると、彼はセシリアの膝裏に手をやり、自分の肩にかけた。

そうされると自然とセシリアの腰が浮き上がり、恥ずかしいところを彼に差し出すような体勢になる。

だが初めての絶頂に呆然となっていたセシリアは深く考えることができず、自身の体勢よりも、クレイグの瞳にちらつく爛々《らんらん》とした光に目を奪われてしまう。

その光が、セシリアと早く繋《つな》がりたいという彼の欲望の表れだと気づいたのは、とろとろに蕩《とろ》けた蜜口に猛《たけ》った彼の先端をあてがわれたときだった。

「あ……、クレイグ様」

「挿《い》れるぞ」

蜜口にぐっと押し入ってくる熱い塊《かたまり》に、セシリアは全身を強張《こわば》らせる。

恥ずかしさ以上に、身体を繋げる恐怖が湧き上がってきた。クレイグが腰を進めるごとに身を引き裂かれるような痛みが襲ってきて、つい彼の肩に爪を立ててうめき声を漏《も》らしてしまう。

そうしてもたらされた最後の砦《とりで》が破られる感覚に、セシリアはたまらず悲鳴を上げた。

「ひっ……、う、あぁぅっ！」

「っ……」

クレイグも苦しげにうめく。背に回されたたくましい腕が強張るのを感じ、セシリアは涙を浮かべた目を開けた。

「……悪い、痛むよな。おまえの中があまりによくて……一気にいってしまった。すまない」

優しくセシリアの頬を撫《な》でながらも、クレイグもまた眉を寄せ、こめかみから汗をしたたらせていた。

「クレイグ様、……んっ、んふ……っ」

大丈夫かと問いかけようとした唇を、キスでふさがれなにも言えなくなる。

入ってきた舌にゆっくりと口内を探られると、燻《くすぶ》っていた愉悦がじわじわと再燃してきて、セシリアは困惑した。繋がっているところはまだ痛むというのに信じられない。

「っ……悪い、もう限界だ」

「え……？　あ、あぁっ……、うっ！」

突然顔を上げたクレイグは、セシリアの臀部を強く掴《つか》んで腰を浮かせる。

ずるりと埋められていた欲望が引き抜かれる感覚におののいた直後、それまで以上に深く突き入れられ、セシリアは大きくうめいた。

「あ、あぅ、う……ッ！」

「セシリア……セシリア……っ」

うわごとのように名を呼び、クレイグは腰を大きく動かしてきた。

張り詰めた熱塊が中を出入りするたび、未熟な媚壁が擦《こす》られて痛む。

だが彼が深く腰を打ちつけると、敏感な肉芽が刺激され、痛みの中にもじわりとした快感が立ち上《のぼ》ってきた。

「あ、あ、あ……、ひゃ、あぁ……ッ」

痛みと愉悦《ゆえつ》の二重奏に、セシリアは激しく揺さぶられる。

耳にクレイグの荒い息づかいがこだました。きつく抱きしめてくる彼の腕が燃えるように熱い。

「ん、ン……、うくっ、ああぅ……！」

「痛むか……？　そうだよな。だが止められない。……よすぎるんだ、おまえの中……っ」

「はっ、う……、そ、んな……こと……、んんっ」

屹立《きつりつ》を奥に押し込められたまま腰だけぐるりと回され、セシリアは声を詰まらせる。

「こうして奥まで挿《い》れると、おまえの中が絡《から》みついてきて——」

「言わな、で……、あ、あ……、やぁ……っ」

「絞《しぼ》り取られるみたいだ……っ、ああ、セシリア……！」

感極《かんきわ》まったように名前を呼ばれ、セシリアの胸に温かなものが宿る。きつい抱擁《ほうよう》も、彼がセシリアの存在を確かめたがっている証《あかし》に思えてきて、セシリアも気づけばぎゅっと彼の背に腕を回していた。

女の本能がそうさせるのか、最奥《さいおう》から蜜があふれ出し抽送《ちゅうそう》をなめらかにしていく。次第に、媚壁を擦られる痛みより、愉悦のほうが大きくなってきた。

「あ、はっ、はぁ、はぁ……！」

「ぐっ……」

クレイグが低い声でうめき、ぐっと大きく腰を突き出す。

中に埋《うず》められた欲望が膣壁を広げるように大きく膨《ふく》れ上がった。直後、最奥で熱いなにかが噴き上がるのを感じる。どくどくと注《そそ》がれるそれが彼の精であることに気づき、セシリアは喉を反《そ》らして大きく震えた。

（身体の中心から指の先まで、すべてがクレイグ様で染まっていくみたい……）

初めての経験だけに戸惑いや恐怖はぬぐえない。けれど今まで感じたことのない満足感があり、セシリアはそんなみずからの感情に戸惑っていた。

「セシリア……」

欲望をすべて吐き出したクレイグは、かすれた声音でまた名前を囁《ささや》いてくる。

愛されていると錯覚しそうな優しい声だ。髪を撫《な》でる手つきや、そっと寄せてくる頬の温かさに、胸が痛くなるほどの幸福を感じられる。

（こんなふうに抱かれ続けたら、いつかこの方を愛してしまうかもしれない……）

政略で選ばれたに過ぎない自分が、今後果たして彼と愛し合うことができるのだろうか……？

彼には愛人がいるという噂もあるのに。

そう考えた途端、胸の奥がズキンと痛んで、セシリアはひどく驚いた。自分以外にも彼がこうしてふれた女性がいるかもしれないと考えると、息が止まるくらいの衝撃が押し寄せてくる。

（……彼の過去のことなんて、考える必要はないわ。これは政略結婚なのですもの。愛してもらえるなんて期待しては駄目よ……）

幸か不幸か、湖に落とされてから募《つの》っていた疲労感のせいで、すぐに強烈な眠気が押し寄せてくる。瞼《まぶた》が重くなるのに任せて、セシリアは思考と感情をあえて放り出した。

つい期待しそうになる思いから目を逸《そ》らして、彼女は深い深い眠りの中に沈んでいった。


静かな部屋に、……コンコン、と軽いノックの音が響く。

眠り込んでしまったセシリアを腕に抱き、飽《あ》くことなくその寝顔を見つめていたクレイグは、彼女を起こさないよう静かに寝台を降りた。そして天蓋《てんがい》から下がる帳《とばり》をさっと閉ざす。

ガウンを羽織りながら「入れ」と声をかけると、扉が開いてするりと側近のマティアスが入ってきた。

「あの男はなにか吐いたか？」

単刀直入に尋ねる。

クレイグの恰好に一瞬目を瞠《みは》ったマティアスは、すぐに表情を切り替え頭を下げた。

「……申し訳ありません。一瞬の隙を突かれました」

「まさか、逃げられたのか？」

マティアスは沈痛な面持《おもも》ちで首を左右に振る。それだけで、セシリアを湖に突き飛ばした男の末路がわかり、クレイグは深く息を吐き出した。

「……自害したか」

「懐《ふところ》に毒を隠し持っていたようです。本当に申し訳ありません」

「いや、いい。どうせ末端だ。やり口が杜撰《ずさん》すぎるし、単なる脅しのつもりだったんだろう」

壁際の柱にもたれながら、クレイグは再び息を吐き出す。

疲れの見える主人の横顔に、マティアスは臣下から友人の口調に戻った。

「大丈夫か？『大陸会議』のあいだはさすがに奴らも手出ししてこなかったが、国境を越えるとなればそうもいかない。もう一泊くらい、ここで休んでいったらどうだ？」

「理由もなくそんなことができるか。……とはいえ、セシリアのことは心配だがな。湖に落とされたんだ。ショックで寝込んでもおかしくない」

帳の降りた寝台を見つめ、クレイグはかすかに歯噛みした。

「だが、奴らに何事もなかったと思わせるためには、下手《へた》なことはできないだろう。明日は予定通りに帰国する。さっさと帰って、邪魔な奴らを漏《も》れなく一掃したほうが早い」

力強く宣言するクレイグの瞳には、ゆらりと立ち上る不吉な炎が見える。

今でこそクレイグの側近となっているマティアスだが、かつては戦友として隣で戦った間柄だ。それだけに今のクレイグが、冷静さの仮面の下で怒り狂っているのが手に取るようにわかった。

「……確かに、大本《おおもと》を叩かない限り終わらないからな」

「そういうことだ。帰国したら今まで以上に働いてもらうぞ、マティアス」

「殿下の仰《おお》せのままに」

おどけて礼をするマティアスだが、顔を上げたときには側近としての顔に戻っていた。部屋を辞する彼をクレイグは表情を崩さずに見送る。

寝台に戻った彼は、そっと帳《とばり》を開いた。すやすやと眠るセシリアを目にすると、その目元が自然と甘く和《なご》んでいく。

こうしてゆっくり眠れるのは、今日が最後かもしれない……

そう思いつつ、クレイグはセシリアを起こさないよう静かに隣に潜《もぐ》り込む。そして細い身体を優しく抱きしめると、そっと瞼《まぶた》を伏せた。

第二章　通じ合う思い

翌日。朝食を終えたアルグレードの一行は、早々に出発することとなった。国境から王都までは馬車で十日かかるのだという。

「もう少し休んでいかれては？　いろいろありましたし……王女様もお疲れでございましょう」

見送りに出た辺境伯が心配そうに勧めてくる。

セシリアが湖に突き落とされたことは、昨夜のうちに辺境伯にも伝えていた。

クレイグは辺境伯の気遣いに礼を言いつつ、丁重にそれを辞する。

「なるべく早くアルグレードに戻り、結婚式の準備を進めたいので。幸いセシリア姫も体調を崩してはいないようですし」

クレイグの言葉を受け、気遣わしげにこちらを見つめてくる辺境伯に、セシリアは控えめな笑みで頷いてみせる。

本当は怠《だる》くて立っているのも大変だったが、それは湖に落ちたせいというより、その後の情交が原因だろう。

馬車に腰を下ろしたときは少しほっとした。座席にはクッションも用意されており、ありがたくそれに身を沈める。だが向かいにクレイグが座るのを見て、だらしなくもたれていることに気が引けてしまった。

「おれのことは気にせず、楽にしているといい。痛みもあるだろう？」

苦笑まじりに言われると、昨夜のことをまざまざと思い出して、自然と頬が熱くなる。セシリアは恥ずかしさからあちこちに視線をさまよわせ、話を変えるために口を開いた。

「あの、昨夜の使者のことなのですが、彼は……？」

「それが、取調中に逃亡した。捜索隊を出したからすぐ見つかるだろう。おまえはなにも心配しなくていい」

「そうですか……」

気のせいかもしれないが、笑顔の彼に「それ以上なにも聞くな」と言われているように感じる。

少し違和感を覚えたが、国境を越え、いざアルグレード王国へ入ると、セシリアはたちまち別のことに気を取られる。

辺境伯の城を出てからもクレイグはセシリアをずっと気遣ってくれていたが、今までみたいに強引にキスを仕掛けてくることはなくなった。

（一度抱いて満足したから、以前ほどふれる気にはならないということかしら？）

あまり、彼に対して心を許さないよう気をつけないといけない。

（これはあくまで政略結婚だもの。それ以上でもそれ以下でもないのだから、気持ちを流されないようにしないと）

セシリアはそうみずからを戒《いまし》めた。

そして国境を越えて十日後。王都まであと少しというところで、セシリアは無蓋《むがい》馬車へ乗り換えるよう指示された。

首を傾《かし》げながら指示に従ったセシリアは、王都に入った途端その頬を引き攣《つ》らせる。

王太子一行は詰め寄せた人々に、大変熱烈な歓迎を受けたのだ。

「お帰りなさい王太子殿下！」

「なんて美しい花嫁を連れておいでなんだ」

「王太子殿下、万歳!!」

これではまるで、凱旋《がいせん》パレードのようだ。

城へ続く大通りは文字通り民であふれかえり、隊列の進みはおのずとゆっくりになる。

無蓋馬車に乗るセシリアたちはすっかり見世物状態だった。

「ほら、おまえも手を振って応えてやれ。皆喜ぶぞ」

「で、でもまだ結婚前です。それにわたしなどを見ても楽しいわけが……」

「なにを馬鹿なことを言っているんだ。ほら、危ない」

クレイグと距離を置こうと身じろぎした瞬間、すかさず肩を抱き寄せられる。するとそれを見た民衆が、きゃーっ！　と黄色い悲鳴を上げた。

「お、王太子殿下！　恥ずかしいことはやめてくださいっ。皆が見ているんですよ！」

冷やかしまじりの口笛まで聞こえてきて、セシリアは真っ赤になってクレイグの腕から抜け出そうとした。

そんな彼女を易々《やすやす》捕まえ、クレイグは艶《つや》を帯びた声で耳元に囁《ささや》いてくる。

「これくらいで恥ずかしがっていては、心臓が保たないぞ？　第一、おれたちはもっと恥ずかしいことを経験済みだろうが」

途端に、ラロシュの街での濃厚な一夜がよみがえって、セシリアは耳まで真っ赤になった。

「知りません！」

慌ててそっぽを向くが、心臓はどきどきと高鳴ったままだ。上機嫌に微笑むクレイグがいっそ恨めしい。

（まったく、こっちの気も知らないで！）

結婚前に一線を越えてしまった事実に、セシリアは悶々《もんもん》と考え込んではみずからを戒《いまし》めていた。

クレイグが余裕に満ちた表情で民に笑顔を振りまいているのを見ると、よけいにその温度差を感じて切ないほどだ。思い悩んでいるのはどうやらセシリアだけで、彼のほうはすっかり落ち着いているように見える。それだけ多くの女性と経験してきたということだろうか？

（そ、そう思うと、本当に不公平だわ……！）

つい頬を膨《ふく》らませると、それに気づいたクレイグが頬を突いてきた。

「セシリア、機嫌を直してくれ。花嫁がむくれていたら民たちががっかりするぞ。こうして出迎えてくれているんだ。笑ってやってくれ」

セシリアは慌ててクレイグが言うほうに目を向ける。近くにいる何人かが、じっとセシリアを見つめていた。

「手を振って応えてやれ」

民に心配をかけるのはよくない。ましてセシリアはこの国の王太子妃となるのだ。

セシリアはおずおずと微笑み、民に向かって軽く手を振ってみた。

すると、民から先ほど以上の歓声がうおおーっと沸き上がる。まるで雄叫びのようなすさまじさに、セシリアはびっくりしてクレイグの腕を掴《つか》んだ。

「見てみろ。おまえがあんまり美人だから、手を振られた奴らが真っ赤になって惚《ほう》けているぞ」

クレイグがくすくす笑いながら囁いてくる。

「もう、調子のいいことばかり仰《おっしゃ》って」

小声で返しつつ、セシリアはぎこちなく微笑みを浮かべて手を振る。すると空いた手をクレイグにきゅっと握りしめられた。

「嘘じゃないぞ。本当にそう思っている。おまえはここに集まった誰よりも綺麗だ」

色気を含んだ流し目を送られ、セシリアの胸がどきりと音を立てた。未だにこの秀麗な顔でじっと見つめられると、平静ではいられない。

(しっかりしなさいセシリア。こんなの、ただの挨拶みたいなものよ。それ以上の意味なんてないのだから)

もう何度目になるかわからない自戒の言葉を繰り返し、セシリアはひたすら民衆に向けて手を振り続けた。

さすが大陸でも一、二を争う大国の王城だ。その規模はフォルカナのそれとは桁違《けたちが》いで、大きさもさることながら、白に統一された石壁も青い屋根も、それ自体が芸術品のように美しかった。

十人がかりで開ける門を抜け、城の正面入り口へたどり着くまで馬車で五分以上走る。入り口には数え切れないほどの人々がずらりと並び、クレイグが出て行くと一斉に頭を下げ、無事の帰還を喜んだ。

そうして見上げるほど高い天井のエントランスに入り、ぴかぴかに磨かれた階段や、模様入りの絨毯《じゅうたん》が伸びる明るい回廊をいくつも抜け……王族の居室が連《つら》なるという、南向きの棟に到着する。

そこからもいくつか道を渡り、ようやく案内された部屋を見て、セシリアは開いた口がふさがらない状態に陥《おちい》った。

「ここがおまえの部屋だ。気に入らなければすぐに直すから言ってくれ」

代々の王太子妃の居室だというその部屋は、首をぐるりと回しても見渡せないほど広々としている。エメラルダや王妃の部屋もフォルカナの後宮の中ではかなりの広さがあったのに、ここは軽々とその上を行っていた。

日常を過ごす居間はもちろん、専用の応接間やサロンを開けそうな広間、衣装や小物だけを収める専用の部屋まである。奥には浴室がしつらえられてあった。

ひとまず居間に通されたセシリアは、燦々《さんさん》と日が入ってくる大きな窓に目が引き寄せられる。そして女性的な曲線を描く家具や調度に驚かされた。長椅子にも小机にも同じ彫刻が施《ほどこ》されており、なんと大理石作りの暖炉にまで同じものが刻まれている。聞けば大陸一の職人が、特注で造り上げた渾身《こんしん》の作品たちだそうだ。壁紙やカーテンは淡いピンク色で統一されており、足下には赤みの強いふかふかの絨毯が敷かれていた。

ふと上を見上げれば、ひとりでは抱えきれないようなシャンデリアが等間隔にみっつも吊り下げられている。日の光にきらめくそれに、セシリアはくらりとめまいを覚えた。

「侍女はひとまず十人ほど用意した。必要ならもっと増やすこともできるが？」

「い、いいえ、滅相《めっそう》もありません……」

すっかり腰が引けているセシリアにくすくす笑って、クレイグは彼女の肩を抱き寄せると額《ひたい》に軽く唇を落とした。

「長旅で疲れているだろう。ゆっくり休んでくれ」

「は、はい」

豪華な部屋に気圧《けお》され、まともに返事をすることもできずにセシリアは立ち尽くす。

クレイグが出て行くと、侍女のひとりがすかさず進み出てきた。

「ようこそおいでくださいました、王女様。よろしければお飲み物のご用意をさせていただきますが――」

そのとき、廊下からダダダダッ、とお世辞にもお行儀がいいとは言えない足音が響いてきて、侍女の言葉が遮《さえぎ》られた。

「まぁっ、いったい何事――」

「クレイグお兄様の花嫁はもうこちらにいて!?」

侍女の声にかぶさるように、扉がバンッ！　と音を立てて開く。びっくりしたセシリアは、開け放たれた扉から飛び込んできた少女の姿に気づき、青い瞳を見開いた。

(まぁ、可愛らしい女の子だわ。——あら？　でも『お兄様』って？)

不意に思い出されたのはアルグレード王家の家系図だ。確かクレイグには、今年十歳になった妹姫がいたはず……とぼんやり思い出す。

部屋中をきょろきょろ見回していた女の子は、はたとセシリアの姿に気づいて「きゃああっ！」とはしゃいだ声を上げた。

「あなたがフォルカナからいらしたお姉様なのね⁉」

——お姉様？

目を白黒させたセシリアに、女の子はドレスの裾をからげて一目散に駆け寄ってくる。そして腰に思い切り抱きつかれて、セシリアは危うくうしろへ倒れそうになった。

「ラーナ様、なにをなさっておいでですか！」

侍女たちが慌ててセシリアを支える。

セシリアは驚きのあまり瞬《まばた》きしながらも、自然と目の前でふわふわなびく栗色の髪を撫《な》でていた。抱きついてきた少女はパッと顔を上げると、キラキラした瞳でセシリアを見つめてくる。

「お待ちしておりましたわ、お姉様！　わたしはアルグレードの第一王女、ラーナです。クレイグお兄様の妹ですの」

ぴょんと跳ねるように一歩下がって、少女はドレスの裾をつまんで優雅に一礼してきた。

「ラーナ様……？」

確かに、こちらを見つめる紺色の大きな瞳は、クレイグによく似ている。

ふっくらした愛らしい口元に、薔薇《ばら》色のほっぺ。笑顔が似合う可愛らしい少女だった。

「初めまして、ラーナ姫様。セシリアと申します」

年下とはいえ、相手は大国の王女様だ。セシリアは笑みを浮かべ丁寧に礼を取った。するとラーナは唇を尖らせて再び抱きついてくる。

「まぁ、そんな他人行儀な挨拶はおやめになって。わたしずっと前からお姉様が欲しいと思っていたんです！　だからお兄様がフォルカナから花嫁をお連れになると聞いて、楽しみにお待ちしておりましたの……！」

言葉通り満面の笑みを浮かべて身体を揺するラーナに、セシリアも笑みを深める。

「ありがとうございます、ラーナ様。そんなに楽しみにしていただけたなんて、光栄ですわ」

「敬語なんて使わないでー！　わたしのことは、どうぞラーナとお呼びください」

さすがにそれは……と躊躇《ためら》っていると、成り行きを見守っていた侍女のひとりが「ラーナ姫様」と低い声でたしなめた。

「セシリア王女殿下は、つい先ほどこちらにご到着なさったばかりです。ご休憩も兼ねてお茶をお出ししようと思っていたところで――」

「まぁ、そうだったの？　だったらわたしがお姉様をおもてなしするわ！　お茶とお菓子を持ってきてちょうだい」

てきぱきと指示するラーナに侍女が口元を引き攣《つ》らせる。

セシリアはそのやりとりに噴き出しそうになりつつ、改めて侍女にお茶を頼んだ。

「わたしもラーナ様とお話ししたいわ。ふたり分のお茶の用意をお願いできる？」

「……セシリア様がそう仰《おっしゃ》るなら……」

あとでお説教ですよ、という顔でラーナをちらりと睨《にら》み、侍女たちはお茶の支度に取りかかる。

セシリアはラーナに手を引かれ、部屋の中央に据《す》えられた猫足の長椅子に腰かけた。

隣に座ったラーナがキラキラしたまなざしを向けながら、ほぅっ……と蕩《とろ》けるようなため息をこぼす。

「ラーナ様？」

「あ、ごめんなさい。お姉様があまりにお綺麗だから、見とれてしまったの！」

「綺麗……？」

セシリアは思わずパチパチと瞬《まばた》きした。

「お顔立ちもそうだけど、真《ま》っ青《さお》な瞳がキラキラしていてすごく綺麗。それにこの髪！　銀色というだけでも素敵なのに、どうしてこんなにさらさらしているの？　わたしの髪は癖毛で、どんなに梳《と》かしてもこんなにさらさらにならないの。本当にうらやましいわ」

ラーナはそっとセシリアの髪を一房取り、指のあいだを滑らせながら唇を尖らせる。

面と向かってそんなことを言われたのは初めてだ。クレイグとの婚約が決まってから、彼や侍女たちに言われることはあったけれど、てっきりお世辞だろうと思っていた。

その思いが顔に出たのか、ラーナがどうしたのかと言いたげに首を傾《かし》げてくる。

呆然としていたセシリアは慌ててラーナの髪を撫《な》でた。

「ありがとう。そう言っていただけて嬉しいです。でもラーナ様の栗色の髪も素敵だと思いますわ。量があってとても艶《つや》やかだもの」

「本当？　嬉しい！　お姉様って綺麗なだけでなくてとてもお優しいのね。お兄様が惚れ込んでしまうのもわかるわ！　お姉様のような思い人がいらっしゃるなら、どんな縁談を持ち込まれたって、そりゃあ片《かた》っ端《ぱし》から断るに決まっているわね。きゃあっ、素敵！」

ラーナは興奮した様子で足をぱたぱたさせている。

まっすぐに好意を向けてくるラーナにも驚かされたが、それ以上に今の言葉はセシリアを心底驚かせた。

「わたしが、クレイグ様の思い人？」

まさかそんなはずは……、と思わず首を振りかけるが、ラーナは自信たっぷりに頷いた。

「もちろんよ！　だからお兄様は『大陸会議』を利用して、ご自分でお姉様を迎えに行かれたのでしょう？　大臣たちはそんな理由で城を空けるなんてって文句を言ってたけど、自分の思い人はちゃんと自分で迎えに行かないと！　そうでしょう？」

「え？　あの……、そう、なの……？」

「そうに決まっているじゃない！　ねぇねぇ、お姉様とお兄様ってどうやってお知り合いになったの？　おふたりはずいぶん前からお知り合いだったのでしょう？　離れて暮らしながら、どんなふうに結婚まで思いを深め合ったの？」

「え、えええ……っ？」

期待に顔を輝かせてぐいぐい詰め寄ってくるラーナに、セシリアの頭は混乱一色だ。

（わたしがクレイグ様の思い人？）

まずそこからして誤解があるようだ。クレイグがセシリアを花嫁に選んだのはおそらく政略上の理由だろう。それが、どこをどうしたら、大臣たちの反対を押し切って、みずから迎えにきたということになるのだ。

おまけに『ずいぶん前からのお知り合い』ですって？

（彼と初めて会ったのは、『大陸会議』の舞踏会よね。もし過去に会っていたのなら、クレイグ様はそう仰《おっしゃ》るはずだもの。ラーナ様の勘違いかしら……？）

なんとも言えないセシリアの表情を見て、それまで興奮していたラーナも、なにかおかしいと感じたらしい。

「セシリアお姉様？　……もしかして、お姉様はお兄様のこと、そんなにお好きではないの？」

「えっ」

動揺して肩を強張《こわば》らせたセシリアは、ラーナが瞳をうるうるさせているのを見て心底慌てた。

「そ、そんなことはないわっ。クレイグ様のことは……その……とても素敵な方だと思っています」

取り繕《つくろ》うように微笑むが、ラーナは釈然《しゃくぜん》としない表情だ。心の機微《きび》というのは大人より子供のほうが敏感に感じ取るものなのかもしれない。

気まずい空気が流れかけたそのとき――

「ラーナ様あああぁッ！」

廊下から尋常ではない叫び声とともに、けたたましい足音が近づいてきた。ラーナが「きゃんっ」と踏まれた猫のように飛び上がる。

「ま、まずいわ。先生に黙って部屋を出てきたのがバレちゃったみたい！」

「えっ。では早く戻ったほうがいいのでは？」

バタバタと駆け寄ってくる足音を耳にし、セシリアまでなぜか焦ってしまった。

「でも今戻ったら絶対先生に怒られるわ！　お願いお姉様、しばらくここにかくまってて
っ！」

「ええっ。かくまうと言ってもどこに――」

ラーナにつられ、セシリアまできょろきょろと周囲を見回し、つい隠れ場所を探し始める。

だがすぐに扉はバーン！　と開かれた。

「こちらにおいででしたかラーナ姫様ッ!!」

「きゃあああッ！」

憤怒《ふんぬ》の形相《ぎょうそう》で突撃してきた控えめなドレス姿の夫人を見て、ラーナが悲鳴を上げてセシリアに抱きつく。

お転婆《てんば》なラーナ姫のお目付役という婦人は、セシリアに丁寧な礼をしてから、逃げようとするラーナをほとんど羽交い締めにして捕獲した。

「いやあああ、まだお姉様とお話ししたいー！」

「フォルカナの王女様は長旅を終えたばかりでお疲れなのです！　黙って部屋を抜け出すのも言語道断《ごんごどうだん》ですが、異国より嫁いでいらした義姉君《あねぎみ》に配慮もできないようでは、王女としての品格が疑われますよ！」

その後もガミガミと婦人のお説教が続くが、ラーナも慣れた様子でキャンキャンと言い返している。

そうしてふたりが部屋から出て行くと、急に静けさが訪れた。嵐のような出来事に、セシリアははーっと大きく息を吐き出してしまう。

「申し訳ございません、セシリア姫様。お疲れのところをお騒がせしてしまい……」

「あ、いいえ。ラーナ様とはお話しできて嬉しかったわ」

セシリアは慌てて首を振る。

そう、ラーナと会話できたこと自体は楽しかった。年下の少女にあれほど無邪気に懐《なつ》かれたのは初めてで、くすぐったくも嬉しい思いもある。

ただ、最後に彼女が語ったことがどうしても気になってしまった。

（あれは本当なのかしら？　クレイグ様がわたしを思っているなんて……）

だがクレイグから愛の言葉を聞いたことは一度もない。終始優しく気遣ってくれているが、それは彼の優しさからくるものではないのだろうか？

もちろん、湖で溺《おぼ》れていたセシリアをみずから助けてくれことや、そのあとの情熱的な情事を思えば、嫌われているとは思えないけれど……

（誰かから優しくされたことなど、これまで一度もなかったもの。クレイグ様がなにを考えているのか、わたしにはわからないわ……）

だがクレイグに求められる理由が、ラーナが言った通り恋心からのものであれば……そう期待する気持ちがまったくないとは言えない。

クレイグが自分を思ってくれているなら。そう思うとどうしても心は浮き足立ってしまう。だがそれが勘違いであった場合、落胆は大きいだろう。それを考えると素直に信じることはできなかった。なんとも歯がゆく切ない思いだ。セシリアはつい小さなため息を漏《も》らしてしまった。

ドダダダ、と品があるとは言い難い足音が響いてくる。

執務室に入ったクレイグを見送り、今のうちに自分も着替えようと控えの間にいたマティアスは、どんどん大きくなる足音を怪訝《けげん》に思って顔を上げた。

「お兄様はいらっしゃる!?」

「うおっ」

次の瞬間、扉がバンッと開かれて、そばにいたマティアスは危うく鼻をぶつけそうになった。

「ラーナ姫様!?　突然どうしたんですか？」

「お兄様はどちら？　私室にいなかったからこっちにきてみたんだけど」

「仮にも王太子であるクレイグ様が、従者の控え室にいるわけがないでしょう。というより、いきなり現れないでくださいといつもお願いしているのに、どうしてこう……」

「あああっ、お説教はもう聞き飽《あ》きました！」

アルグレードを離れていた二ヶ月のあいだで、ほんの少し成長したように見えるラーナ姫だが、腰に手を当てフンと鼻を鳴らす仕草はまだまだ子供だ。

主人の妹であるだけに、本当なら丁重に接するべきだと思うのだが、こういう淑女らしからぬお転婆《てんば》な面を見せられると、マティアスとしてもついつい口うるさくしてしまう。

とはいえ、彼女は母も上の兄も亡くし、父親も寝たきりという寂しい境遇にある。だからなにかしらおねだりを口にするときは、マティアスもできるだけ叶えるようにしていた。

だが今は帰国したばかりで、クレイグも仕事が溜まっている。かわいそうだがこの小さなお姫様には、今日はお引き取り願うのが最良であろう。

「クレイグ様は、執務室に入るなり押しかけてきた大臣たちの対応に追われているところです。書類も山積みですので、しばらくお会いするのは難しいでしょう」

「んもう。王太子になってから、お兄様は前にも増して忙しすぎよ！」

その点は大いに同意できるので、マティアスは深く頷いた。

「ということですので、申し訳ありませんがご挨拶はまた後日にお願いできますか？」

「違うわ。挨拶がしたくてきたのではないの。お兄様にお聞きしたいことがあるのよ」

きっぱり言い切るラーナの様子が、どことなくいつもと違うように感じて、マティアスは跪《ひざまず》いて彼女と視線の高さを合わせた。

「お聞きしたいこととは？」

「セシリアお姉様のことよ。フォルカナからいらした、お兄様のお妃様になる方」

「セシリア様？」

いったいいつの間に姉と呼ぶほど親しくなったのかと思ったが、このお転婆姫のことだ、おそらく自分から押しかけていったのだろう。

セシリア姫もいきなりこのお姫様のお相手は大変だっただろうに……と、つい同情を寄せてしまうが、続くラーナの言葉でその思いは吹き飛んだ。

「ねぇ、クレイグお兄様とセシリアお姉様って、こちらにいらっしゃるまであんまり仲良くできなかったの？」

「はっ？」

突拍子《とっぴょうし》もない質問に、マティアスはつい素の表情に戻って首を振った。

「まさか！　毎日馬車の中でイチャイ……いえ、仲睦《なかむつ》まじくしていらっしゃいましたよ？」

おまけにしっかりと、やることまでやったようだ……とは、さすがに子供相手に口には出せないが。

「まぁっ、馬車嫌いのお兄様が毎日馬車で移動していたの？　じゃあやっぱり、お兄様はセシリア様にぞっこんなのよね？　ならどうして……」

ぞっこんなんて言葉、どこで仕入れてくるんだと思いつつ、マティアスはふと引っかかりを覚え真顔になった。

「ラーナ様、なぜおふたりが仲良くできていないなどと思われたのです？」

「だって、お兄様のこと好きじゃないの？　って聞いたら、お姉様がとても困った顔をなさったんですもの」

ラーナは自分が感じた違和感を一通りマティアスに語って聞かせた。

日々のお喋《しゃべ》りと侍女たちの噂話と恋愛小説から得た豊富な語彙《ごい》のおかげで、今のセシリアの様子が充分すぎるほど伝わってくる。

そうして話を聞き終えたマティアスの第一声は「……あの馬鹿王太子」であった。

（あいつ、よりにもよって一番肝心な言葉を伝えてないいんじゃないのか……!?）

マティアスはすっくと立ち上がった。

「ラーナ姫様、どうかご心配なく。姫の疑念はわたしが必ず殿下にお伝えします」

胸を叩いて請け負うと、ラーナはパッと笑顔になった。

「そうね、側近のマティアスが言うほうが、わたしより効果的かも。じゃあお願いね！」

「お任せください」

すると、計ったようなタイミングでラーナのお目付役が部屋に乗り込んできた。

ラーナはおとなしく連行されながら、視線でマティアスに「お願い」と強く訴えてくる。

幼い姫君の願いをしかと受け止めたマティアスは、すぐに王太子の執務室に足を向けた。


一方、その頃のクレイグはイライラを募《つの》らせていた。

目の前にはうずたかく積まれた書類があり、判を押しても押してもいっこうに減る気配がない。

なのにその脇から次々と新たな案件が運ばれてくるのだ。

なんの嫌がらせかとため息をつきたくなる。

（実際、大臣どもの嫌がらせなんだろうけどな！）

クレイグが王太子になって早二年。

まだまだ覚えなければならないことが多くあるというのに、長期間国を空けるなど軽率きわまりない。まして、いきなり花嫁を連れて帰ると宣言し、本当にフォルカナの王女を連れてくるなど、いったいどういう了見だ――とは、つい先ほどまで執務室に押しかけ、わめき散らしていた大臣たちの言葉である。

その中の半分くらいはクレイグを心配しての忠告だったが、あとの半分は単なる不満だ。ただでさえ執務が溜まっているというのに、長々と部屋に留まり文句を言い続けていたのがその証拠である。この手の輩《やから》には心底うんざりしていた。

（おかげでセシリアの顔を見に行くことすらできない……くそっ）

決裁済みの書類に素早く目を通しながら、内心で舌打ちする。

（セシリア……）

銀色の髪に縁取られた愛しい女性の面影が脳裏に浮かぶ。

数年ぶりに再会した彼女は、つらい境遇の中でも卑屈になることなく、葦《あし》のように強く生きてきたらしい。着飾った姿は『大陸会議』に参加していたどの令嬢よりも美しく、幼い頃から思い続けてきたこともあって、彼女に対する愛情は深まるばかりだった。

残念ながら彼女のほうは、クレイグと過去に会っていたことをすっかり忘れているようだが、まぁ仕方あるまい。

こうして念願叶って妃としてこの国に迎えることができたのだ。

これからゆっくり思いを交わし、末永く仲睦《なかむつ》まじい夫婦として暮らしていきたい。

――そのためにもさっさとこの仕事を片付けなければ。セシリアに会えない不満にひとまず蓋《ふた》をし、クレイグは新しい書類の束を手元に引き寄せた。

そこへ、コンコンとノックの音が響く。顔を上げずに「入れ」と告げると、旅装から着替えたマティアスが顔を出した。

「おや、ずいぶんと不機嫌ですね殿下。城に入るまでは気持ち悪いくらいにこにこしていたのに」

「気持ち悪いとはなんだ。冷やかしにきたならとっとと帰れ」

そう、城に入るまでは最高の気分だった。

セシリアと並んで馬車に乗り、民からの祝福を受ける。これを幸せと言わずして、なにを幸せと言えるだろう。

微笑んで民に手を振るセシリアの顔を思い出し、クレイグの口元がにやけそうになる。薔薇《ばら》色に染まった頬やふっくらした可愛い唇。キスしたくてうずうずしていたと言ったら、彼女はまたからかうなと怒るだろうか。

そこで、自分を見るマティアスの目が据《す》わっているのに気づいた。物言いたそうなまなざしにクレイグは眉を寄せる。

「なんだ？　言いたいことがあるならはっきり言え」

「では遠慮なく言わせていただきます。殿下、あなたセシリア姫にきちんと好意をお伝えになったのですか？」

「はっ？」

今さらとも言える問いかけをされ、思わず素《す》っ頓狂《とんきょう》な声が出た。

「いきなりなんだ、藪《やぶ》から棒《ぼう》に……」

「先ほどラーナ様がお見えになって、セシリア様の様子がおかしいと教えてくださったのですよ」

「ラーナが？」

(あのお転婆《てんば》め、もうセシリアのところに押しかけたのか！)

あとで説教だと思いつつ、クレイグは目線で話の続きを促《うなが》した。

「ラーナ様のお話では、セシリア様は殿下にまだまだ遠慮する気持ちが強いようで」

「遠慮？」

「まっ、あけすけに言えば、セシリア様はおまえのことをさほど好きじゃないらしい」

本当にあけすけに言われた言葉が、クレイグの胸にぐさりと突き刺さった。

「……まぁ、セシリアにとっては、急な結婚話になるわけだしな。心のどこかでまだ納得し切れてなくても仕方ない……」

だからこそアルグレードに向かう道中では、苦手な馬車を我慢して、できるだけ彼女との距離を縮めようと努力したのだ。いろいろな話をすることで、少しでも自分のことを知ってもらえればいいとも思った。

――無論、長年恋《こ》い焦《こ》がれ続けてきた彼女のそばに一分一秒でも長くいたいという下心も多分にあったが。

そんなクレイグに、マティアスは大きく嘆息する。そのあきれてものも言えないという態度に、クレイグはむっと口元を歪《ゆが》めた。

「さっきからなんだ。ひとの恋愛を笑いにきたのか？」

ただでさえイライラが募《つの》っているだけに、マティアスのもったいぶった態度にクレイグはつい喧嘩腰になる。

マティアスは頭を掻きながら、どう伝えれば一番わかりやすいか考えるように口を開いた。

「いえ、ですから、きちんとセシリア様に好意を示したのかなー、と気になりまして」

「伝えたに決まってる！　贈り物は欠かさなかったし、道中も大切に扱ってきた。おまえだって知ってるだろう？」

なにせフォルカナに滞在中、セシリアのもとに贈り物を届けていたのはこのマティアスだ。

なのにマティアスはまだ渋い顔をしていた。

「それはそうですが、……あー、もう面倒くさい。はっきり言います。殿下、セシリア様に『好きだ』とか『愛している』って、ちゃんと言葉で伝えましたか？」

「はっ？」

クレイグは再びひっくり返った声を出した。

主人の戸惑いを無視し、マティアスは腕を組んでぐっと顔を寄せて詰め寄ってくる。

「さっさと答えろ。言ったのか？　言ってないのか？」

「それはっ……」

言ったに決まっている！

と、返そうとして、クレイグははたと言葉を止めた。

……本当に、言っただろうか？　セシリアに対し、愛の言葉を。

クレイグは大急ぎで記憶をたどる。アルグレードに向かう馬車の中から、それこそフォルカナで求婚したときまで記憶をさかのぼって、ようやく気づいた。

（……言ってない！）

瞬間、頭から冷水を浴びせられたように足下まで冷えた。

強張《こわば》ったクレイグの表情からマティアスも答えを察したのだろう。手近にあった本を取り上げ、クレイグの頭をバコン！　と叩いた。

「痛《い》っ、てぇ……！」

「なにやってんだ、この腑抜《ふぬ》け野郎が」

涼しい顔で本を置き、マティアスは同僚相手にもそうそう使わないような粗暴な物言いをした。

「山ほどの贈り物をしても命がけで溺《おぼ》れているところを助けても、肝心の『好きだ』の一言がなけりゃ、相手に気持ちが伝わるわけないだろうがッ！」

「うっ……」

「無理やり連れてきた自覚があるなら、なおさらそこを強調しておけよ。ったく、戦《いくさ》や執政で見せるキレはどこに行った。いくら山賊を打ち負かしても重臣を言いくるめても、好きな女ひとり落とせないんじゃ男として恥だぞ。え？　わかってんのか？」

「おま……、仮にも主人相手に言いすぎだろう」

とはいえ、全面的に自分が悪いのは間違いない。クレイグは痛む頭を押さえながら、マティアスの言葉を神妙に受け取った。

「確かにおれが間抜けだった。……恥ついでに告白するが、セシリアを手に入れられてかなり浮かれていたのは間違いない。彼女が想像以上に美人に成長していたのがさらに嬉しくてだな、正直隣に座っているだけでこう、ムラムラしてしまって……」

「今日まで我慢してたなら同情してやらなくもないがな。しっかり据《す》え膳食っておいて、これじゃあ救いようがない」

正論過ぎてぐうの音も出ない。

クレイグは片手を顔で覆う。据え膳はさておき……セシリアにしっかり気持ちを伝えていなかったのは失態以外の何物でもない。

彼女からすれば、大国から申し込まれたこの結婚は決して断れない類《たぐい》のものだ。だからこそクレイグがしっかり思いを伝えなければ、彼女は義務感によって状況を受け入れようと努めるだろう。

（いや、根が真面目なだけに完全にそう思っているはず……ひょっとすると身体を開いたのも、『未来の夫が求めているならそうしなければ』という義務感からだったりして……）

それがまぎれもない事実のような気がして、クレイグはますます落ち込んだ。

——いや、落ち込むのはあとだ。今は一刻も早く彼女に気持ちを伝えなくてはならない。

気持ちを切り替えたクレイグは、先ほどまでの倍速で書類を捌《さば》き始めた。早く仕事を終わらせてセシリアに会いに行かねば。

やる気になったクレイグを見て、マティアスも少しほっとしたらしい。

「まったく。今後はこのような失敗のないようにしてくださいよ、殿下。……おふたりの仲が盤石《ばんじゃく》でないと知られれば、そこを突いてよからぬことを企《たくら》む者が現れるやもしれませんので」

「わかっている。心配するな」

力強く答え、クレイグは次の書類を引き寄せる。

集中を高めていく主人に一息つき、静かに一礼したマティアスは控えの間に下がった。側近を名乗ってはいるが、主に彼は護衛の役目を担《にな》っている。

主人が為すべきことをしっかりこなせるよう、気配を殺してその身辺を守るのだった。


うっとりするほど寝心地のいい寝台の中、セシリアはもう何度目になるかもわからない寝返りとため息を繰り返していた。

(眠れない……)

時刻はとうに真夜中を過ぎている。ひとりでは食べきれないほどの夕食を振る舞われ、気立てのよい侍女たちに入浴の世話をされ、寝台に入れられ早数時間。いっこうに睡魔はやってこなかった。

セシリアはとうとう眠ることをあきらめ、天蓋《てんがい》付きの寝台からそっと足を降ろす。帳《とばり》を開いて寝台を離れた彼女は、窓辺に置かれた椅子に腰かけた。

窓の外では白い月が暗い夜空を淡く照らし出している。星が瞬《またた》く夜空の色はクレイグの瞳の色と同じ紺色で、セシリアの胸がツキリと小さく痛んだ。

頭の中をずっと同じことがぐるぐると渦巻《うずま》いている。クレイグの妹姫、ラーナが言っていた言葉の数々が――

（わたしがクレイグ様の思い人……。クレイグ様はずっと以前からわたしを思っていた、なんて……本当なのかしら）

先ほどから気づけばそればかり考えてしまって、いっこうに眠気がやってこないのだ。

「クレイグ様……」

答えが出ない切ない気持ちのまま、思わず呟《つぶや》いた瞬間――

居間に通じるのとは別の扉が開き、寝室に誰かが入ってくる気配がした。セシリアは飛び上がらんばかりに驚き、窓枠にしがみつきながら声を上げる。

「だ、誰っ？」

すると入ってきた誰かが慌てたように謝った。

「すまない。まだ起きているとは思わなかった。顔だけでも見られればと思って……その……」

セシリアはパチパチと目を瞬《しばたた》く。

入室してきたのはクレイグだった。旅装こそ解いているが、恰好を見る限り昼の装いから着替えていないらしい。

「クレイグ様……？」

こんな時間にどうしたのだろう。それに彼が入ってきた扉はどこに通じるものなのか。

「この扉からおれの……つまり王太子の部屋に直接行くことができるようになっている。こっちはおれの寝室なわけだが」

クレイグが身体をずらすと、扉の向こうにこちらよりさらに立派な天蓋付きの寝台が置かれているのが見えた。

夫婦となった暁《あかつき》にはあちらの寝台で休むことになると言われ、セシリアは緊張と羞恥《しゅうち》で顔を赤らめる。そこで遅まきながら自分が薄い夜着姿であることを思い出し、無意識に肩を抱きしめた。

「セシリア……」

クレイグがちょっと困ったような顔をする。いつもは凛々《りり》しく端整な顔が、どことなく弱っているように見えて戸惑った。

「眠っていたらあきらめるつもりだったが、おまえと話をしたくてここにきたんだ。起きていたならちょうどいい。少し付き合ってくれないか？」

セシリアは躊躇《ためら》いつつも、向かいの椅子を指して「どうぞ」と頷く。クレイグが礼を言ってそこに腰かけた。

「それで、お話というのは……」

「おまえがあまりおれを好いていないらしいとマティアスから聞いた。そのマティアスはラーナから聞いたらしいが」

「そっ……」

セシリアは目を見開き、ごくりと唾を呑み込んだ。やはりラーナの目にセシリアの態度は不自然に映っていたのだ。

青くなってうつむくセシリアに、クレイグは慌てて「違うっ」と声を張った。

「おまえを責めているわけじゃない。むしろそう思うのは当たり前のことで、その……」

めずらしくクレイグが言いよどむ。茶褐色の髪を掻き上げながら、声をかけるのを躊躇《ためら》う様子に、セシリアはますます戸惑った。

そんな彼女をまっすぐに見つめ、クレイグは意を決したように口を開く。

「おまえはこの結婚を単なる政略と捉えているかもしれないが、それは違う。おれは、おまえが好きだから求婚した。愛しているから、妃にしたいと思ったんだ」

彼の口から放たれたあまりに意外な言葉に、セシリアはぽかんと口を開けた。

彼女のその表情を見て、クレイグはがっくりと肩を落とす。

「……その顔は、本当にただの政略結婚だと思っていたみたいだな」

「え、え？　だって、そうではないのですか？」

「違う！」

クレイグは、どこか必死な様子さえうかがえる面持《おもも》ちで、強く否定してきた。

「おれはおまえのことがずっと好きだった。おまえを必ず妃にすると誓って生きてきたんだ。王太子位を授かることになって、出迎えが予定より遅くなってしまったが……」

「う、そ……」

セシリアは思わず口元を覆う。

本気で冗談だと思って、ついまじまじとクレイグの顔をのぞき込むが、彼はいたって真剣だった。

こちらを見つめる紺色の瞳が、月明かりの中でもはっきりわかるほど真摯《しんし》な光を帯びている。

情熱的なまなざしに正面から射貫かれ、セシリアはみるみるうちに首筋まで赤くなった。

「ど、どうして……、どうしてわたしを？　それに殿下とお会いしたのは、先日の『大陸会議』のときが初めてだったはずです」

するとクレイグはくしゃりと表情を崩し、どこか切なさの見える苦笑を浮かべた。

「やっぱり、覚えていないんだな。だが無理もない。もう七年も前のことだからな……」

「七年前？」

セシリアが驚きに目を見開くと、クレイグは神妙な様子で頷いた。

「おれたちが初めて会ったのは、今から七年前、前回の『大陸会議』のときだ。おまえはドレスの前をべったり濡《ぬ》らして、舞踏会の会場から逃げてきたところだった」

「えっ……⁉」

確かに、七年前の『大陸会議』で、セシリアはドレスを汚した。

正しくはエメラルダにジュースを引っかけられたのだが。

そうした嫌がらせはいつものことだったが、あの日は少々応《こた》えた。なぜなら、着ていたドレスが母の形見を直したものだったからだ。

（じゃあ、クレイグ様にはそのときの様子を見られていたということ？　……でも汚れたドレスを着ている子を、普通は好きになったりしないわよね？）

考えれば考えるほどわからなくなる……頭を抱えそうになったセシリアに、クレイグはまた苦笑した。

「他にも知っている。足に裁縫道具を入れたポーチをくくりつけていたことも、繕《つくろ》い物が上手《うま》いこともな。おまえはあのとき、おれの破れた上着を繕ってくれた」

セシリアはまた驚かされる。

彼の言う通り、あの頃のセシリアはいつも裁縫道具を持ち歩いていた。エメラルダを始めとする異母兄弟がしょっちゅう彼女を標的にして、ドレスを破いてくることがあったためだ。

だがそれを大国の王子に打ち明けたことなどあっただろうか？　必死に考えていると、記憶のひとつにそれらしい光景が見つかり、セシリアはハッと息を呑んだ。

「あ、のとき、……確かにわたしは、中庭で他国の男の子に出会いました。でも……」

暗がりだったせいか、その男の子の顔は思い出せない。ただとても痩《や》せていて、弱々しい印象だった気がする。とても目の前の王太子殿下と同一人物には思えないが……

「いや、思い出せないならそれでいい。なにせあの頃のおれは今とは比べものにならないほど脆弱《ぜいじゃく》で傲慢《ごうまん》な、鼻持ちならないガキだったからな。それを思うと、できれば忘れたままでいてほしいくらいだ」

「そうなのですか……？」

信じられないという顔を向けると、クレイグはばつの悪そうな面持《おもも》ちで頷いた。

「そんなおれを変えるきっかけをくれたのが、おまえなんだ、セシリア。七年前おまえと出会ったことで、おれは自分を変えるべきだと気づくことができた。そのことを深く感謝している」

クレイグはそう言って、紺色の瞳を懐《なつ》かしそうに細めた。

いったい七年前に、なにがあったというのだろう。クレイグから感謝されるその出会いを、自分が覚えていないことに歯がゆさを感じる。

セシリアの無言の問いかけに気づいてか、クレイグは困ったように頬を掻いた。

「情けない話だから、あんまり言いたくはないんだが……」

「教えてください。ぜひ」

即座に答えたセシリアに、視線を泳がせたクレイグだが、やがて腹をくくったように頷いた。

「なら、話そうか。……今となっては誰も信じないが、おれは生まれつきとても病弱で、長く生きることは難しいと言われて育ったんだ。幸いなことに、十歳を過ぎる頃には人並みに動いても大丈夫なくらい身体が回復した。だがおれ自身がすっかりふてくされて、いろいろなものをあきらめてしまっていたんだ――」

『寝台の上の暴君』。それが子供の頃、世話係のあいだで密かに囁《ささや》かれていたクレイグのあだ名だった。

確かにあの頃の自分はひどい暴君だったと思う。病弱ゆえ寝台から動けないのをいいことに、侍女や従僕たちにわざと無理難題を突きつけて、彼らが右往左往する様子を見るのをなによりの楽しみとしていたのだから。

そんなクレイグに最初の試練が訪れたのは、十三歳の誕生日を迎えた直後のことだった。

今までクレイグに絶対安静を徹底してきた医師たちが、こぞって「お身体は病を克服いたしました。そろそろ運動などを始め、王子としての教養を身につけてもよい頃でしょう」と言い出したのだ。

だからといって、それまで寝台からほとんど出たことのないクレイグは、その言葉を受け入れることができず、なかなか部屋を出られなかった。

それに痺《しび》れを切らした父アルグレード国王が、七年に一度開かれる『大陸会議』にクレイグも連れていくことにしたのである。

大陸の中央に位置するフォルカナ王国で開かれる『大陸会議』は、諸外国の外交の場であり社交の場であり、婚姻の約束を交わす場でもある。

父王は、強制的に息子を公《おおやけ》の場に引っ張り出すことで、否が応にも王子としての自覚を持たせようと目論《もくろ》んだのだろう。

さすがのクレイグも、最初のうちは社交的に振る舞おうと努力した。

だが、使用人相手に威張ることしかしてこなかった自分が、急に王子らしく振る舞うことなどできるわけがない。結局誰とも碌《ろく》な会話もできず、やがて緊張の糸が切れたクレイグは、文字通り会場から逃げ出したのである。

人気《ひとけ》のない中庭に入り込み、灌木《かんぼく》の茂《しげ》みにしゃがみ込んだ。ここで舞踏会が終わるまで隠れていようと考えながら、同時にそんな自分が惨《みじ》めで、あまりに情けなくてたまらなかった。

(どうせ病弱な僕には、父上も兄上もなにも期待していないんだ。その証拠に、ふたりは僕が会場から出るのに気づいても、なにも言わずにただため息をつくだけだった……！)

父と兄の失望にまみれた顔を思い出すと、涙が込み上げてくる。

ひとり膝を抱えて、クレイグは奥歯を食いしばって嗚咽《おえつ》をこらえた。

——そのとき、茂みの反対側からガサリと音がして、クレイグはぎょっと振り返った。

そこには、自分より二つか三つ年下に見える、ドレス姿の少女がいた。

少女のドレスには、篝火《かがりび》の明かりでもはっきりわかるほど大きな染みがついている。クレイグが驚いて見つめていると、少女もまた青い瞳を丸くしてこちらを見返してきた。

「どうしたの、泣いたりして……どこか痛いの？」

クレイグはハッと目元を擦《こす》る。さすがに年下の女の子に涙を見られるのは恥ずかしすぎた。

「こ、これは別に……っ」

「もしかして、あなたも誰かにいじめられたの？」

自分を気遣っての問いかけだったが、クレイグはこれを侮辱と受け取った。

「ふざけるな、そんなわけないだろう！　僕を誰だと思ってるんだ！」

言った直後、相手が年下の少女だったことを思い出す。だが怒鳴られた少女は「そう。それならよかったわ」と微笑んだ。

予想外の反応に毒気を抜かれたクレイグは、逆に少女のドレスの染みが気になってしまう。

「もしかして……おまえのそれは、誰かにいじめられてつけられたのか？」

染みを指さして尋ねると、少女は苦笑しながら肩をすくめる。

年齢に似合わない大人びた姿に、クレイグはどきりとした。

「そ、そんなことされて……悔しくないのかよ」

妙にざわついた気持ちのまま問いかければ、少女は軽く首を傾《かし》げて淡々と答える。

「もちろん悔しいし、とても嫌よ。でも嫌だと言ったところでやめてくれる相手じゃないし。助けてくれるひともいないしね。仕方ないわ」

「仕方ないって……」

「わたしが騒いだり泣いたりしたら、相手はよけいに喜ぶだけだもの。それでもっとひどいことをされるくらいなら、仕方ないって我慢したほうが楽でしょ？」

それを聞いたクレイグは驚くと同時に、どこか薄気味悪さを感じた。仕方ないと言い切る少女の横顔は、大人びているというのを通り越して、どこか人形のように感じられたのだ。

――今ならばそれが、諦念《ていねん》の末にたどりついた彼女なりの自衛の手段なのだと理解できるが、当時のクレイグにはそこまで理解することはできなかった。

ただ、銀色の前髪に隠された少女の青い瞳に、強く惹きつけられた。

不意に、その青い瞳がこちらに向けられる。なぜかどきりとしたクレイグは思わず後ずさった。

少女は特に気にする様子もなく、クレイグの上着を指さす。

「そこ、ほつれているわ」

見れば、確かに上着の裾の一部がほつれていた。たぶん、灌木《かんぼく》の下にしゃがみ込んだときに引っかけたのだろう。

クレイグはたちまち青くなる。勝手に会場を抜け出した挙げ句、礼服まで駄目にしたとなれば、父はなんと思うだろうか。失望されるどころでは済まない。

どうしようとおろおろする彼に気づいてか、少女は小さな手を差し伸べた。

「上着を貸して。繕《つくろ》ってあげるわ」

「は？　おまえが繕う？　冗談だろう？」

ドレスこそ汚れているが、目の前の少女は舞踏会に参加しているどこかの姫君に違いない。刺《し》繍《しゅう》ならともかく、自分で繕い物をする身分ではないはずだ。

すると彼女は、ドレスの裾をちょっとめくり、足にくくりつけていたポーチを取り外した。中には糸や針などが詰まっている。

「時々ドレスが破られることもあるから、こうやっていつも持ち歩いているの。安心して。わたし裁縫は得意なのよ。綺麗に繕ってあげるわ」

クレイグは驚きのあまりぽかんとしたが、少女が手を引っ込める気がないとわかり、おずおずと上着を渡した。

少女はポーチの中から適当な布を取り出すと、それをほつれたところに当てて、手際よく裂けた部分を直していく。小さな指が器用に針を操る様子に、気づけばじっと見入っていた。

少女は最後に糸切り歯で器用に糸を切って、上着をクレイグに戻す。

「少し見たくらいなら気づかれないと思うわ。どうかしら？」

クレイグはまじまじと繕《つくろ》ったところを見つめた。確かに、言われなければ気づかれないほど綺麗に繕われている。

「……ま、まぁ、素人の割にはいいんじゃないか？　褒めてやろう」

我ながらもっと他に言いようがあるだろうと言いたくなる台詞《せりふ》だった。こういうときなんと言葉をかけたらいいのか、経験も知識も足りないクレイグには思いつかない。

さすがに怒るだろうかと身構えるが、少女は意外にも「ありがとう」とはにかんだ。

「まさか繕い物で誰かの助けになれるとは思わなかったけれど、あなたの役に立ったみたいでよかったわ。……王女としてはなんの役にも立たないことはわかっているけど」

クレイグに笑みを向けながらも、裁縫道具を仕舞う少女が呟《つぶや》いた一言には、まぎれもない寂しさが滲《にじ》んでいた気がした。

無意識にこぼれ出たであろう呟きに、クレイグは答えることもできずに黙り込む。

同時に、彼女が王女の身分にありながら迫害を受けていることに衝撃を覚えた。

「じゃあ、わたしはそろそろ行くわ。あなたも早く会場に戻ったほうがいいのではなくて？　お付きのひとがきっと心配しているわよ」

「……別に、心配なんかしてないさ。僕なんていなくても変わらない。おまえこそ、侍女が探しているんじゃないか？」

「それはないわ。わたしには侍女がいないから」

「侍女がいない？」

思わずクレイグは問い返す。侍女や従僕を含め三十人近くの世話係を与えられているクレイグにとっては、考えられない言葉だった。

「ええ」

しかし目の前の少女は気負うこともなく頷く。

呆然とするクレイグに、彼女は少し寂しそうに笑って言った。

「本当に『いてもいなくても変わらない人間』には、侍女なんて付かないのよ。でも、あなたはそうではないのでしょう？　だから、早く戻ったほうがいいわ」

裁縫道具をしまったポーチを、彼女は慣れた手つきで足に巻く。

破れたドレスを繕うための道具を常に持ち歩いていることこそが、彼女の言葉が真実であると物語っているように感じた。

そのことに、クレイグはなんとももどかしい気持ちに駆られ、つい立ち去ろうとする彼女の背に声をかけてしまう。

「おまえ、王女なんだろう？　なのにこんな状況に甘んじていて、本当にいいのか？　いくらいてもいなくても変わらないって言ったって……こんなの不当すぎる。自分でわかってるんだろう？」

先ほどの呟きを聞かれていたとは思わなかったのだろう。少女の顔にさっと緊張が走る。

だが彼女はすぐにもとの大人びた表情に戻ると、ふっとその口元を緩《ゆる》めた。

クレイグはその笑顔に胸を掴《つか》まれる。

笑っているのに、泣いているみたいに見える――少女が見せたその表情は、これまで見たことがない、あまりに寂しげな微笑みだった。

「わかっていても、どうにもならないことはあるわ。手に入らないものをうらやましく思っても仕方ないでしょう。それなら、今の境遇の中で、どうやったらそれなりに暮らしていけるかを考えたほうがいいと思うの。そうすれば、つらいことがあっても少しは楽しく、前向きになれるかもしれないじゃない？」

クレイグは目を見開いた。

寂しげな表情に反し、少女の言葉は芯が通っていて力強い。

だが、それを口にする彼女はまだまだ幼くて……そのアンバランスさに、クレイグは言い様のない衝撃を覚えたのだ。

呆然と立ち尽くす彼に向き直り、少女はドレスの裾をつまんで静かに一礼する。

「ご機嫌よう。さようなら」

そして彼女は、今度こそ踵《きびす》を返して中庭を去っていった。

時間にすればほんの一時の短い逢瀬《おうせ》。

だがこの出会いは、未熟だったクレイグの胸に鮮烈な印象を植えつけた。

名も知らぬ不遇の王女……その姿が暗がりに消えたあとも、しばらくその場を動けないほど、クレイグは彼女の存在に囚われたのだ。

話を聞き終えたセシリアは、思わずあんぐりと口を開けてしまった。

「……わ、わたし、そんな失礼なことを本当に言って……!?」

過去の自分が言ったという言葉は、相手が誰だか知らなかったとはいえ、とても大国の王子相手に言うことではない。口の利き方もなっていないと、当時の自分をひっぱたきたくなった。

クレイグは微笑みながら「なにも無礼なことはされてないぞ?」と、青くなるセシリアをなだめる。

「だが、なんと言ったらいいか……とにかく衝撃を受けたんだ。おれはそれまで、他人に世話をされるのが当たり前の生活を送っていて、自分がいかに恵まれているか考えたことがなかった。だがおまえとの出会いでそれに気づかされた」

だからこそ、そんな恵まれた環境にいながら卑屈になっていた自分が、猛烈に恥ずかしくなった。

舞踏会で王子らしく振る舞えなかったときに感じた羞恥《しゅうち》の比ではない。穴があったら入りたいとはこのことかと、身をもって感じた。

アルグレードに帰国してから、クレイグは医師の勧めに従って身体を動かし、勉学にも本腰を入れて取り組んだ。

もともと素質があったのか、一年、二年と経つ頃には、勉学で同世代の子供との差はほとんどなくなった。身体つきも、病弱だったのが嘘みたいにたくましくなり、軍へ入ることを勧められるくらいになったのだ。

クレイグの日常はあの王女と出会ったことでずいぶん変わった。卑屈だった自分を改め、前を向いただけで、こんなにも充実した日々を送れるのかと驚いたほどだ。

今の自分があるのは彼女のおかげだな、と、社交界に顔を出してからはますます強く意識するようになった。

なにせ、社交界で令嬢を見るたびに彼女のことを思い出すのだ。

立場上、外国の姫と顔を合わせる機会は何度かあったが、あの印象的な銀髪と青い瞳をした王女に出会うことはついぞなかった。

彼女はどこの国の王女で、今はどうやって暮らしているのだろう。まだ幼いのに侍女も付けられていなかった彼女を思うと、もっとひどい目に遭《あ》っているのではないかと気が気ではなくなる。

いつしか彼女のことばかり考えるようになって、クレイグはようやく、自分が彼女に恋をしていることに気づいたのだ。

「それからすぐ、フォルカナにひとをやって調べたんだ。あの日の王女はどこの国の誰なのかを。おまえがフォルカナ王国の王女だったのは、おれにとっては僥倖《ぎょうこう》だった。もし『会議』に合わせて他国からきていた姫だったら、捜し当てるのにもっと時間がかかっていただろうから」

「どうしてわたしをお捜しに……？」

「もちろん、もう一度おまえに会いたかったからだ」

強い瞳で見つめられ、セシリアは居心地の悪さと少しの緊張感に視線を泳がせた。

「で、でも、ただそれだけのことで、わたしとの結婚までお決めになるなんて」

「おかしいか？　だがおれはもう寝ても覚めてもおまえのことばかり考えている状態だったんだ。再会してからはよけいにな。七年ぶりにおまえを見て、これは絶対に妃にするべきだと、ますます確信した」

「どうして……」

「おまえの強さは、弱さと紙一重の脆《もろ》いものだからだ。おまえのことを知れば知るほど、なにもかもあきらめた笑みじゃなく、おれのそばで心から幸せそうに笑ってほしいと強く思ったんだ」

「クレイグ様……」

「七年ぶりに見たおまえは、お仕着せ姿で楽しそうに会場を見回していた。昔と同じ、自分の境遇を呪うことなく受け入れて、その中で上手《うま》く生きているのがよくわかった。そんなおまえがまぶしくて、でも危うくも見えて……。あのときおれは、もう一度おまえに惚れ直したんだよ。そしてそれ以上に、幸せにしてやりたいと強く思ったんだ」

セシリアの手をそっと持ち上げ、クレイグはその指先に優しく口づけてくる。幸せにしたいと告げた唇で恭《うやうや》しくふれられ、セシリアの胸がどきりと高鳴った。

そんな彼女に一度微笑んだクレイグは、真剣な表情になって、彼女の足下に静かに膝をつく。

「おまえのおかげで、おれは寝台でしか威張れない暴君から変わることができた。これからは、おれがおまえの支えになりたい」

「クレイグ様……」

「愛している、セシリア。きっと初めて会ったときから、おまえの虜《とりこ》になっていた。すぐには無理でも、おれのことを好きになってほしい」

手を取られたまま真摯《しんし》なまなざしを向けられ、セシリアの胸は速い鼓動を刻み始める。端整な美貌に見つめられるだけでも心臓に悪いのに、信じられない言葉を次々とかけられ、頭は沸騰状態だ。

(本当に……本当にこの方は、わたしのことが好きで求婚してくださったの?)

クレイグの言葉におそらく偽りはない。だがあまりにも幸運すぎる展開に、これは現実のことだろうかと、ついつい疑ってかかってしまう。素直に頷きたいのに、これがもし夢だったらと思うと怖くて、それができない……

セシリアの葛藤を見抜いたのか、クレイグが眉を寄せ、セシリアの手を優しく握りしめた。

「なにか気になることでもあるのか? おれに原因があるなら善処する」

このままひとりで悶々《もんもん》とするのももう限界だ。この際だから、ずっともやもやしていたことをぶつけてみるのもいいかもしれない。

セシリアは思い切って顔を上げた。

「殿下は、その……わたしの他に、たくさんの愛人をお持ちだという噂をお聞きしました」

「はっ⁉」

クレイグは、本気で寝耳に水だという表情を浮かべた。

「いったいどこからそんな噂を……、ああ、そうか、あのエメラルダとかいう異母妹に吹き込まれたんだな? そうだろう?」

うんざりとした顔で図星をつかれ、セシリアは目を泳がせた。

「いいか、神に誓って違う。信じられないようなら、マティアスに聞いてもらって構わない」

「で、でも、火のないところに煙は立たないと申しますし」

「おれの出世や立太子をやっかんだ奴らが、あることないこと騒ぎ立てているのは知っている。不本意だがすべてに対処することはできないからな」

「なら、どうしてあんなふうにわたしにふれて——」

「あんなふうに？」

ついぽろっと口から出た言葉に敏感に反応され、セシリアはハッとして口をつぐんだ。

恥ずかしさで赤くなるセシリアと対照的に、クレイグはばつの悪そうな顔になって、口をへの字に結ぶ。

「その、男はな、……惚れた女のそばにいたら自然とさわったりキスしたり……それ以上のこともしたくてたまらなくなるんだ。ましておれはおまえを手に入れるまでに、何年も片思いしていたんだからな。本人がそばにいると思うと、それだけでどうにかなりそうなほど嬉しくて……。それこそ、『愛している』と伝えるのを忘れるくらい、おまえに夢中になっていたんだ」

「え、では……」

(馬車の中であれほど親しくしてきたのは、わたしのことが好きで、我慢できなかった、ということ……？)

そう思い至った途端、頭の中まで茹《ゆ》だったみたいになって、彼に握られたままの手までがぽうっと熱を持ってくる。

一方のクレイグも、さすがに気まずくなったのか、ぷいっとそっぽを向いた。

だがすぐ思い直したようにセシリアに向き直る。

「他に気になることはあるか？」

「……では、国境の街でわたしを、……その……」

真っ赤になって言いよどむと、続きを察したクレイグは神妙な面持《おもも》ちで答えた。

「あのときは、ああしておまえが生きていることを確かめたかったというのもあるが……単純に、毎日同じ馬車に乗って、おまえの体温や匂いを感じ続けて平然としていられるほど、おれも人間ができていなかったということだ」

むしろ時間さえあればいつでも抱いていたいくらいだ、と言われ、セシリアは危うく腰を抜かしそうになった。

「いつでもはよしてください。こちらの心臓が保《も》ちません……」

「なぜだ？」

「は、恥ずかしすぎるからです」

当たり前のことを聞かないでとばかりに膨《ふく》れて見せると、クレイグは一瞬きょとんとしたあと、明るく笑い出した。

「もうっ。人の気も知らないで……」

「いや、悪い。むくれるおまえが可愛らしくて」

「殿下っ」

「怒った顔も可愛いな」

「……もう！　そういうふうに仰《おっしゃ》るから、いろいろ疑わしいと思ってしまったのですっ」

「そうなのか。まいったな、本心から言っているのに」

「なっ……」

絶句するセシリアに改めて向き合い、クレイグは彼女の手を引き寄せ、その甲に恭《うやうや》しく口づけた。

「っ……」

「嘘じゃないぞ。本当にそう思ってる。おまえが好きすぎて、どんな顔を見ても愛おしいと思えるんだ」

「殿下……」

「必ず幸せにする。だからおまえも、おれを好きになってくれないか？」

誠実な声音で懇願され、セシリアの胸がとくりと高鳴る。ただでさえ赤くなっていた顔にさらに熱が集まり、心臓が耳元で脈打っている気さえした。

クレイグのような立派な青年にこれほど思われて、幸せを感じない女など存在しない。

セシリアは緊張で乾いた唇を一度湿らせ、それから静かに頷いた。

「……努力、します。あなたと同じくらい、わたしもあなたを好きになりたい」

幸せを信じるのは怖い。けれど、クレイグとだったら……本当に幸せになれるかもしれない。セシリアはそれを信じたいと強く思った。

「ありがとう。幸い時間はたっぷりある。一生かけて、おれを好きになってくれ」

クレイグは喜びを滲《にじ》ませ、立ち上がるなりセシリアをぎゅっと抱きしめてくる。

力強い抱擁《ほうよう》にひるんでしまうが、ちらりと見えた彼の横顔が本当に嬉しそうなのを見て、セシリアはゆっくり身体の力を抜いた。

緊張していたせいか、なんだか足下がふわふわする。縋《すが》るように彼の腕に手を添えると、クレイグはますます彼女を引き寄せた。

「セシリア、キスしてもいいか？」

「……さ、さっきの今で、ですか？」

セシリアは、再び舞い戻った緊張に思わず裏返った声を出した。

「いけないのか？」

「……」

大真面目に問いかけられ、思わず絶句した。

（――男のひとって、やっぱり手が早いだけなのかしら？）

だが彼の言葉を借りれば、それこそがセシリアへの強い愛情の表れということになるのだろう。

そう考え直したセシリアは……絆《ほだ》されてしまった。

こくりと小さく頷いて、そっと目を伏せる。

クレイグが嬉しげに微笑む気配がして、優しく顔を上向かせられた。そしてすぐに唇が重なってくる。

胸がとくりと甘い鼓動を打つ。促《うなが》されるまま薄く唇を開くと、すかさず舌が入り込んできて、あっという間に口内を支配された。

「ん……、ふっ……」

角度を変えて繰り返し浅く深く口づけられ、彼が静かに唇を離す頃には、セシリアはほとんど腰砕けの状態になっていた。

「可愛いな、セシリア……」

クレイグがかすれた声で呟《つぶや》いてくる。腰の奥までぞくっと震えるような、色気と情欲に満ちた声だった。

かすかに息を切らしながらそっと瞼《まぶた》を開けると、月明かりに輝くクレイグの瞳と目が合う。

夜空に似た瞳の奥に、まぎれもない情欲の炎を見つけ、セシリアは身体の奥がじわりと熱を持つのを感じた。

「抱いてもいいか?」

直接的な問いかけに、セシリアはほんの少し狼狽《うろた》える。だが濃厚なキスで身体にはすっかり官能の火が灯《とも》っていて、断るという選択肢は見つけられなかった。

セシリアはおずおずと、彼の首筋に腕を回すことで答える。クレイグが微笑み、耳元でかすかに『愛している』と囁《ささや》くのが聞こえた。

すぐに膝裏に腕が回り、横向きに抱え上げられる。

「二度目だから前より痛むことはないだろうが……つらかったら言ってくれ」

気遣わしげに言われると、胸の中いっぱいに温かな気持ちが広がっていった。

寝台に静かに横にされ、上着を脱いだクレイグが身体を重ねてくる。自然と唇が重なり、濡《ぬ》れた感触に否応なく興奮が高まっていく――

「愛している、セシリア。どれだけ言っても言い足りないくらいに」

（わたしも……）

こうしてふれられるたび、愛していると伝えられるたび、胸がどきどきする。髪を梳《す》いてくる大きな手に手を重ねることで、セシリアは芽生え始めた思いを彼に伝えようとした。

クレイグの手が夜着のリボンをするりとほどく。

肌が外気にふれて寒く感じたのは一瞬のこと。

次のときには掌《てのひら》の熱さと硬さを感じて、セシリアの口からため息がこぼれた。

――初めてのときとは違う、幸せだけが存在する夜の始まりだった。


一度目の夜は、戸惑いと混乱が支配していた。

いきなり湖に落とされ、死ぬような目に遭《あ》ったかと思えば、なし崩しのようにクレイグに抱かれ……結婚前に身体を繋《つな》げることへの戸惑いは、そうそうぬぐい取ることができなかった。

だが、今は違う。

純粋にセシリアを愛し、まっすぐに気持ちを伝えてくれる相手に、宝物のように優しく扱われる……それがこんなにも心地よく幸せなことであると、セシリアは初めて知ることになった。

セシリアの身体を伝う彼の指先や唇の動きに、うっとり身を委《ゆだ》ねる。しかし、まどろみの中を漂《ただよ》う心地でいられたのは最初のうちだけだった。

耳孔や胸の先、脇腹や臍《へそ》のくぼみを繰り返し攻められるうち、じわじわとした熱がセシリアの下腹部に宿って、息も絶え絶えになってしまう。

「う……んぅ、……クレイグ、さま……ッ」

「どうした？」

「……も、もう……、これ以上、は……、あぁっ！」

やめて欲しいと伝える前に、剥《む》き出しになった花芯をじゅっと吸われる。足を大きく開き、仰向けに横たわっていたセシリアは悲鳴じみた声を上げて腰を大きく跳ねさせた。

すっかり充血し丸く膨《ふく》らんだ花芯は、先ほどからクレイグの舌先や唇に可愛がられて、これ以上ないほど敏感になっている。

クレイグはセシリアの足の付け根に顔を伏せつつ、彼女が足を閉じられないよう太腿を押さえた。

やがて、そっと顔を上げて問いかける。

「なら、こっちはどうだ？」

「……う、ぁ……っ、あん……っ」

わずかに身体を起こしたクレイグが、腕を伸ばして彼女の胸元にふれてくる。ツンと勃《た》ち上がった乳首を軽くつままれ、身をよじりたくなるほどの快感が腰の奥を突き抜けていった。

「そ、こも……、いやです……っ」

弱いところを重点的に刺激され続けて、セシリアは既に音を上げそうになっていた。

かすかに首を振りながら小刻みに震えるセシリアを見下ろし、クレイグが苦笑しつつ囁《ささや》いてくる。

「悪いな。おれにふれられて喘《あえ》ぐおまえが可愛すぎて、つい夢中になってしまった」

さらりと嘯《うそぶ》くクレイグに、セシリアは恨めしい思いを込めて眉を寄せた。

だが真っ赤な顔で涙を溜めながら抗議しても、相手は反省するどころか喜ぶばかりだ。

「一度イかせてやろう」

「え？　ま、まって……、ひぁっ……！」

再び足のあいだに顔を埋《うず》められ、長い舌でねっとりと秘裂を舐《な》め上げられる。

あふれ出る蜜ですっかり濡《ぬ》れそぼったそこをぴちゃぴちゃと音を立てて舐められ、セシリアは目元を真っ赤にして唇を噛みしめた。

だが湧き上がる愉悦《ゆえつ》はとても抑えられるものではない。同時に乳首を指先で擦《こす》られると、じっとしていられなくなる。

「も、もうだめ、本当に……！」

首を振って許しを請《こ》うが、クレイグの舌はさらに執拗《しつよう》さを増していく。

彼の舌先が蜜をあふれさせる割れ目から上へと移り、花芯を突くように舐め上げた瞬間、セシリアの閉じた瞼《まぶた》の裏で火花が散った。

「ああアッ……!!」

強烈な快感に腰がびくびくと激しく跳ねる。熱いうねりが身体の中を立ち上《のぼ》り、セシリアはあっという間に淫欲の極《きわ》みへ押し上げられた。

突然の絶頂に息が詰まり、喉の奥がひくっと鳴る。弓なりにしなった背が一拍遅れて弛緩《しかん》し、セシリアは寝台に深く沈み込んだ。

「は、はぁ……、はぁ……っ」

酸欠状態のように意識がぼうっと霞《かすみ》がかっている。

快楽を散らそうと激しく頭を振ったせいで、美しい銀の髪が敷布の上にうねるように広がっていた。

その一房を手に取り、恭《うやうや》しく口づけながら、クレイグは身を起こし涙に濡れたセシリアの目元を親指でぬぐう。

「泣くほどよかったのか？」

意地悪な問いかけに、セシリアはぷいっとそっぽを向いて答えを拒否した。だが照れているだけだとすぐに見抜いたクレイグはくすくすと笑い出す。

「ひどいわ。お笑いになるなんて……」

恥ずかしさのあまりついむくれると、「悪いな」とクレイグが鼻先に口づけてくる。

「おまえが感じれば感じるほど嬉しくなるんだ」

「そんなこと……、や、ぁ……！」

ぐちゅりと音を立てて、ヒクつく蜜口に指が挿入された。濡れに濡れた膣壁はうねって二本の指を招き入れ、セシリアは喉を反《そ》らしてか細い声を上げる。

「あ、あぁ、……は、ぁ……っ」

「熱いな……」

「んぅ！」

クレイグの指先が感じやすいざらついたところを擦《こす》り上げる。的確な愛撫に腰がびくりと跳ねて、セシリアは敷布をきつく握りしめた。

「はっ、はふ……、う……っ」

「力を抜いていろ」

狭い膣内で指をばらばらに動かされる。それだけでもひどく感じてしまうのに、クレイグの舌先が胸の頂《いただき》を攻めてきて、とても力を抜くことができなくなった。

下肢だけでなく、胸元からも乳首を舐《な》め上げるねっとりとした水音が聞こえてくる。あいた手で脇腹を撫《な》でられ、ぞくぞくするほど激しい愉悦《ゆえつ》の波に、セシリアは再び呑み込まれた。

「あっ、あぁ、……クレイグ様……、んンっ……！」

乳輪ごと乳首を咥《くわ》えられ、激しく吸い上げられる。同時に下肢を掻き回され、感じやすいところを小刻みに擦り上げられた。

激しくされたかと思えば、ふと優しくされ……緩急をつけた愛撫にセシリアは為す術《すべ》もなく翻弄《ほんろう》される。胸も下肢もどこもかしこも気持ちよくて、身体の感覚が高まっていく――

「あ、ぁ……、もう、もう……！」

「またイきそうなのか？」

セシリアは必死に頷く。呼吸が浅く速くなって、汗の滲《にじ》む胸が忙《せわ》しなく上下した。ぐずぐずと燻《くすぶ》る下肢が今にも弾けそうに煮えたぎっている。

このまま達してしまいたい。

しかし、クレイグは胸から顔を上げ、セシリアの中からずるりと指を引き抜いた。

「やぁ……っ」

自分の唇から漏《も》れた切ない声に、セシリアは息を呑む。

声だけではない。空洞になった膣壁が物足りなさにうねり、蜜口をヒクヒク震えさせている。

新たな蜜がこぷりと敷布へこぼれていくのを感じ、セシリアは目の前が真っ赤になるほどの羞恥《しゅうち》を覚えた。

「ちゃんとイかせてやる」

言いながら、クレイグはしとどに濡《ぬ》れた蜜口にぐっと質量のあるものを押しつける。

その感覚に、セシリアはハッと身を強張《こわば》らせた。どぎまぎしながらちらりと下肢に目をやる。

みっしりと張り詰めたクレイグの欲望が、今まさにセシリアの中に潜《もぐ》り込もうとしていた。

「大丈夫だ。ゆっくり挿《い》れるから」

猛々《たけだけ》しい屹立《きつりつ》を見て固まったセシリアを、クレイグはおびえていると思ったようだ。優しく囁《ささや》いてから、彼は慎重にそれを膣胴へと沈めていった。

「あ、ん……っ」

言葉通りのゆっくりした挿入に、じりじりとしたもどかしさを覚えてしまう。

まだ受け入れることに慣れていない蜜口はピリッとした痛みを伝えてくる。なのに、その奥の膣壁は硬く張り詰めた熱塊を歓迎して激しくうねり、下腹の奥をいっそう燃え立たせた。

（もっと……奥まで……）

無意識に腰を突き出しそうになったセシリアは、慌てて自制する。愉悦《ゆえつ》に翻弄《ほんろう》されている状態ならまだしも、みずから快感を得ようとすることにはまだまだ抵抗があった。

だがそんな彼女の自制を試すように、クレイグの剛直は気が遠くなるほどの遅さでじわじわ侵入してくる。

「んぅ……！　う……っ」

必死にもどかしさに耐える中、唇を重ねられ舌で口内を探られると、身体がひとりでにびくびくと震え出した。

「ふ……ぅ……！」

ようやく彼の剛直が最奥《さいおう》まで沈み込む。丸い亀頭が中を押し上げ、互いの恥骨同士がぴたりと合わさった瞬間、セシリアは甘やかな悲鳴をほとばしらせた。

「……っ」

するとクレイグが苦しげに小さくうめく。

セシリアが軽く達したことを自身でしっかり感じたのだろう。じっと息を詰め、彼女の頭を大きな手で掻き抱いてきた。

「セシリア……すごいな」

「は、ぁ、……あぅ……」

セシリアは答えることもできずに敷布を掻いた。身体中が敏感になりすぎて怖いくらいだ。

「これならすぐ動いても大丈夫そうだな」

「あ、待っ……、あ、あうっ！　きゃ、ぁぁん……」

一度引かれた腰を再度奥まで突き入れられ、目の前に火花が散った。

「あんっ、あぁ、や、あ……っ」

濡《ぬ》れた媚壁が熱く膨張した剛直に擦《こす》られる。それがたまらなく気持ちいい。

さほど激しくなく、かといって弱々しくもない突き上げに呑まれ、セシリアはいつしか自分で腰を揺らしていた。

湧き上がる快感に翻弄される。濡れた唇を薄く開き、赤い舌をのぞかせて喘《あえ》ぐセシリアを、クレイグが熱っぽい瞳で見下ろしていた。

「いいぞ。もっと腰を振れ。一緒に気持ちよくなろう」

「あぅ、あ、ふ……っ、……んン、クレイグ、さま……っ」

「ん？」

涙が滲《にじ》む瞳で見上げると、腰の動きは止めないまま、クレイグが軽く首を傾《かし》げて先を促《うなが》す。

暗がりの中でもわかる優しい紺色の瞳に、セシリアの胸は甘く締めつけられた。

「んっ……、気持ちいい、とても……っ」

「ああ、わかる。さっきからおまえの中がうねって、おれを締めつけてくるからな」

まだ余裕があるのか、意地悪な笑みを浮かべる彼が憎らしくも可愛く思えて、セシリアもちょっと微笑んだ。

「どうせならこっちに掴《つか》まってくれ」

敷布を握っていたセシリアの細い腕を取り、クレイグは自分の首に回させる。ふれ合ったところから、じっとりと汗を掻いた彼の体温を感じた。その熱さに、セシリアの鼓動がひときわ速くなる。より密着したセシリアの腰をぐっとみずからに引き寄せ、クレイグは再び律動を始める。

「きゃ、あぁう……！」

最奥《さいおう》まで突き入れられ、そのまま円を描くように腰を動かされた。

彼の形に広げられた膣壁は新たな刺激を貪欲にむさぼり、もっととばかりにきゅうっとすぼまる。

「すごいな……」

「んっ……、んあ、ッ……はぁ、はぁ……！」

煮えたぎる快感に息もできない。

一度ぎりぎりまで引き抜かれた屹立《きつりつ》をぐっと奥まで突き入れられて、セシリアは悲鳴を上げた。

「んああっ、あ！　……や、あ……っ」

「こうしたほうがいいか？」

「んんン……！」

今度は奥に挿《い》れられたまま、恥骨同士を擦《こす》り合わせるように腰を動かされる。そうされると勃《た》ち上がった花芯が彼の剛直の根本に擦れて、快感が火花みたいに弾けた。

「そ、それはだめ……っ、あっ、か、感じすぎて……！」

いやいやと首を振るが、クレイグは動きを止めてくれない。それどころかそこへの刺激を繰り返して、セシリアをさんざん泣かせた。

「や、あぁ……！　やめ、もぅ、……意地悪、しないでぇ……っ」

声に涙が混ざると、クレイグは小さく笑いながら「すまない」と腰を引いた。

「あん……」

だがいざ彼が離れていくと先ほどまでの刺激が恋しくなって、セシリアは顔をくしゃくしゃにする。今さらながら淫《みだ》らな自分が恥ずかしくなってきた。

「セシリア……」

涙ぐむ彼女をどう思ってか、片手で彼女の髪を掻き上げたクレイグは、露《あら》わになった額《ひたい》やこめかみに優しく口づけを落とした。

「綺麗だな……」

「……クレイグ、さま……」

綺麗なんてとんでもない。みだりがましくて恥ずかしいと小さく首を振るセシリアに、クレイグは微笑むばかりだった。

「好きだ。おまえのことが誰よりも一番。……愛している」

セシリアをまっすぐに見つめながら、万感の思いが見える面持《おもも》ちでクレイグは囁《ささや》いてくる。

彼の紺色の瞳があまりに綺麗で、まなざしがこれ以上ないほど優しく感じられて、セシリアの瞳にそれまでとは違う涙が浮かんできた。込み上げる熱い塊《かたまり》に、セシリアは喉を震わせる。

声も出せぬままこくこくと頷くと、クレイグの腕が背に回され、優しく抱きすくめられた。

セシリアは彼の頬にそっと頬ずりする。しっとりとしたなめらかな肌の感触が気持ちいい。こめかみにふれる彼の髪がくすぐったくて、ついくすりと微笑んでしまった。

するると、クレイグがはぁっと大きく息を吐いて身を震わせる。それまで以上にきつく抱きすくめられ、セシリアはわずかな驚きに息を呑んだ。

「クレイグ様……？　あ、きゃあ！」

戸惑いながら呼びかけたとき、クレイグがいきなりセシリアの身体をぐいっと引き起こした。繋《つな》がったまま身体を起こされたセシリアは、中で剛直の角度が変わるのを感じ息を呑む。

その上、彼の膝に跨《また》がる形で身体を固定され、セシリアはたちまち真っ赤になった。

「ク、クレイグ様、……んっ！」

クレイグが突き上げるように軽く腰を揺すった瞬間、半ばまで抜けかけていた剛直が再び最奥《さいおう》に沈み、セシリアは息を詰まらせる。

「あっ……、ふ、深い……」

思わずそう声が漏《も》れて、さらに赤くなる。みずから屹立《きつりつ》を呑み込む体位を取らされたセシリアは、とっさに腰を浮かしてクレイグから離れようとした。

しかし、それを阻《はば》むべくクレイグがぐっと腰を突き上げてくる。丸い先端が感じるところを刺激してきて、セシリアはたちまち腰砕けになった。

「はっ、ああ……！」

「セシリア、キスして」

首をのけ反《そ》らせて喘《あえ》ぐセシリアを恍惚《こうこつ》と見つめ、クレイグがかすれた声で呟《つぶや》く。

腰の奥から込み上げる多大な快感に目をくらませながら、セシリアは彼に言われるままその唇に唇でふれた。

拙《つたな》い口づけは、彼の舌によってあっという間に深いものにされた。激しく舌を絡《から》ませてくるクレイグの頭を抱いて、セシリアも無意識に彼との距離を縮めようとする。

その状態で下から突き上げられると、もう恥ずかしいなどと言っている余裕もなくなった。

「はっ……、っセシリア……！」

「……んっ、ん……、んぁ、あ……ッ」

身体を激しく突き上げられる苦しさが、いつしか息もできない愉悦《ゆえつ》に変化する。

いつの間にか蜜口の引き攣《つ》れる痛みは消えていた。代わりに大量の蜜が最奥《さいおう》からあふれ、剛直が抜き差しされるたびじゅぷじゅぷと音を立てる。あふれ出た蜜が、彼の太腿をしとどに濡《ぬ》らしていった。

「はぁ、あぁ……！　ッ……も、もうだめ、ああッ……！」

「まだだ。もう少し……っ」

クレイグの動きが速まる。突き上げが大胆になり、セシリアの腰を掴《つか》む手に力が籠もった。

快感を受け止めきれずセシリアが背を弓なりにしならせると、彼は身をかがめて彼女の白い胸元に唇を押しつける。濡れた感触が乳房を滑り、赤く熟《う》れた乳首にむしゃぶりつかれた瞬間、セシリアの脳裏が白く弾けた。

「あ、やっ、あアッ……!!」

「ぐっ……」

クレイグのうめきが遠くで聞こえた。

彼は一心に腰を突き上げながら、セシリアの乳首を音が立つくらい強く吸った。セシリアの中で再び愉悦の炎が膨《ふく》れ上がる。

その熱さと勢いに呑み込まれそうになっていると、ひときわ大きく腰を打ち込んできたクレイグが獣のうなりのような声を上げた。

苦しげでいて艶《つや》めいたその声に、セシリアの意識がさらに高みへと押し上げられる。

「ひぁっ、あああぁ――……ッ‼」

「……ッ」

きつくすぼまった膣壁を押し広げるように、クレイグの剛直が大きく膨れ上がった。

直後、最奥で熱いなにかが噴き上がり、セシリアは声も出せずにがくがくと身を震わせる。つま先にまで甘美な痺《しび》れが走り、どこかへ飛んでいきそうになった。

怖いくらいの快感に、彼にしがみつく手足に力を込めると、クレイグもセシリアの腰を強く抱き寄せ、その胸元に顔を埋《うず》めてきた。

「……ふ……、ぁ、ぁ……っ」

「セシリア……」

欲望のすべてを解放したクレイグは、これまで以上に熱っぽい瞳でこちらを見つめてくる。

うっすらと目を開け彼を見下ろしたセシリアは、その紺色の瞳に魅せられた。気づけばほんのり染まる彼の目元に口づけていた。

思いがけない彼女からのキスに、クレイグが息を呑む。彼は性急な動きでセシリアの顔を上げさせると、下から唇に喰らいついてきた。

入り込んできた舌にみずから進んで舌を絡《から》め、セシリアは貪欲に彼の存在を求める。

やがて身体が再び仰向けに寝台に横たえられ、挿入されたままだった剛直がゆっくり抽送《ちゅうそう》を再開した。一度吐精したそれは、いつの間にか力を取り戻している。

「もっとおまえを愛させてくれ……」

ねだるように言われて、セシリアの胸は温かなもので満たされる。嬉しくて幸せで、視界が涙で潤《うる》んだ。

その気持ちのまま微笑むと、クレイグは愛おしそうに彼女の髪を撫《な》で、再び口づけてくる。

深く口づけられ、身体中を愛撫されて、緩《ゆる》やかな抽送を繰り返され――

これ以上ないほど優しく激しく愛されたセシリアは、その夜、初めて幸福というものに酔いしれたのだった。

＊　　＊

それから数日後の穏やかな昼下がり。セシリアは自室で、宰相の奥方であるエリザ夫人と、女官長とともに、多くの肖像画や家系図を見比べていた。

「先日お話しいただきました、この国の要人や役職などをまとめた表がこちらですわ。肖像画もできるだけ多く集めてまいりました」

ほんの少し白いものが混ざり始めた髪を上品にまとめたエリザ夫人は、テーブルいっぱいに広げた資料を前ににっこり微笑む。

向かいの長椅子に腰かけたセシリアは丁寧に頭を下げた。

「ありがとうございます、エリザ夫人。急なお願いでしたのに、こんなに速く対処していただいて……」

「いいえ。わたくしがお力になれることでしたらいくらでも。それに、こうしてセシリア様に我が国のことを知っていただけるのは、宰相の妻としては嬉しい限りですわ。ねぇ、女官長？」

「宰相夫人の仰《おお》せの通りでございます」

椅子には腰かけず、エリザ夫人の背後に緩く手を組んで立っていた老齢の女官長は、厳しい表情を崩さぬまま軽く頷く。

厳格そのものの雰囲気を纏《まと》う女官長にセシリアが緊張していると、それに気づいたらしい彼女は、ほんの少しだけ口元を緩めた。

「セシリア姫が勤勉であることは教師陣から聞いておりましたが、ご聡明であることも広く伝えられるべきでしょう。与えられるものをただ吸収するだけではなく、みずから新しく学びたいと仰せになる姿勢は、未来の王妃様としても大変素晴らしい資質かと思われます」

大真面目な顔で言われて、セシリアは慌てて首を振った。

「わたしなんて、まだまだ知らないことばかりよ。そんなふうに言われると恥ずかしいわ」

だが女官長もエリザ夫人も「そんなことありませんわ」と微笑んだ。

「なにせ厳しいことで有名なあのラウル師が『教えることはほとんどない』と仰《おっしゃ》ったのですよ？ラウル師と言えばクレイグ殿下を始め、多くの王子様方をお教えになった名教師。お妃教育の開始からたった一週間で、あの方にそんなことを言わせるなんてものすごいことでしてよ。もっと自信をお持ちになってください！」

セシリアは曖昧に微笑み、昨日城を下がったラウルという名の教師を思い出す。

厳しい雰囲気の老人で、最初は前に立たれるだけで緊張したが、彼の教え方はとても丁寧でわかりやすかった。

学ぶことが好きなセシリアは、ラウル師からもっといろいろな話を聞きたかったが、彼のほうはこれ以上の知識をセシリアに授ける必要はないと判断したらしい。しっかりやりなされ、と言い残しさっさと城を下ってしまった。

ラウル師のあとにつけられた教師が、宰相夫人のエリザ様と女官長だ。ふたりからは王宮の人間関係やしきたりなどを学ぶことになっている。肖像画や家系図を持ってきてもらったのも、その一環だった。

特殊な環境で育ったセシリアには王族としての立ち居振る舞いや、話術を用いての社交の経験が圧倒的に少ない。ゆくゆくはアルグレードの王妃となるセシリアにとって、王宮内の人物関係をほぼ完璧に把握しているふたりは頼りになる教師たちだった。

とはいえ、女三人寄ればなんとやら。勉強会はいつしかお喋《しゃべ》りの時間に変貌する。

最初は肖像画を見つつ、現在の王宮の勢力図などが説明されていたが、途中からは「こちらの方はもういい年なのに未だ独り身で、早く花嫁を見つけてさしあげないとと、周りがお節介を焼いて大変なことになっているのよ」などという世間話に変わっていった。

……まぁそれも広い目で見れば、人間関係を知る上での大切な情報にはなるのだろうが。

そうして一息入れましょうかとなった頃、軽快なノックの音が部屋に響き渡った。

取り次ぎに出た侍女が、すぐに来客を伴《ともな》って部屋に戻ってくる。

「楽しそうだな。なんの話をしているんだ？」

「まぁ、王太子殿下」

エリザ夫人が軽く目を瞠《みは》り、すぐに立ち上がって一礼した。セシリアも慌ててそれに倣《なら》う。

執務から抜け出してきたとおぼしきクレイグは、テーブルどころか、いつの間にか床にまで散乱している資料を見やり軽く目を瞬《またた》いた。

「これは、家系図か？　肖像画まで用意してどうしたんだ？」

「セシリア様が結婚前にこの国の要人を把握しておきたいと仰いまして、急ぎ用意させましたの。こうして一覧にするとわかりやすいですから」

「なるほど。確かにな」

手近な書類を手に取り、ざっと目を通したクレイグは深く頷いた。

そんな彼の様子に目を細めつつ、エリザ夫人はどこか楽しげにクレイグに語りかける。

「セシリア様の勤勉さはさっそく王宮でも噂になっておりましてよ。王太子殿下のひとを見る目を称賛する声も上がっておりますわ。実に聡明な姫君をお妃にお選びになったと」

この評価にクレイグは謙遜《けんそん》するどころか、ニヤリと口角を引き上げ胸を張った。

「そうだろう？　ついでに『美しく愛らしい』というのも付け足してほしいものだな」

「ク、クレイグ様っ」

臆面もなく言い放たれ、セシリアは真っ赤になる。だがクレイグは当然のことを言ったまでという表情だ。

クレイグは、セシリアの隣に座ると彼女の腰に手を回し、こめかみに軽く口づけてきた。

「まぁ、仲のよろしいことで」

向かいでエリザ夫人にころころと笑われ、セシリアはますますいたたまれなくなる。話を逸《そ》らそうとクレイグを見やった。

「クレイグ様、お仕事はよろしいのですか？　まだまだお忙しいのでしょう？」

「ああ。毎日毎日書類の山だ。だが、ちょうど仕事の切りがよかったから、休憩がてらセシリアの様子を見にきたんだ。伝えたいこともあったし」

「伝えたいこと？」

クレイグはセシリアだけでなく宰相夫人と女官長にも顔を向けた。

「少し急なことだが、内々の者を集めてセシリアのお披露目をすることになった。おまえたちが言うように、彼女の噂が宮廷を飛び交っているらしくてな。ぜひ顔見せの機会を作ってほしいと、方々《ほうぼう》から要請があった」

「まぁ。それではさっそくこちらの表が役に立ちますわね。ちなみにお披露目はいつのご予定ですの？」

「三日後だ」

「三日後⁉」

あまりに急なことに、セシリアはぎょっと目を見開く。エリザ夫人たちも驚いた顔をした。

「み、三日でこれをすべて覚えられるかしら？」

テーブルいっぱいに広がる資料を見つめ、セシリアはごくりと唾を呑み込む。

クレイグは「内々の集まりだからそこまで気負う必要はない」と笑みを浮かべるが、セシリアにとっては充分緊張する場面である。むしろ内々の集まりだからこそ、できるだけよい印象を与えておかないといけないのではないだろうか？

エリザ夫人も同意見だったのだろう。穏やかだった顔をきりっとさせて、セシリアに視線を向けてくる。

だが焦る女性陣と対照的に、クレイグは腕の中のセシリアにちゅっと口づけた。

「大丈夫だ。おまえはおれが選んだ最高の妃だ。堂々としていればいい。少しくらい失敗しても誰にも悪く言わせないから、安心しろ」

力強く宣言され、セシリアはほんの少し不安から解放される。ちらりと目を上げると、こちらを見つめる熱っぽい視線とかち合い、顔が火照《ほて》った。

そんなセシリアに、目元を甘く和《なご》ませたクレイグが再び唇を寄せようとする。

が、それ以上のふれ合いはエリザ夫人の咳払いによって中断された。

「そうと決まればのんびりしてはいられませんわね。さっそく授業を始めましょう」

エリザ夫人は立ち上がり、乱雑に置かれていた肖像画をテーブルの上にきっちり並べ始めた。

せっかくの甘い時間を邪魔されたクレイグは残念そうにため息をついたが、そこは王太子殿下、セシリアの勉強を阻《はば》むような真似はしない。

潔《いさぎよ》く立ち上がった彼は、立ち去る間際、セシリアの耳にそっと囁《ささや》いた。

「また夜に顔を出す。それまで眠らずに待っていてくれ」

少し艶《つや》を帯びた囁き声に、セシリアの胸がとくりと高鳴る。ともすれば身体まで火照《ほて》りそうになり、平静を装って頷くのも一苦労だった。

「愛されていらっしゃいますのね」

クレイグが去ったあと、エリザ夫人が微笑んでこちらを見やる。その口元が悪戯《いたずら》っぽく弧を描いているのを見て、セシリアは恥ずかしさと照れくささについ顔を覆った。

だが胸の鼓動は相変わらず速いリズムを刻んでいる。

クレイグの気持ちを知るまでは、この胸の高まりをあえて意識しないようにしていたが、今はそれを素直に受け入れることができて嬉しかった。

(クレイグ様はああ仰《おっしゃ》っていたけれど、失敗しないようにしなくちゃね)

彼のことだから、たとえセシリアが失敗しても上手《うま》く取り繕《つくろ》ってくれるだろう。

だができるなら、自分も彼のためにできることをしたい。

『おれの手を取れ、セシリア。自分を変えたいと思うなら』

フォルカナであの言葉を聞いたときは、当時の環境から離れ、新たな人生を歩みたいという思いが強かった。しかし今は、別の意味で『変わりたい』と強く思う。

その言葉を贈ってくれた、クレイグのために。

彼に恥じない自分に変わりたいのだ。

セシリアはしっかり顔を上げ、エリザ夫人に改めて向き直った。

「エリザ夫人、さっそくご教授お願いいたします」

「承《うけたまわ》りました。ビシバシまいりますわよ」

決意を込めて頷くセシリアを見て、エリザ夫人も力強く微笑む。クレイグのためにひたむきに成長しようと努力するセシリアを、エリザ夫人はすっかり気に入った様子だった。

それからの三日間は勉学とお披露目の準備で休む暇もない忙しさだったが、セシリアはとても充実していた。

新しい知識を詰め込むことも、綺麗に着飾り美しく見せることも、クレイグのためだと思うと不思議と苦にはならなかった。クレイグが愛おしそうに微笑んでくれると、それだけで力が湧いてくる。

誰かに愛されること、大切にされること、そのひとのために頑張ることが、こんなにも心を温かくしてくれるとは思ってもみなかった。

フォルカナにいた頃、なにもかもをあきらめ、寂しさすら口に出すこともできずに生きてきたことを考えると、今のこの充実した日々に震えるほどの喜びを感じる。

それもこれもクレイグが手を差し伸べてくれたからだと思うと、彼に対する思いが日々深まっていくのを感じた。

（なんだか生まれ変わったような気分だわ）

毎日が輝いて見えて、寂しさなど感じる隙間もない。

クレイグが惜しみなく注《そそ》いでくれる、愛情という名の水と光を得て、セシリアという花は美しく開花しようとしていた。


アルグレード王太子妃となるセシリア姫のお披露目を兼ねた晩餐会は、城の大食堂で開かれた。

内々の会と言いながらも招待客の数は三桁《けた》に上《のぼ》り、セシリアは大国の王太子妃になることの重圧をひしひしと感じる。

呼ばれるまで控えの間で待っているように言われたセシリアは、緊張のあまり顔色をなくして、震える指先をぎゅっと握りしめていた。

そこへ、礼服に身を包んだクレイグがやってくる。

今日のクレイグは鮮やかな青い礼服姿だった。一方のセシリアは紺色のドレスを纏《まと》っている。落ち着いた状態のセシリアであれば、それがお互いの瞳の色に合わせた装いであることにすぐに気づいただろうが、今はクレイグの顔を正面から見ることすら困難だった。

「緊張しているのか、セシリア？」

ゆっくり歩み寄ったクレイグは、椅子に腰かけていたセシリアの前に膝をつくと、そっと彼女の手を握りしめた。

「大丈夫だ。今日のおまえは集まった誰よりも美しい。自信を持って、胸を張っていろ。それだけで、すべての人間がおまえの足下に跪《ひざまず》く。このおれのようにな」

相変わらず歯の浮くような台詞《せりふ》だが、このときばかりは素直にありがたいと思えた。

大げさだと思わず微笑んだセシリアは、その瞬間まるで金縛りが解けたかのように、気持ちがふっと楽になるのを感じたのだ。

指先の感覚が徐々に戻ってくる。クレイグも彼女の様子が変わったのを感じて、静かに微笑んだ。

ちょうど従僕がふたりを呼びにきて、セシリアはクレイグの腕に手を添えて控えの間を出る。控えの間から食堂は目と鼻の先だ。部屋を出ると音楽が聞こえてきて、セシリアは必死に笑みを浮かべた。

食堂の扉をくぐれば、招待客が一斉にこちらを見つめてくる。矢のような視線を一身に受けながら、セシリアはクレイグとともにゆったりと上座へ向かって歩いた。

そうしてふたりは扉から一番奥まったところにしつらえられた、一段高い席にたどり着く。腰を下ろすと同時に音楽も終わり、招待客たちからは儀礼的な拍手が贈られた。

その後はふたりに一番近い席についていた宰相が進行役となり、招待客への挨拶やセシリアの紹介を行《おこな》った。

宰相に促《うなが》され立ち上がったセシリアは、緊張のためにごくりと唾を呑み込みながらも、しっかり顔を上げて挨拶をする。クレイグの励《はげ》ましの甲斐あって、なんとかつっかえずに用意していた挨拶を終えることができた。

腰を下ろしたときは安堵のあまりふらつきそうになったが、クレイグが横から手を伸ばし、ぽんぽんと膝を叩いて労《ねぎら》ってくれたのが嬉しかった。

そうしてクレイグが乾杯して、和《なご》やかな雰囲気で食事の時間が始まった。

招待客のほとんどは、セシリアのことを好意的に受け入れてくれたようだ。時折こちらを見つめる招待客の視線があったが、セシリアと目が合うと、にっこりと微笑んで軽く頭を下げてくる。セシリアもぎこちないながらも笑みを浮かべ、軽く目礼を返した。

そうして、そろそろデザートが運ばれてくるという頃になって、宰相が少し大きめの咳払いをしてから、ゆっくり立ち上がる。

「本日お集まりいただいた皆様に、国王陛下より預かってまいりましたお言葉を聞いていただきたいと思います」

突然の展開に、招待客たちはなんだろうという表情をしつつ姿勢を正した。

セシリアも驚いて居住まいを正す。ちらりとクレイグを見るが、彼は平然としていた。事前に宰相から何事か聞いていたのかもしれない。

大食堂を見回しもう一度咳払いした宰相は、手にした巻物を広げ、朗々とした声でその内容を読み上げていく。

最初は息子であるクレイグの結婚を祝う言葉が綴《つづ》られていたが、最後の言葉に場が騒然となった。

「『本日より一ヶ月ののち、アルグレード王国の王位を正式に王太子クレイグ・アレンに譲渡することをここに宣言する。なお、戴冠《たいかん》から五日は祝祭とし、フォルカナ王女セシリア姫との婚姻はこの期間内にて行うことにする』――陛下からのお言葉は以上です」

驚きを含んだ声があちこちから上がり、和やかだった食堂はたちまちざわめきに支配された。

「結婚式はともかく、戴冠式だと……？」

「まだ早いのではないか……」

だが、宰相がパンッと大きく手を叩き、そのまま、パン、パン……と繰り返し手を打ち鳴らすと、招待客たちも慌ててそれに倣《なら》った。ほどなく食堂は割れんばかりの拍手に包み込まれる。

クレイグが笑顔で立ち上がり、片手を上げて鷹揚《おうよう》に応えた。しかしセシリアは驚きのあまり凍りついたように動けなかった。

（戴冠式のあとに結婚式、ということは……わたしは結婚と同時に、アルグレードの王妃になるということ……⁉）

大国の王太子妃というだけでも荷が重いというのに、一足飛びに王妃とは。

忘れかけていた緊張が舞い戻ってくる。あまりのことにめまいがしそうだ。

「セシリア、おまえも立って皆に応えるんだ」

「は、はい……」

なんとか立ち上がろうとするが、足が震えて力が入らない。それに気づいたクレイグは、さりげなく彼女を引き上げるとしっかり腰を支えた。

自然とふたりが寄り添ったことで、歓声がいっそう大きくなる。セシリアは微笑みを浮かべ、震える指先で手を振った。

そして少ししてから、クレイグは片手を上げて、静まるように招待客に促《うなが》す。歓声が収まったところで、彼は凜《りん》とした声を響かせた。

「国王陛下のお言葉により、一ヶ月後、わたしはこの国の王となる。先王たちの偉業に恥じぬよう、アルグレードにさらなる繁栄をもたらすことをここで宣言しよう――」

クレイグがそう言うと、ひときわ大きな拍手が上がった。

驚きと重圧に押しつぶされそうになっているセシリアの耳に、拍手の音がわんわんと響く。呆然としたまま会場に視線をめぐらせるが、招待客のほとんどはクレイグの戴冠を祝福しているようだ。そのことに安堵を覚えた。

だが、そうして見回しているうちに、ふとあることに気がつく。

（……？　なんだかコソコソ話しているひとたちがいるけれど……）

目についたほとんどは、上座のクレイグから離れた下座に座っている。彼らは周囲の熱狂に眉を寄せたり口元を歪《ゆが》めたりしながら、クレイグに憎々しげなまなざしを送っていた。

そんな彼らの様子に、セシリアはかすかな不安を抱く。

やがてクレイグが場を抑えて席に着くと、見計らったように給仕がデザートを運んできた。デザートを前にじっとしているセシリアを見て、クレイグが小さな声で尋ねてくる。

「どうした？」

「いえ、その……。なんだか、皆が皆、喜んでいるわけではないみたいで」

上手《うま》い言葉が見つからず、躊躇《ためら》った末に、セシリアは先ほど気になったことをそのまま口にした。

クレイグは「気にするな」と軽く笑う。

「突然のことで戸惑う者も多いだろう。おれだって、今朝になっていきなり父上に聞かされて仰天したくらいだ。そうすぐには受け入れられるものじゃない」

「それなら、よいのですが……」

「ほら、シャーベットが溶けるぞ。このあとはまた挨拶に追われるだろうから、今のうちに喉を潤《うるお》しておくといい」

「え、ええ。そうですね」

なんとなく釈然《しゃくぜん》としないものを抱えたまま、セシリアは銀のスプーンで冷たいシャーベットを一口すくう。

檸檬《レモン》味のシャーベットは、爽《さわ》やかであるのに、妙な後味をセシリアに残していった。


「んー……、それってたぶん、アーガスお兄様と仲良くしていたひとたちじゃないかしら」

翌日の午後。お茶の時間にひょっこりやってきたのは、クレイグの妹姫ラーナだ。

セシリアがアルグレードの王宮に到着した日、ひとりで勝手に会いに行ったことをいろいろなひとから怒られたそうだが、当の本人はケロリとしている。それどころか「お姉様と早く仲良くなりたいの！」という主張のもと、その後もちょくちょくセシリアのもとを訪れるようになった。

セシリアも無邪気に懐《なつ》いてくるラーナのことを可愛く思い、最近ではお茶の時間になるとふたりでたわいもないお喋《しゃべ》りを楽しんでいる。

今日の話題は、昨日の晩餐会のことだ。

まだ社交界に出る年齢に達していないラーナは、夢見る少女らしく、舞踏会や晩餐会に並々ならぬ関心を抱いている。当然、昨夜のお披露目のことも聞き及んでいて、今日はセシリアに感想を聞きたくてうずうずしながらやってきたようだ。

だが、いざお披露目の話をしたら、セシリアの浮かない顔に気づいて、昨日なにかあったのかとひどく心配してくる。

最初こそなんでもないと誤魔化していたセシリアだが、ラーナに繰り返し尋ねられるうちに折れて、昨夜の気になる人々のことを打ち明けた。

「アーガスお兄様って、おふたりの亡くなられたお兄様の？」

「そう。クレイグお兄様の前に王太子だった方よ。二年前、離宮で起きた火事に巻き込まれて亡くなったの」

その事故でラーナたちの母である王妃も亡くなっている。そのためか、ラーナの表情もしょんぼりと沈んだものになった。

事故のときラーナは風邪をこじらせ王城に残っていたそうだ。突然家族が亡くなったことを聞かされた彼女の悲しみは、いったいいかばかりだっただろう。

テーブルを挟み向かいに座っていたセシリアは、そっと立ち上がるとラーナの隣に腰かけた。

「ごめんなさい。つらいことを思い出させてしまったわ」

「ううん、いいの。今はお姉様もいてくれるもの」

ラーナはにっこりと笑いかけてくるが、セシリアの目にその笑顔は少し無理をしているように映った。

「……わたしも幼い頃に母を亡くしているの。わたしのことを唯一気にかけてくれたひとだったから、亡くなったときは本当に悲しくて、寂しかったわ」

「お姉様もお母様を亡くされたの……？」

「ええ。悲しくて、毎日泣いてばかりいたのよ？　それに比べるとラーナ様はすごいわ。しっかり前を向いて、毎日明るく笑って過ごしているんですもの。偉いと思うわ」

「そ、そう？」

まんざらでもない表情になるラーナだが、すぐに切なさが戻ってきたのか、セシリアの膝にもたれてきた。照れ隠しのように顔をぐりぐりと押しつけてくるラーナに、セシリアは優しく微笑みながら、彼女が再び顔を上げるのを静かに待つ。

やがてラーナはかすかに鼻を啜りつつも、いつもの元気な笑顔を見せてくれた。

「ありがとう、お姉様。――それじゃ、最初の話に戻るけど、アーガスお兄様が次の王様になるはずだったでしょう？　だから貴族のほとんどはアーガスお兄様と仲良くしていたの」

一度お茶を口に含んだラーナは、お茶請けからチョコレートを取り出しセシリアにも勧めてくる。

セシリアは礼を言ってそれを受け取り、ラーナの話に耳を傾けた。

「でもアーガスお兄様が亡くなって、クレイグお兄様が王太子になったでしょう？　そしたら今までそっぽを向いていたひとが、急にクレイグお兄様と仲良くしようとやってきたのよ」

現金よねぇ、とどこで仕入れてきたかわからないような言葉を呟《つぶや》き、ラーナはチョコレートを口に放り込んだ。

「でもクレイグお兄様は、そういうひとたちを寄せ付けなかったの。だから彼らもクレイグお兄様のことが嫌いになっちゃったのよ」

ラーナの言葉は幼いながらも適切で、セシリアはなんとなく昨夜の者たちが不満を露《あら》わにしていた理由を想像することができた。

亡くなったアーガス殿下は、文武両道で次期国王として人心を集めていたと聞いている。

そうしたアーガス殿下が亡くなり、盤石《ばんじゃく》と思われていた王太子位がクレイグに移ると、『次期国王』という称号に価値を見出《みいだ》していた者たちは、すぐにクレイグに鞍替えしようとしたのだろう。

だがクレイグはそれをよしとせず、おもねる者とは距離を置くことを徹底した。当てが外れた者たちは地団駄《じだんだ》を踏んでいるというわけだ。

（そういうひとから見れば、クレイグ様が王位を継ぐのはそりゃあ楽しいことではないわね）

なるほど、と納得しながら、セシリアはラーナの口元をハンカチで拭《ふ》いてやる。ラーナはチョコレートにかかっていた粉が口元だけでなく指先も汚していることに気づくと、慌てた様子で自分のハンカチを取り出した。

「おまけにお兄様ったら、そういうひとたちが持ってくる縁談も片《かた》っ端《ぱし》から断っていたから、よけいに恨みを買っちゃってるのよ。あっ、もちろんセシリア様という方がいらっしゃったのだから当然だけど。でも勧める側からしたらやっぱり腹が立つものじゃない？」

「そうね。その通りだわ」

アーガス殿下の治世のもと、安穏《あんのん》と暮らすつもりでいた者たちからすれば、盤石なはずの未来が断たれたのだ。挙げ句、次の王太子には取り付く島もないとくれば、悔しいどころか憎々しく思うものかもしれない。……クレイグにとってはいい迷惑だろうが。

「でもクレイグお兄様が彼らを近寄らせないのは賛成。だって、そういうひとたちに限ってでっぷり太っていたりとか、目つきがいやらしかったりするんですもの。わたしにまで一回り以上も違う息子や親戚を結婚相手にどうかって連れてくるのよ。デリカシーがないにもほどがあるわ！」

そのときのことを思い出したのか、ラーナは自分の身体を抱きしめてぶるっと震え上がる。

本気で嫌がる様子のラーナに、いったいどんな相手を寄越されたのかと、セシリアは少なからず同情した。

「でもそんなふうに貴族たちをあしらっていたら、クレイグ様の周りは敵だらけになってしまうのではないかしら？」

「それなら大丈夫よ。クレイグお兄様は長く従軍していらしたから、騎士や兵士たちとはとても仲がいいの。将軍たちもクレイグお兄様とは仲良しよ。それに貴族の中にもお兄様を好きなひとはたくさんいるから大丈夫。ご令嬢からもモテモテだし。なにせあの綺麗なお顔だから」

自信満々に言うラーナにセシリアは思わず噴き出した。本人は気づいていないだろうが、まるで自分の兄の取り柄《え》は顔だけだと聞こえる台詞《せりふ》である。

「でも、そんなことより、よ！　セシリアお姉様、結婚式の準備はどうなっているの？」

「え、えっ？」

ちょうどお茶を口にしたばかりだったセシリアは危うく噎《む》せそうになった。

「昨日の晩餐会でも、おふたりがすっごくお似合いで仲睦《なかむつ》まじい様子だったって、さっそく噂になっていたわ！　衣装もお互いの瞳の色に合わせて仕立ててあって、本当に素晴らしかったって……。ああ、この目で見たかったわ！　でも、花嫁衣装はきっともっと豪華なのでしょう？」

「え、ええっと……」

口元をハンカチで押さえつつ、セシリアはどぎまぎして視線を泳がせる。

まだまだ勉学が優先される時期だけに、そういった準備については知らされていないが、昨日の晩餐会で挙式は一ヶ月後と正式に公表されたのだ。そういった話もおいおい進められるのだろう。

（そうか。婚礼まであと一ヶ月なのだわ……）

改めてそれに思い当たって、セシリアは急に落ち着かなくなる。

昨日は一足飛びに王妃になる驚きと重圧のほうが大きくて、肝心の『クレイグと結ばれる』ということに関しては頭から抜け落ちていたのだ。

（クレイグ様と、結婚……）

そう考えるだけで、頬がみるみる薔薇《ばら》色に染まり、顔がぽっぽっと熱くなってくる。

ハンカチを握りしめたまま、どこか夢見るような表情で固まってしまったセシリアを見て、ラーナが「ふふふっ」と可愛らしい笑い声を漏《も》らした。

「なんだか安心しちゃった。お姉様、お兄様のこと、とっても好きになったのね？」

「えっ、な、そ……っ」

思わず狼狽《うろた》えるセシリアに、ラーナはなにもかもわかっていますという表情でふふんと鼻を鳴らした。

「お姉様の様子を見ていればわかるわ！　お兄様にすっかり首ったけって感じだもの！」

「首ったけ……」

「ああ、でもよかったわー。最初にお会いしたときは、お兄様のことあんまりお好きじゃないみたいだったから、大丈夫かしらって心配していたの。でもこれならもう心配はいらないわよね」

嬉しげに微笑んだラーナは、椅子にきちんと座り直すと、セシリアに向けて深々と頭を下げた。

「お兄様のこと、どうかよろしくお願いします。お兄様もああ見えて、いきなり王太子になったり、今度は国王になったりで、とても大変な思いをしているの。でも、セシリア様のような優しいお妃様が隣にいてくださるのなら、どんなときでもお兄様は元気でいられると思うわ。だから、お兄様の支えになってあげてください」

「……ラーナ様……」

「あ、でも、お兄様と喧嘩したときは遠慮なくわたしに言ってくださいね。わたしがお兄様にお説教してあげるから！」

ラーナが胸を張って請け負うのに、セシリアは目をぱちぱちとさせてから破顔した。愛らしいラーナの様子に心がとても温かくなる。

「ありがとう、ラーナ様。これからもどうぞよろしくね」

「もちろん！　わたしもお兄様に負けないくらい、お姉様のこと、だーい好き！」

ぎゅっと腰に抱きつかれ、セシリアもしっかりとラーナの身体を抱きしめ返す。

クレイグとの婚姻により、ラーナという新しい家族もできる。そう考えると、ますます結婚式が楽しみなものに思えてきた。

だがクレイグに反発する者たちへの気がかりは抜けない。ラーナのふわふわの髪を撫《な》でながらも、セシリアはかすかな不安に胸をざわつかせていた。

（婚礼まで一ヶ月……。それまで何事もなく、無事に済みますように）

＊　＊

「殿下、少しよろしいですか？　——と、失礼。着替え中でしたか」

王太子の私室に繋《つな》がる扉を開いたマティアスは、上着を羽織ろうとしていたクレイグを見て軽く頭を下げる。

クレイグの背後にいるのは被服省の者たちだ。被服省は、宮廷行事などで王族が身につける衣装を考案し、仕立てる役割を担《にな》っている。きたる戴冠式《たいかんしき》や結婚式に向け、クレイグの寸法を測りにきていたのだろう。

その証拠に、背後のテーブルや長椅子には多くの生地《きじ》や道具が広げられていて、被服省専属のお針子たちが、それをてきぱきと片付けているところだった。

広げられていた中には緋色のマントもあり、マティアスは感慨深い思いで目を細める。

「国王だけが身につけることのできる緋色のマントですね……。戴冠式用のものでしょうか?」

「ああ。戴冠式の衣装は一から仕立てなければならないからな」

採寸や衣装合わせが嫌いなクレイグは大きく息をついて上着の釦《ボタン》を留める。不機嫌な主《あるじ》とは違い、マティアスは晴れやかな笑みを浮かべた。

「いよいよという感じがしてきましたね」

「そうだな。戴冠式まであと二週間か……。おれとしてはそのあとの結婚式のほうが待ち遠しいが」

どこか遠くを見ながら呟《つぶや》くクレイグに、マティアスはついあきれまじりのため息をついた。

「結婚すればセシリア様と堂々と一緒にいられるからですか?」

「もちろんだ」

「今だって充分イチャイチャしているくせに……」

目を据《す》わらせてうなるマティアスに、振り返ったクレイグはとんでもないとばかりに噛みついてきた。

「なにを言ってるんだ。全然足りない!　だいたいここ数日は目が回るような忙しさで、セシリアの顔を見に行く暇すらないんだぞ!」

「仕方ないでしょう。戴冠式と結婚式の準備はもちろん、人事の刷新《さっしん》もあるんですから」

マティアスは冷静に答える。クレイグはおもしろくなさそうにフンと鼻を鳴らした。

片付け途中のお針子たちに労《ねぎら》いの言葉をかけてから、クレイグはマティアスを従え王太子の執務室に向かって歩き出す。

「公布の用意はどうなっている？」

執務室に入り人払いをすると、クレイグはすぐに話を切り出した。

アルグレードでは新王の戴冠と同時に、宰相や大臣を始めとする要職の改造人事が行われる。今回も慣例に従い様々な人物を登用することになった。

だが一方で、職を追われる者も当然存在する。

マティアスは頷き、手にしていた巻物を差し出した。

「そのことでうかがいました。こちらが明日、議会を始め様々な場所に伝えられる新しい組織図になります」

大ぶりの巻物を受け取ったクレイグは、その場で広げてざっと目を通した。

「抜かりはないようだな。……さて、これを見て反対派の連中がなにを言ってくるか」

クレイグは秀麗な顔をわずかに険しくする。

「先日の様子じゃ、おとなしく引き下がることはないだろうが……なにか目立った動きはあるか？」

「今のところはなにも。しかし仲間内で頻繁《ひんぱん》に連絡を取り合っているようですね。それと……」

「それと？」

「どうやら、セシリア様に接触を図っているみたいです」

セシリアの名前が出た途端、クレイグはさらに厳しい面持《おもも》ちになり、眉間に皺《しわ》を寄せた。

「セシリア様のもとに娘や奥方を挨拶に向かわせ、しょっちゅう贈り物を届けさせているようで……。中身はすべて確認しておりますが、今のところ怪しいものはなにもありません」

「おれがセシリアを大事にしているのを見て、そちらに取り入って口利きさせようと考えたか。相変わらず浅知恵ばかり働かせる連中だ」

痛烈に批判したクレイグは、腕を組みながら椅子の背もたれに身体を預ける。そして鋭い視線をマティアスに飛ばした。

「セシリアの警護は万全だろうな？」

「警備の者も増やして、終日対応しております。ただお披露目以降、挨拶に訪れる者がひっきりなしにお部屋を訪ねている状態で……。その上、婚礼の衣装合わせや様々な確認で、見慣れぬ人間の出入りも激しく、油断ならない状態かと」

今の状況を楽観視することなく、的確な言葉で主《あるじ》に伝えるマティアスも引き締まった表情だ。クレイグは静かに頷いた。

「危険だからといって、セシリアを閉じ込めて誰にも会わせないというわけにはいかないからな。くれぐれも注意してやってくれ」

「もちろんでございます」

「本当はおれが顔を出せれば一番いいんだが」

落胆と言うより口惜しさの滲《にじ》む主人の呟《つぶや》きに、マティアスはつい苦笑した。

「顔を出すだけで済むならまだしも、殿下の場合、手まで出さないとセシリア様のもとを辞すことができないじゃないですか」

「そう言われるのは甚《はなは》だ不本意だが、事実だけに言い返せないな」

茶褐色の髪を掻き上げ、クレイグはいら立ったように少し声を大きくした。

「ああ、早くセシリアと結婚したい！　そうすればどんなに忙しかろうと、少なくても夜は一緒に過ごすことができる。堂々と同じ寝台で休めるのに！」

「大きな声で言わないでくださいよ。聞いているこっちが恥ずかしい」

嫌そうな顔で耳に指を突っ込むマティアスに八つ当たり気味な一瞥《いちべつ》を投げる。クレイグは巻物をしまって新たに届けられた書類を引き寄せた。

愚痴を言ったところで仕事が減るわけではない。セシリアに少しでも会いたいなら、とにかく執務を終わらせるに限ることは、クレイグも重々承知していた。

執務に打ち込み始めた主人にこっそり苦笑しつつ、マティアスもまた警護の仕事に戻る。

忙しい一日の中、時間は矢のように過ぎ去っていった。


クレイグの戴冠《たいかん》に先駆け、新たな人事が公布されて数日。

王妃になるための教育と式の準備、そしてひっきりなしに挨拶に訪れる貴族たちへの対応に忙殺されているセシリアは、少し困った事態に陥《おちい》っていた。

「やっぱりないわね。確かにここにしまっていたはずだけど」

裁縫道具が収められた棚を探りつつ、セシリアは首を傾《かし》げる。

毎日忙しい日々を送っている彼女だが、侍女たちの勧めもあり、午後のお茶の時間はきちんと休憩を入れていた。

その時間にはいつもラーナがやってくるので、今日はお茶をしながら刺繍《ししゅう》をしようと話していたのだ。

しかし刺繍針の入った箱を出そうとしたら、それがどこにも見当たらない。寝室や居間のよく使う戸棚なども見てみたが、やはり見つからず、今はまた居間に戻って棚を見返していた。

実は、こういったことは初めてではなかった。この三日間だけでも、既に四回も同じようなことが起こっていた。

そのたびに、王妃となるセシリアの持ち物がなくなるなど大変なことだと言って、侍女たちは真《ま》っ青《さお》になりつつ部屋中をひっくり返して探してくれる。

だがなくなったものが見つかったためしはなく、同じようなことが起こるたびに、セシリアよりも侍女たちのほうが疲弊していっていた。

失せものだけならまだしも、部屋履きの靴に棘《とげ》が入っていたり、スープに虫が浮いていたりと、地味に迷惑なことが頻発している。

セシリア自身は少々困惑する程度で、特に騒ぎ立てたりもしなかったが、侍女たちが疑心暗鬼に囚われているのを見ると歯がゆいものを感じる。

今も侍女たちが手分けして部屋中を探してくれていた。

早々にあきらめ、窓辺の安楽椅子に腰かけため息をついていると、やがてセシリア付きの侍女の中で一番年長の者が深々と頭を下げてきた。

「申し訳ございません。わたくしどもの管理不足でございます。セシリア様の持ち物を紛失させるなど、なんとお詫び申し上げたらよいか……！」

悔しさのためか拳《こぶし》を震わせながら謝る侍女に、セシリアは小さく苦笑した。

「なくなってしまったものは仕方ないわ。これらを用意してくださったクレイグ様には申し訳ないけれど、今のところたいしたものは盗《と》られていないし。それより、わたしの持ち物を持っていったのが誰か見当はついて？」

侍女は奥歯を噛みしめ首を横に振った。

「はっきりとはわかりかねます……。セシリア様の私室を自由に出入りできますのは、わたくしども部屋付きの侍女を除けば、王太子殿下とラーナ姫様のみにございます。ですが今は、ご挨拶にいらっしゃる方はもちろん、式の準備でひっきりなしにひとの出入りがありますので、誰と特定するのは非常に難しいのです」

「そう……」

最近よく出入りする女官たちは、侍女と違い、王宮の奥向きの仕事や官吏のような仕事も請け負っている。ひっきりなしに部屋を訪れるので、ひとりひとりを調べていくのは難しいだろう。

やがて他の侍女たちも戻ってきて、口々に悔しさを爆発させた。

「きっと王太子殿下に懸想する令嬢が、自分の息のかかった女官を送り込んで盗ませているのに違いありませんわ！　浅ましいにもほどがあります！」

年若い侍女たちなど一様に鼻息を荒くし、まるで自分のことみたいに怒り狂っている。

あいにくセシリアはこの程度のことではなんとも思わなかったが、自分の代わりに怒ってくれる人間がいるというのは、なんともこそばゆくありがたいことだと思えた。

（これが単なるやっかみによる嫌がらせならわかりやすいのだけど……）

セシリアの頭に浮かんだのは、お披露目のときにコソコソと話していた、クレイグに反発している者たちのことだ。

（クレイグ様に身内との縁談を断られた過去があるなら、きっと彼の妃になるわたしも目障りなはずよね。……案外こういう嫌がらせを通して、わたしに王妃になるのをあきらめるよう言ってきているのかも）

だとしたら、なんとも幼稚な手だ。

確かに、いつの間にか持ち物がなくなっていたり、食べ物に異物が混入されていれば気味悪く思うものだろう。

蝶よ花よと育てられた深窓の姫君が相手だったら、効果は充分あったかもしれない。

（彼らにとっての想定外は、わたしがそういった嫌がらせに耐性があるということね）

なにせフォルカナにいた頃は、エメラルダを始めとする異母兄弟たちにさんざんな目に遭《あ》わせられてきたのだ。

持ち物を隠されたり、壊されたりするのなんてまだまだ序の口。すれ違いざまにドレスを切りつけるわ、揃って泥を投げつけてくるわ、頭から水をかけてくるわと、やりたい放題だった。お菓子をやると言われて、虫の詰まった箱を渡されたこともある。

エメラルダの侍女になってからは、そういった嫌がらせは少なくなったが、代わりにエメラルダから毎日のようにいろいろなことをやられた。

暴言や暴力はしょっちゅうで、食事を抜かれることもよくあった。面倒な仕事や重労働を押しつけられ、できないとなればひどく責められたこともあったか……。とにかくさんざんだったのだ。

そんな使用人以下の生活を思い出し、セシリアはふっと口元を緩《ゆる》める。

おかげで耐性がついたと思えば、そう悪いことばかりでもなかったかもしれないと妙に前向きな考えが浮かんだ。

だが侍女たちは気持ちが収まらないらしく、やがてひとりが声を張り上げた。

「すぐにでも王太子殿下にお知らせするべきですわ。未来の王妃様に対して、このような仕打ち、見過ごせるものではございません！」

侍女たち全員がうんうんと頷く中、当のセシリアは驚いて首を横に振った。

「この程度のことでクレイグ様を煩《わずら》わせるなんて駄目よ。ただでさえお忙しい方なのに……。それに実害があったわけではないでしょ？」

だが侍女たちは「とんでもない」と声を揃えて反論する。

「実害があってからでは遅いのです。セシリア様、もっと危機感をお持ちくださいませ。とりあえずは、警護の兵士を増やしてもらいましょう」

「ただでさえ昼夜を問わず誰かが扉に張りついているのに……」

「ご婚礼前の大切な時期なのですよ？　用心に用心を重ねて悪いことはございません」

結局侍女たちに押し切られる形で、セシリアは警護を増やすことに同意する。

「でも、クレイグ様にお知らせするのは待ってちょうだい」

「……かしこまりました。ですが同じことが頻発するようであれば、その限りではございません。よろしいですね？」

侍女の剣幕に負けて、セシリアは仕方なく頷く。そうして彼女はラーナを迎えるため、お茶の支度を侍女たちに命じたのだった。

「セシリアお姉様ー！」

やがてやってきたラーナは、今日も元気いっぱいにセシリアの腰に抱きついてくる。

王女らしからぬ振る舞いに、侍女たちがむっと眉を寄せるのが見えた。だがセシリアはそれに軽く首を振って、ラーナのことを「いらっしゃい」と笑顔で迎える。休憩時間となるお茶のときくらい、礼儀作法は脇に置いて、ラーナと楽しい時間を過ごしたいとセシリアは思っていた。

「ごめんなさい、ラーナ様。縫《ぬ》い針が見当たらなくて、今日は一緒に刺繍《ししゅう》をすることができなくなったの」

「あら、そうなの？　でも気にしなくていいわ。わたし実は刺繍が苦手で……ええっと、そう、たまにはゆっくりお茶だけを楽しむのもいいんじゃないかと思うのよ！」

侍女たちがじとーっと見つめてくるのに気づいたラーナは、慌てて言葉を言い繕《つくろ》う。

どうやらラーナが刺繍を苦手としていることは、侍女たちのあいだでは周知の事実らしい。これ幸いとはしゃぐラーナを見つめる侍女たちの視線に、セシリアはそれまでの煩《わずら》わしさも忘れて、小さく笑い声を漏《も》らした。

「お姉様、どうせだから庭園の東屋《あずまや》でお茶にしませんこと？　薔薇《ばら》がずいぶん開いてきたのですって」

「それは素敵ね。そうしましょうか」

楽しい提案に笑顔で頷き、セシリアは侍女たちに庭園でお茶にすることを伝えた。心得た侍女たちはすぐにバスケットを用意して、お茶会に必要なものを入れていく。そうしてセシリアたちは、侍女を引き連れ私室を出たのだった。

ラーナはセシリアと一緒に外へ行けることがよほど嬉しいらしく、得意のお喋《しゃべ》りが止まらなくなった。

「庭園には、薔薇の他にもたくさんの花が植えられているのよ！　東屋のあるところは周りより少し高くなっていて、そこからは庭園を流れる小川やお花がよく見えるの」

庭へ続く階段へ向かうあいだも、ラーナは身振り手振りを交えて庭の様子を説明して見せた。

「本当に素敵なところだから、ぜひお姉様にも見てもらいたいってずっと思っていたのよ」

「ふふ、庭園に行くのが楽しみね」

「ええ！　お姉様も絶対に気に入ると思うわ！」

飛び跳ねるように歩いていたラーナは、セシリアの腰に抱きついて柔らかな頬を押しつけてくる。思い切り甘えてくるラーナを可愛く思いながら、セシリアはその肩を抱いてゆっくり歩を進めた。

階段にたどり着くと、ラーナがぱっと離れてすぐに階段を下り始める。踊り場でくるっと振り返ったラーナは、早く早くと言うように大きく腕を振った。

セシリアも微笑んで階段に足をかけ、ゆっくっくり下り始めるが……

「——お姉様、危ないッ!!」

顔色を変えたラーナが鋭く叫ぶ。

え、と足を止めたセシリアのすぐ横を、なにかがひゅっと落ちていった。

——ガシャアアンッ!

「きゃあああッ！　セシリア様！」

あとに続いていた侍女たちが悲鳴を上げる。

その場に立ち尽くすセシリアは、ゆっくりと自分の足下に視線をやった。

そこには粉々に砕けた花瓶の残骸と、生《い》けられていたとおぼしき花が無残に散らばっている。

中に入っていた水が階段を伝って踊り場に流れていくのを見て、背筋がゾッと凍りついた。

慌てて侍女たちが駆け寄ってくる中、ラーナが階上に向けて大声を張り上げる。

「待ちなさい、卑怯者《ひきょうもの》ッ！　衛兵、すぐにきて！　上の階にいる者を追いなさい!!」

王女の呼び声に、城のそこここに配備された衛兵が階上に向かって走って行く。

「セシリアお姉様！　大丈夫？　お怪我はない？」

ドレスの裾をからげ階段を駆け上がってきたラーナは、硬直したセシリアの手を取り、さっとその全身に視線を走らせる。

どきどきと嫌な鼓動を刻む胸元を押さえながら、セシリアはぎこちなく頷いた。

「ええ、平気よ。ラーナ様のおかげね。あそこで声をかけてくれなかったら、今頃……」

粉々に砕けた破片に目をやり、セシリアは続きの言葉を呑み込んだ。

これまでの嫌がらせとは明らかに違う……もしこの花瓶が頭に当たっていたらと思うと足が震えた。下手《へた》をすれば怪我では済まなかっただろう。

侍女たちも口々に大丈夫かと声をかけてくるが、頷くだけで精一杯だ。庭園への散歩はすぐに取りやめになり、セシリアは侍女や駆けつけた衛兵たちに周囲を守られながら自室へ戻った。

侍女たちはセシリアを長椅子に座らせ、手早くお茶の用意を始める。

そんな中、部屋の扉が勢いよく開き、血相を変えたクレイグが駆け込んできた。

「セシリア、無事か⁉」

報《しら》せを聞き急いできてくれたのだろう。彼はセシリアを見つけるとまっすぐやってきて、「大丈夫か？」と声をかけながら手を握ってくれた。

大きな手から伝わるぬくもりに、それまで感じていた緊張感がふっと緩《ゆる》む。不覚にも涙まで浮いたが、それを見たクレイグがひどく狼狽《うろた》え、ぎゅっと抱きしめてきたのには驚いた。

「怖い思いをしたたな。身体がすっかり冷たくなってる……」

なだめるように背中をゆっくり撫《な》でられ、セシリアはようやく落ち着いた。彼の広い肩口にもたれながら、そっとその背を撫で返す。

「ありがとうございます、クレイグ様。もう大丈夫です」

「本当か？　怪我はないようだが……」

一度身体を離し、まじまじと見つめてくるクレイグに、セシリアは微笑んで頷いて見せた。

だが向かいに腰かけていたラーナは、小さな手でバンッとテーブルを叩いてくる。

「無事だったからよかったけれど、本当に危ないところだったのよ、お兄様！　上から花瓶が落ちてきて……もう少しでお姉様に当たるところだったんだから……！」

そのときの光景を思い出したのだろう。それまで気丈にセシリアを心配してくれていたラーナが、泣きそうな顔になって拳《こぶし》をきゅっと握る。

椅子から降りたラーナは、ふたりに駆け寄りぎゅうっと抱きついた。

「わたしが気づかなかったら、お姉様は今頃、今頃……っ」

「そうか……。お手柄だったんだな、ラーナ。セシリアをよく守ってくれた」

幼い妹をしっかり抱きしめ、クレイグは柔らかく微笑む。セシリアもラーナのふわふわの髪を優しく撫《な》でた。

「そうよ、ラーナ様。あなたが声をかけてくれたから、わたしも怪我をせずに済んだわ。本当にありがとう」

ふたりに声をかけられ、ラーナはようやく顔を上げる。懸命に微笑もうとするラーナに、クレイグが静かに言った。

「おれはセシリアと話があるから、おまえは部屋に戻れ。……今日は勉強もしなくていいから、ゆっくり休みなさい」

「はい……。ではご機嫌よう、お姉様」

ラーナはドレスの裾をつまんで礼儀正しくお辞儀をする。セシリアはラーナの小さな手を取り、包むように握りしめた。

「一緒にいてくれてありがとう。とても心強かったわ。……また近いうちに庭園に一緒に行きましょうね」

するとラーナは大きな瞳をうるうるさせながら、うんうんと大きく頷いてきた。

「ええ、もちろん！　じゃあ、また次のお茶の時間に」

「楽しみにしているわね」

セシリアが指先でそっと目元をぬぐってあげると、ラーナはいつもと同じ明るい笑顔になって、自分の部屋へと帰っていった。

ラーナが去ると、クレイグは人払いを命じ、侍女たちがすぐに部屋から出て行く。

部屋にふたりきりになると、クレイグは改めてセシリアの細い身体をぎゅっと抱き寄せた。

「クレイグ様……」

「無事でよかった……。おまえの姿を見るまで生きた心地がしなかった。一度ならず二度までも怖い目に遭《あ》わせてしまって、すまなかった」

心からの悔恨《かいこん》がうかがえる声音に、セシリアの胸まできゅうっと痛くなる。

一方で、身体に回されたクレイグの腕がかすかに震えているのを感じると、本当に心配してくれたのだとわかって、心が温かなもので満ちていった。

「……クレイグ様が謝ることではありません。幸い、こうして怪我もなく無事だったのですし」

彼の体温をもっと感じたくて、セシリアは静かに目を伏せその首筋に顔を埋《うず》める。

クレイグはセシリアの髪を梳《す》きながらも、やや厳しい声音で彼女をたしなめた。

「それは結果論に過ぎない。一歩間違えば大怪我を負っていたかもしれないんだぞ。もう少し危機感を持ってくれ」

侍女たちと同じことを言われ、さしものセシリアもしゅんとした。

「すみません……」

「いや、いい。それより警護はなにをやっていたんだ。肝心なときに役に立たない。……そういえば、警護の数を増やしたとマティアスから聞いていたが」

セシリアは思わず視線を逸《そ》らせる。そしてそれを見過ごすクレイグではなかった。

「……セシリア？　まさかとは思うが、他にもなにかあったんじゃないだろうな？」

「い、いいえ、さすがに花瓶を落とされたのは初めてで――」

「花瓶の他には？　どうなんだ、セシリア？」

眉間に皺《しわ》を寄せて詰め寄られ、セシリアはごくりと唾を呑み込んだ。紺色の瞳がますます細められる。

「セ・シ・リ・ア？」

綺麗な顔のひとが怒るとこれほど怖くなるのか……

セシリアは早々に白旗を揚げた。

「実は……」

これまでに起きた嫌がらせをぽつぽつと話していくと、クレイグの形のよい眉がみるみるつり上がっていく。その様子にびくびくしながら、セシリアが最後まで話し終えると、特大の雷が落とされた。

「──この、大馬鹿者がッ！　持ち物がなくなっている時点で充分ただ事じゃないだろう！　おれのスープに虫が入っていたら、城の料理人全員の身ぐるみを引っ剥《ぺ》がしてその場で身体検査しているところだ！　なんでもっと早く言わない⁉」

「だ、だって、スープに虫なんて取り除けば食べられます。フォルカナにいた頃は蒸《ふ》かし芋の代わりに、剥《む》いた皮だけ山盛りに用意されていたりしましたから、それに比べれば可愛いものだなぁと思って……」

しどろもどろになるセシリアに、クレイグは怒りの形相《ぎょうそう》のまま、口を半開きにして硬直する。

気まずくなったセシリアは、指先をもじもじさせながらつい言い訳を続けた。

「クレイグ様と初めてお会いしたとき、わたしはドレスを汚していましたでしょう？　あれは異母妹にジュースを引っかけられたからです。それも他国の招待客の目の前で……。そういうことをしょっちゅうやられていたので、持ち物がなくなったくらいで騒ぐなんて大げさだと思ってしまって……」

だからお知らせしなかったのですと言うと、クレイグはたっぷり数秒は固まって、はぁぁ……と盛大なため息をついた。

片手で顔を覆い、足を投げ出して長椅子に座った彼を見て、セシリアはなんだかいたたまれなくなる。

「ク、クレイグ様？」

「……いや……おまえが今まで苦労してきたことは承知していたが、まさか感覚が麻痺《まひ》するほどとは思っていなくてな……。やっぱりもっと早く迎えに行くべきだったな……」

ぶつぶつと後悔を滲《にじ》ませた声音で呟《つぶや》くクレイグだったが、気を取り直したように頭を振る。そして改めてセシリアに向き直ると、彼女の手をきゅっと握りながら口を開いた。

「いいか、セシリア。今後同じことをされたら、大したことはないと思っても、大騒ぎして王妃としての怒りを示せ。それは王妃としての面子《メンツ》や尊厳を守るために必要なことなんだ」

「面子や尊厳を守る……？」

クレイグは重々しく頷いた。

「今回のことは、ただおまえが危険な目に遭《あ》ったというだけじゃない。王妃となる者の命が軽んじられた——言わば王家がコケにされたということだ。そんな輩《やから》を黙って見過ごすことができるか？　できないだろう？　前にも言ったが、おまえを貶《おとし》めるということは、夫となるおれをも貶めることだ。おまえを狙った奴らは、おれに弓引いたも同然なんだよ」

フォルカナの王城で父王相手にクレイグが言った言葉を思い出し、セシリアはハッと目を瞠《みは》る。

「これまではおまえひとりが我慢すればそれで済んだかもしれない。だが、これからは違う。我慢すればするほど、王妃としての権威は落ち、おれの立場が悪くなるんだ」

クレイグは真剣な面持《おもも》ちで、じっとセシリアを見つめる。

そのまなざしから、彼がセシリア自身の安否だけでなく、王妃としての彼女の立場をも守ろうとしていることに気づき、胸を衝《つ》かれた。

なのにセシリアは、自分の身に害がなかったことで、クレイグに言う必要はないと判断してしまった。彼に心配をかけたくなかったのは本当だが、この場合、その気持ちはただの自己満足でしかなかったのだと思い知る。

「それが理解できたら、今後は黙っていないで必ず報《しら》せること。——わかったな？」

いたたまれなさを感じたセシリアは、深く恥じ入って頭を下げた。

「……はい、クレイグ様。黙っていてすみませんでした」

「……わかればいい。とにかく、おまえが無事でよかった」

小さく苦笑したクレイグは、改めてセシリアを強く抱きしめてくる。セシリアもその背を抱き返し、クレイグのぬくもりを全身で感じた。

やがてクレイグがそっと顔を上げる。

「少し話しておきたいことがある。聞いてくれるか？」

「なんでしょう？」

「おまえに嫌がらせをしてきた輩についてだ」

「……クレイグ様に反感を持っている方々のことですか？」

クレイグは少し驚いたように目を瞠る。

「知っていたのか？」

「お披露目のときに少し気になって……。ラーナ様に教えていただきました。もともとはあなたのお兄様の支持者であった方々だと」

「そこまでわかっているなら話が早いな」

クレイグは一度息を吐き、言葉を選びながら説明を始めた。

「今から二年ほど前の秋のことだ。両親と兄は揃って離宮に滞在していた。毎年秋の初めは、皆で離宮に泊まり英気を養うことにしていた。おれはちょうど国境付近の遠征に出向いていて、少し遅れて離宮へ向かうことになっていたんだが……」

遠征を終え、離宮に向かう途中、クレイグはそこで火災があったと聞くことになった。

「おれが駆けつけたとき、既に火は消されていたが、ひどい混乱状態だった……。助け出された父はかろうじて命はあったが火傷《やけど》がひどく、母と兄は手遅れだった」

クレイグの声に苦々しさが滲《にじ》む。膝に置かれた拳《こぶし》は固く握りしめられ、家族を助けられなかった無念さが伝わってくるようだ。

「火元が厨房《ちゅうぼう》だったから、出火の原因はおそらく使用人の火の不始末だろう。だがあまりに突然の事故だっただけに、陰謀や暗殺ではないかという噂が立ってな。王家に生まれた以上、そうした噂はある程度仕方がないことだとは思うが……」

セシリアはかすかに眉を寄せる。

家族を失ったばかりの傷心のクレイグが、その噂の矢面《やおもて》に立たされたことが容易に想像できたからだ。

「兄が亡くなり、おれが王太子となった。だが、噂のこともあって、それをよしとしなかったのが、今反対派となっている奴らだ。奴らは兄に取り入って、できるだけ長く要職につこうと目論《もくろ》んでいたからな。結果的にそれを邪魔したおれが気に入らないんだろう。まして少しも奴らのいいなりにならず、人事の刷新《さっしん》までしたとなればな」

「人事の刷新？」

首を傾《かし》げるセシリアにクレイグは端的に説明した。

「ちょうど三日前に提示したばかりだ。慣習により、この国では国王の代替わりとともに要職の人事を一新することになっている」

セシリアはああと頷いた。そういえばフォルカナにいた頃、アルグレードの政治体制にはそういう仕組みがあると教師から教わった。

「もちろん中には引き続き同じ職を担《にな》ってもらう者もいるが、反対派の連中はほとんど閑職に追いやった。なにせ政治的に無能な奴らがあまりに多かったからな」

「では、わたしに対する嫌がらせは、閑職へ追いやられたことへの逆恨み……？」

ふと思いついたことをそのまま口にすると、クレイグは苦々しい面持《おもも》ちで頷いた。

「それもあるだろうし、怖がったおまえが結婚を渋るようなことになれば、花嫁ひとりも守れない王に国が守れるのか、とか言っておれを糾弾《きゅうだん》してくるかもな。おそらくごたごたを引き起こし、そのあいだに王位継承権を持つ者を焚《た》きつけるつもりなんだ。奴らはおれを蹴落として、自分たちの思い通りになる人間を王にしたいんだよ」

「そんな……」

フォルカナの後宮でも過去似たような権力争いはあったらしいが、どこの国も王位に絡《から》む内情はどろどろしているようだ。

……いや、アルグレードは大国であるぶん、臣下の数も多く、争いも複雑かつ大きくなりやすいのかもしれない。

「もちろん奴らの思い通りになどさせない。国や民のためにおれを蹴落とそうとするならまだしも、自分たちの保身を図りたいがためだけに動くような奴らに、王位は渡せないからな」

力強く言い切るクレイグの瞳には、確かな決意と熱意があった。

「王太子になることは予想外だったが、おれのやることは軍人だった頃と別段変わりない。この国のために働く、ただそれだけだ。幸い、国中あちこち見て回る機会が多かったから、街道の整備やら治水工事やら、新しい作物の種付けやら、やってみたいことは山ほどある。近々王位を継ぐことも見越して、『大陸会議』でも顔を売ってきたしな。王位を継いだらますます忙しくなるぞ」

「クレイグ様……」

クレイグのニヤリとした微笑みに、セシリアは青い瞳を大きく瞠《みは》る。

セシリアはいつの間にか、生き生きと話すクレイグの表情にすっかり釘付けになっていた。

未来や抱負を語るこのひとは、なんて輝いて見えるのだろう。

表情こそ夢を語る少年のように無邪気に見えるのに、力強く前を見据《す》えているさまは既に王の貫録を備えている。それがたまらない魅力となってセシリアの胸を高鳴らせた。

「――だが、愛する妃になにかあれば、国のことに集中できなくなる。なにせおれは、おまえのことが自分の命より大切なんでな」

一転して苦笑まじりに見つめられると、セシリアの胸は別の意味でどきりとする。

戸惑いを見せるセシリアのことも愛しくて仕方がないという表情で、クレイグは彼女の銀の髪をそっと撫《な》でた。

「だから、どんな些細《ささい》なことでも、なにかあったら必ず教えてくれ。――それに、反対派を黙らせる糸口になるかもしれないしな」

セシリアの不安を取り除こうと、クレイグはなんでもない調子で軽口を叩く。

からりと笑う彼を見て、セシリアは急速に膨《ふく》らむ気持ちを抑えることができなくなった。胸の奥がきゅうっと切なくなって、嬉しいのに泣きたいような、不思議な気持ちにとらわれる。

(このひとが好き……)

こんな言葉を聞かされ、こんな表情を見せられて――本当に、このひとはどこまでセシリアの心を奪っていくのだろう?

止めどなくあふれるこの熱い気持ちが、彼への愛情なのだと今はっきり自覚する。

セシリアは全身が幸せに包まれたみたいに、熱く火照《ほて》るのを感じた。

このひとが好き。前向きに夢を語る姿も、自分を案じる心配顔も、愛を囁《ささや》く低く柔らかな声も。――すべてが愛おしくてたまらない。

（このひとと一緒に生きていきたい……）

そしてできることならば、彼が語る夢に自分も協力していきたい。

そう思ったセシリアは、そっとクレイグの手に手を重ねる。

セシリアのほうからふれたからか、クレイグはひどく驚いた様子で目を瞠《みは》った。

「わたしにも、どうか教えてください。クレイグ様がつらいとき、苦しいとき、どんなことでも、どうかそれを教えてほしい。クレイグ様には及びませんが、わたしでもあなたのためにできることがあるなら、きっと協力を惜しみません」

「セシリア……？」

「あなたが考える未来のために、わたしはあなたの支えになりたい」

クレイグの硬い指先をきゅっと握って、セシリアは頬を赤らめながら告白した。

「あなたのことが好きです、クレイグ様」

息を呑んで目を見開くクレイグに、セシリアは微笑んだ。

「愛するあなたと一緒に生きていきたい。あなたの一番の味方として、ともに歩いて行きたいです」

クレイグは何度か目を瞬《またた》かせたあと、まぶしいものを見る目でセシリアをじっと見つめ返した。

「おまえが味方してくれるなら、おれは無敵だな。セシリア――」

「はい」

「愛してる」

耳元で囁《ささや》かれた言葉に、セシリアははにかみながら頷いた。

「わたしも、あなたを愛しています」

顔を上げると、柔らかな視線が絡《から》み合う。すると引き寄せ合うように唇が重なって、どちらともなく深い口づけに酔いしれた。

幸せな気分に浸《ひた》りながらクレイグに身を任せていたセシリアだが、すぐに彼の手が怪しく動き始めたのを感じてハッと我に返る。

「だ……駄目です。クレイグ様っ！」

「どうして」

「ま、まだ昼間なのに……それに、外には侍女も衛兵も大勢いるのですよ」

「奥には近寄るなと言ってある。こちらが呼ぶまでは誰もこない」

「でも、お仕事の途中だったのでは？」

ああ、とおもしろくなさそうに眉を寄せたクレイグだが、その手はセシリアのドレスの裾をたくし上げ、内腿をそろりと撫《な》で上げてくる。

「あ……」

「なら、おまえのイく顔を見るだけで我慢しておくか」

「そ、それのどこが我慢……、あっ……」

とんと肩を押され、セシリアは長椅子の上に仰向けに倒される。

すかさず覆い被さってきたクレイグが探り当てたドロワーズの紐をほどき、下着をさっさと取り去ってしまった。

恥ずかしい場所が外気にふれるのを感じてセシリアは耳まで赤くなる。こんな明るい中、ドレスを着たまま下着だけ取られるなんて。

「あんっ……、ん、ん……」

抗議する間もなく硬い指先が秘所にふれ、かすかに震える襞をくすぐってくる。そのまま包皮に包まれた花芯をくるりと撫《な》でられ、腰がびくりと浮き上がった。

「だ、め……、声が出てしま……っ」

「聞かせてやればいい」

「いや……」

そんな恥ずかしいことができるわけがない。

手の甲を唇に押し当て、必死に声を押し殺そうとするセシリアの様子を上目遣いに見て、クレイグはにやりとした笑みを浮かべた。

「それなら、イくまで声を出さずに耐えてみろ。できなかったら、お仕置きだ」

「お、仕置き？」

「嫌がらせを黙っていた罰だ。もっと気持ちいいことをしてやる」

艶《つや》めいた口調で言われて、セシリアはなぜか焦りを覚えて口元を引き攣《つ》らせる。

彼の言う『もっと気持ちいいこと』を具体的に想像してしまい、昼日中からそんなことはできないと慌てて首を振った。

しかしクレイグは楽しい遊びを思いついたという顔で指先を動かしてくる。

弱いところに的確にふれられ、セシリアはぐっと唇を噛んだ。きつく目をつぶって、湧き上がる快感をなんとかやり過ごそうとする。

「ふ……、ぅ、ぁ……っ」

そのあいだにも彼の頭が下へ移動していく。まさか、と思ったときには両足を大きく開かされ、彼の頭が折り重なるドレスの襞の向こうに消えた。

「だめっ……、あっ、やぁ……ッ！」

ほころび始めた秘裂にねっとりと舌を這《は》わされ、セシリアはくっと喉を反《そ》らす。彼の上着を握る指先に自然と力が籠もり、たちまち呼吸が浅く速くなった。

「ん……、ん……っ！」

「無理してこらえなくていいんだぞ」

指先で包皮を剥《む》き、敏感な芯を露《あら》わにしながらクレイグが意地悪く呟《つぶや》く。セシリアがいやいやと首を振った直後、彼の舌先が花芯を捉えてぬるぬると舐《な》め回してきた。

「はっ……、んぁ、ああ……！」

彼の舌がうごめくたびに身体の奥に愉悦《ゆえつ》の炎が宿る。ゆらゆらと燃え上がるそれはあっという間に身体中を包み込んで、声どころか身体が跳ねるのを抑えられなくなった。

「んく、はっ、……あ、あぁ、う……っ」

「もう降参か？」

クレイグがそっと顔を上げる。ドレスの向こうに見える彼の顔にまぎれもない情欲が滲《にじ》んでいるのを認め、セシリアの胸がどくりと大きく鼓動を打った。

「っ……こ、これ以上は、だめです……」

「本当に？　もっとして欲しいんじゃないか？」

セシリアは、かーっと首筋まで真っ赤になる。まだ絶頂に至っていない身体は中途半端に昂《たかぶ》った
ままで、ここで止められてはつらいことはわかりきっていた。

「素直に快楽を受け入れろ。そう時間は取らせない」

「それは、どういう……、あっ、あぁ！　やぁ……！」

答えはすぐに身体で思い知る羽目になった。

再びセシリアの下肢に顔を埋《うず》めたクレイグは先ほどより細かく舌を動かし、充血して膨《ふく》らんだ花
芯をこれでもかと舐《な》め回してくる。

腰の奥から蕩《とろ》けそうな感覚が生じ、セシリアはほとんど無意識に、逃げようと長椅子の上をずり
上がる。だがクレイグの両手が腰をしっかり掴《つか》んできて、動くなとばかりに花芯に強く唇を押しつ
けられた。

「まって、だめ、……あああ――ッ……！」

ちゅう、と音がするほどに吸われ、ヒクつく蜜口から甘い蜜がしたたる。堰《せき》を切ったようにあふ
れたそれが肌を伝っていく感覚に、セシリアは恥ずかしくてたまらなくなった。

羞恥《しゅうち》と快楽で頭の中が真っ赤に煮え立つ。

「中もよくしてやろう」

「あ、あんっ、……だめ、あっ……！」

セシリアの制止などどこ吹く風。あふれる蜜をすくい取ったクレイグの指が一度に二本も入ってきて、両足がつま先までびくんと引き攣《つ》った。

いけないと思う心とは裏腹に、濡《ぬ》れた媚肉は喜んで彼の指を迎え入れる。ヒクヒクと震えてうねる襞に気をよくしたクレイグは、すぐにセシリアの感じやすいところを擦《こす》り立ててきた。

「ふぁ、あ、あ、だめ……っ」

花芯の裏のざらついたところは、何度ふれられても声をこらえることができない。

いや、ふれられるたびにさらに感じやすくなって、クレイグを喜ばせる一方だ。

もはや声を抑えることも忘れ、セシリアは座面に頭を擦りつけてはぁはぁと激しく喘《あえ》ぐ。

きっと髪はみっともなく乱れてしまっているだろう。これではドレスを着ていてもなにをしていたか一目瞭然《いちもくりょうぜん》だ。

そうは思うのに、セシリアは為す術《すべ》なく高みへと押しやられていく。

「ひぅ……、ん、んぅ……っ、あ、ああ……ッ‼」

指がうごめく場所のさらに奥で、募《つの》りに募っていた愉悦《ゆえつ》が大きく膨《ふく》らみ、一気に弾けた。

頭からつま先まで突き抜けるみたいに快感が走り、セシリアは白い喉を反《そ》らして甘い悲鳴を上げる。背が猫のようにしなり、クレイグの指を咥《くわ》え込む膣壁が大きくうねった。

指を食い締めてくる中の動きにセシリアの絶頂を感じたのだろう。クレイグは一拍遅れてゆっくり指を引き抜く。少し遅れて大量の蜜があふれ、蜜口がひくりと大きく震えた。

「さて、こらえきれなかったからお仕置きだ」

「……ん……っ」

絶頂に震える身体が抱き上げられ、奥の寝室へ運ばれる。綺麗に整えられた敷布の上にうつぶせに横にされ、セシリアは抜けきらない絶頂にぐったりとしながら枕に顔を埋《うず》めた。

細い身体に覆い被さるように寝台に乗り上がってきたクレイグが、セシリアの腰をぐいっと持ち上げ、蜜口に張り詰めたものの先端を押しつける。

欲望に満ち満ちた屹立《きつりつ》が圧倒的な質量を伴《ともな》って喰い込んでくるのを感じ、セシリアはハッと息を呑んだ。

「や、ああ――……ッ！」

ずぶりと挿《は》入《い》り込んでくるそれにセシリアは目を見開く。

初めて背後から挿入《そうにゅう》されて、思わず腰が引けそうになった。

だが現実にはクレイグの剛直は難なくセシリアの中に収まり、つるりとした先端が最奥《さいおう》をぐっと押し上げてくる。

いつもとは違う角度が少し苦しく、それ以上に気持ちよくて、セシリアの背に喜悦が走った。

「はっ……、あっ……」

「動くぞ」

「あんっ、んッ……！」

背後から腰に腕を回され、身体を強く引き寄せられる。

背にクレイグの厚い胸を感じ、それだけで蜜壺がきゅうっとすぼまるのがわかった。

すると、身をかがめたクレイグが耳元でくすりと笑う。セシリアがどう感じているか、彼にはすべてお見通しのようだ。

それがなんともいたたまれなくて、恥ずかしさのあまり顔を上げられない。

それなのにクレイグに腰をゆっくり動かされると、新たに湧き上がった快感にどうしようもなく感じてしまった。

「あ、はっ、はっ……！　だ、だめ、これいやぁぁ……ッ」

獣に似た恰好をさせられ、羞恥《しゅうち》でおかしくなりそうだ。なのに、彼の屹立をゆっくり出し入れされるだけで、身体が崩れてしまうほどの気持ちよさを感じる。

寝台についた膝ががくがく震えた。抽送《ちゅうそう》のたびに掻き出される蜜が内腿を伝うのにぞくりとする。

「あふ、ん……！」

「気持ちいいか？　……いや、聞かなくても身体が答えてるな」

彼の言う通り、先ほどからずっと媚壁が小刻みに震えていて、出て行こうとする彼をきつく締めつけている。さらに奥まで突き入れられると、歓喜の声を上げるように全体が激しくうねるのだ。

「はぁ、はぁ……、ああ、いい、いいの……っ」

無意識のうちに口からそんな声が漏《も》れてしまい、どうにもいたたまれない。下肢から聞こえる水音が卑猥《ひわい》に響くからなおさらだ。

縋《すが》るものを求めて枕をきつく抱きしめると、クレイグがうなじに吸いついてきて、悲鳴じみた声が漏れた。

「っ……、この体勢も最高だな、セシリア。おれもそう長くは保たない……」

「んぁ、あ、あん……ッ、クレイグさま……、ああんっ！」

ドレスの上から胸を掴《つか》まれ、反射的に枕をぎゅっと抱き潰す。ふたつの膨《ふく》らみは硬いコルセットに収まっているはずなのに、彼の手の熱さを感じるだけで頂《いただき》から痺《しび》れるような愉悦《ゆえつ》が湧き起こった。

クレイグの抽送《ちゅうそう》が激しくなる。

背後から聞こえる彼の呼吸が速くなり、セシリアもつられてどんどん昂《たかぶ》っていった。

繋《つな》がったところからじゅぷじゅぷと絶え間なく聞こえる水音と、クレイグの腰が臀部に打ちつけられる音が寝室に響く。

「はっ、はっ、はっ……！　あぁ、あう……ッ」

「セシリア……」

艶《つや》めいた声が自分の名を呼ぶ。それだけで胸が高鳴って、セシリアの快感をより高めていく――

「も、もうだめ……、ああアッ……!!」

「っ――」

駆け上がるように絶頂に達した瞬間、クレイグもまた息を詰めた。

熱い唇がうなじに押しつけられ、胴に回された腕がセシリアの身体をきつく抱きすくめる。

直後、最奥《さいおう》で熱い飛沫《ひまつ》が噴き上がり、セシリアは声にならない声を上げ背をのけ反《ぞ》らせた。唇がわななき、呑み込みきれなかった唾液が唇の端《はし》からこぼれ落ちる。

「う、ぁ……、はっ……」

長く続く絶頂の余韻に、まともに息もできずにがくがく震える身体をもてあました。

呼吸が落ち着いてくるとどっと汗が噴き出し、身体がゆっくりと弛緩《しかん》する。

抱き潰していた枕にぐったりと身を預けると、クレイグも折り重なるように倒れ込んできた。

埋《うず》められた彼の半身は未だびくびくと震えており、最後の一滴までセシリアの中に注《そそ》ぎ込もうとしているのが感じられた。

ようやく一息ついたクレイグがセシリアから身を離す。そのあとを追うようにとろりとした感覚が内腿を伝っていった。

敏感になった身体はそんな刺激にすら感じてしまう。セシリアは声が漏《も》れないよう強く枕に顔を埋めた。

「これじゃ、ちっともお仕置きにならなかったな」

情事の余韻にくたりとしているセシリアを見下ろし、クレイグがからかいまじりに笑う。

誰のせいだと……と非難の目を向けるが、とろりと潤《うる》んだ瞳ではまるで効果がないみたいだ。

手早く自身の支度を調えた彼は、身を起こそうとするセシリアを制して、自分のチーフで彼女の下肢の汚れをぬぐい始める。わざわざ膝をついてドレスのスカートを直してくれる彼に、思いを自覚したばかりの胸の奥がきゅんと疼《うず》いた。

つい先ほどまでむっとしていたのに、我ながら現金なものだとセシリアは苦笑する。

「髪はおれには無理だ。侍女を呼ぶから、少し休んでいるといい」

セシリア、と彼女の額《ひたい》に自分の額をくっつけ、クレイグはふと真面目な顔を向けてきた。

「先ほどおれが言ったことを、絶対に忘れないでくれ。なにかあったら必ず言うんだ。いいな？」

「はい……。もう心配をかけるようなことはいたしません」

「心配くらい、本当はいくらでもかけてくれてかまわないんだけどな」

夫婦になるんだから、と甘く囁《ささや》かれ、セシリアは頬を染める。彼と結婚するという事実が、これまで以上に嬉しく幸せに感じた瞬間だった。

はにかみつつ微笑むと、クレイグも満足そうに頷いて立ち上がる。軽いキスを残して彼が部屋を出て行くのを見送り、セシリアは小さく息をついて寝台にぽふんと倒れ込んだ。

身体中に甘い疼きが残っている。

恥ずかしいのに嬉しくて、セシリアはふわふわした心地で自身の身体をそっと抱きしめた。

第三章　未来への道

翌日。クレイグはかつて要職についていた官吏が行《おこな》っていた汚職を公《おおやけ》にし、そのうち何人かに罰を与えた。処罰を受けた者たちのほとんどは反対派の人間だった。

本当は戴冠《たいかん》と結婚式を終え、諸々落ち着いてから追及する予定だったらしいが、セシリアの身に危険が迫ったことで、急遽《きゅうきょ》対応に乗り出したようだ。

とはいえ、彼らが受けた罰はせいぜい蟄居《ちっきょ》程度のものにすぎない。だが、そうしておけばしばらく王宮へ近づくことはできなくなる。それこそが処罰の目的だった。

クレイグは罪を犯した者だけでなく、その家族や親族にも同様の処分を下した。するとセシリアに対する嫌がらせは驚くほど減った。

睨《にら》んだ通り、やはりセシリアに嫌がらせをしていたのは彼らだったようだ。

反対派を遠ざけたとはいえ、油断は禁物。クレイグはセシリアが命を狙われたあと、彼女の部屋を出入りする人々に身体検査を義務づけ、結婚式までのあいだ厳戒態勢を敷くことを決めた。

セシリアとしてはそこまでする必要はないと思うのだが、そうしないと安心できないというのがクレイグの主張だ。

その上、彼は「夜はおれが警護する」と宣言して、ちゃっかりセシリアと寝台をともにする口実まで確保した。

結婚前だけに、あまり外聞のよいことではないが、セシリアに花瓶が落とされたことは既に王宮中に知れ渡っていたため、王太子殿下が過保護になるのも無理からぬことだろうと、好意的に受け取られている。

この事態に俄然《がぜん》張り切り出したのは侍女たちだ。

自分たちの主《あるじ》が多忙な王太子殿下の癒《いや》しとなれるよう、持てる技術のすべてを駆使して、毎日セシリアを磨き上げることに全力を注《そそ》いだのである。

あかぎれだらけの細い手はしっとりと潤《うるお》い、隈《くま》が浮いて青白かった顔も、薔薇《ばら》色の頬を褒められるほどに血色がよくなった。

蜂蜜と香油をたっぷり使って洗われる髪は絹みたいにさらさらと流れ、セシリアが生来《せいらい》持っていた美貌をより際立たせる。

自分を美しいと思ったことなど皆無だったセシリアだが、侍女たちに磨かれて、少しずつ自分に自信を持てるようになってきた。

きちんと化粧を施《ほどこ》し髪を結い上げると、気持ちがしゃんとして自然と背筋も伸びる。姿勢が綺麗だとより美しく見えるということを知った。

エリザ夫人や女官長からの教えもあり、王族としての立ち居振る舞いが身についてきたことが、より自信に繋《つな》がっているのかもしれない。

おかげでこの頃はその日の衣装を選ぶ余裕すら出てきた。

最近まで侍女が勧めてきたものに言われるまま袖を通すだけだったが、その日の気分に合わせて装いを決めるのは、思いの外《ほか》楽しいことだった。

フォルカナで侍女をしていた頃は、衣装選びに何時間もかけるエメラルダにあきれていたものだが、こういう楽しみがあったからなのかと、今なら理解できる。

「おまえはもとから美人だった。満足に食べられず働き通しで疲れていたから、それに気づけなかっただけだ」

ある夜、セシリアの髪に口づけながら、綺麗だと囁《ささや》いたクレイグにそのことを話すと、彼はあきれまじりの表情でそう言った。

美人というならクレイグのほうがずっと綺麗だと思う。最初など、つい見惚《みと》れて動けなくなったほどだ。だけど彼の意外と子供っぽかったり意地悪だったりする性格を知って、美しさに圧倒されてただただ見惚れてしまうということは少なくなった。

だが、彼を身近に感じるようになったことで、今度はその人間的な魅力に日々取り憑《つ》かれていく。

今まで政略結婚だからと、初めから愛されることをあきらめてきた反動か、いざ彼と思いが通じ合ってからは、自分でも驚くほど彼に夢中になっていくのを感じていた。

黙り込んだセシリアになにを思ってか、クレイグは彼女の柔らかな頬をぷにっとつまむ。

「今のおまえが本当のおまえなんだよ。このおれが惚れた女なんだ、もっと自信を持て」

「ふふ……。その言い方だと、クレイグ様がとても自信過剰な方に感じてしまうわ」

「言うようになったじゃないか」

くすくす笑うセシリアを小突く真似をしながらも、クレイグの瞳は優しく和《なご》んでいる。

『おれのそばで心から幸せそうに笑ってほしい』

以前、そう言ってくれたクレイグのことを思い出す。自分が笑うことで彼が和やかな顔をしてくれるなら、ずっと笑顔でいたいとセシリアは思った。

ただ、にこにこしていると、なぜか時折意地悪をされることがある。

「そんな顔をしていると、また泣かせるぞ？」

「あん……っ」

クレイグの指先が胸の頂《いただき》をきゅっとつまんだ。そこがジンと勃《た》ち上る快感にセシリアは自然と喉を反《そ》らす。

セシリアの部屋よりも広いクレイグの寝室――王太子の主寝室は、今は優しい月明かりに満たされていた。

寝台の足下にはふたり分の夜着が重なり合って落ちている。少し乱れた褥《しとね》にはしっとりと汗ばんだセシリアとクレイグが、生まれたままの姿で横たわっていた。

戴冠式《たいかんしき》とふたりの結婚式の日が近づき、花婿となるクレイグも当日に備えて夜はしっかり休めるように仕事量を調整しているらしい。

だが休息を取るための時間は、ほぼこうして愛を語らう時間になってしまっている。言葉ではもちろん、身体でもだ。

結婚前から連日褥をともにするのは、さすがに不謹慎だと思う。

だが、クレイグから「同じ寝台で眠っているのに我慢できるか」と言われてしまうと、セシリアには断ることができない。それにセシリアとて、彼が与えてくれる悦楽に恥じらいは覚えても、拒絶する気持ちは湧いてこないのだ。

身の回りの世話をする侍女たちには、ふたりがとうに一線を越えていることがわかっているだろう。それを、婚礼が間近に迫っているだけにあえて野暮なことは言わず、見て見ぬフリをしてくれているようだ。

今夜はクレイグの戻りも早かったため、既に一度身体を繋《つな》げている。その後ふたりは、情事のあと特有の気怠《けだる》さの中で睦言《むつごと》めいたお喋《しゃべ》りを楽しんでいたのだ。

しかし、まだ熱の冷めやらぬ身体は、少しの刺激で容易に再燃してしまう。

「んっ……、クレイグ様……」

「次はどんな格好でする？」

うつぶせで横になっていたセシリアの背に覆い被さり、クレイグが意地悪く尋ねてくる。

敷布に押しつぶされていた乳房を両手ですくい上げられ、ゆっくりと揉《も》み込まれる心地よさにセシリアは甘いため息をついた。

「もう時間も遅いのに……」

「そんなことを言っているが、おまえのここはまた勃《た》ってきたぞ？」

親指で硬く芯を持ち始めた乳首を押し潰すようにされ、セシリアはぴくんと肩を震わせた。

同時に彼の熱を持ち始めた半身をお尻に感じて胸がとくりと高鳴る。

一度果てたはずのそれはいつの間にか隆起して、すっかり力を取り戻していた。

「……お顔を、見ながらしたいです」

恥じらいながらもセシリアは小さな声で要望を伝える。

身を起こしたクレイグはセシリアの身体を仰向けにすると、すぐに唇を重ねてきた。

自然と唇を開き、彼の舌を迎え入れる。最初は恥ずかしさと未知のことへの恐怖に戸惑ってばかりいた。なのに、今では彼が与えてくれる愛撫のすべてが愛おしい。

回数を重ねるごとに躊躇《ためら》いや恐怖は薄れていき、感度や欲求がどんどん上がっていく。

（少し前のわたしには、考えられないことだわ……）

愛し愛されることが、心だけでなく身体にもこれほどの変化を与えるなんて知らなかった。

「ん……、クレイグさま」

「二回目だからな。じっくり愛してやる」

下肢のものは既にはち切れそうなほどなのに、クレイグの表情にはまだ余裕が見える。

一方のセシリアは彼のもので秘所を軽く擦《こす》られただけで腰をひくんと揺らしてしまう。こういうときは、感じやすくなった我が身が少し恨めしかった。

だが同時に、抱き合うことに慣れてきたセシリアには、これまでになかった好奇心が芽吹き始めている。

「ん、ん……っ」

角度を変えた口づけを何度も受けながら、セシリアは手を彼の脇腹に滑らせた。

彼にとってもそこは感じるところだったのだろう。ふれた瞬間、クレイグの肩がわずかに震える。

セシリアはその反応にどきどきしながら、肌の感触を確かめるように彼の腰から大腿へと手を移動させた。硬い筋肉に覆われた身体はしっとり汗ばみ、内側から熱を放っているように熱い。

「――おまえもおれが欲しくなってきたか？」

「あっ」

顔を上げたクレイグが艶《つや》めいたまなざしでセシリアを見下ろす。

彼はとっさに反応できずにいるセシリアの手を取り、そのまま昂《たかぶ》る中心へと導びいた。

セシリアの指先に張り詰めた彼の半身が当たった。腹につくほど反《そ》り返っているそれは、ふれると意外としっとりしていて、芯はあるのに柔らかい、なんとも不思議な感触をしていた。

「遠慮しないで、もっとさわってくれていいんだぞ？」

「そ、そんなこと……、あっ」

さすがに躊躇《ためら》われて手を引こうとするが、その前に彼の手で竿《さお》の部分をぎゅっと握り込まされる。

クレイグが上体を起こしたため、自分の手に彼の一部が収まっている光景がしっかり見えてしまい、セシリアはたちまち真っ赤になった。

「ク、クレイグ様っ……！」

「どうした？　さわってみたかったんだろう？」

狼狽《ろうばい》するセシリアを見下ろす紺色の目は、からかいの色に輝いている。

セシリアは長い銀の髪を揺らしながら首を大きく左右に振った。

「そ、その、この部分にさわろうとしたわけでは……！」

「つれないな。おれは前からさわってほしくてたまらなかったのに」

「えっ」

セシリアは思わず真面目な顔でクレイグを振り仰ぐ。彼は間髪を容《い》れずに噴き出した。

「も、もう！　からかうのはやめてくださいっ」

「からかってないさ。おまえにこういうことを頼むのはまだ早いと思って自重《じちょう》していただけだ。だが、おまえが興味を持ってくれているなら話は別だ」

「あ、やっ、やぁ……！」

セシリアの手を握り込んだまま、クレイグが手を上下に動かし始める。手の中を滑る剛直の感触に目の前が真っ赤になった。

「う、うぅ……」

火傷《やけど》するほど熱い彼の半身は、セシリアが手を上下に動かすたびにどんどん張り詰め、さらに硬くたぎってくる。

わずかに膨《ふく》らんだ先端の膨らみには小さなくぼみがあり、そこからとろりとしたなにかがこぼれてきた。

「これ、は？　……あぁ、あ……」

疑問を口にした端《はし》からしたたり落ちてきて、セシリアの手を濡《ぬ》らしていく。

それが潤滑油となって手の動きがスムーズになり、セシリアは恥ずかしさのあまりろくに息もできなくなった。

「……こらえきれないぶんが、先に出てきてるんだ。おまえの手が気持ちよくて」

かすれた声に、セシリアはハッと顔を上げる。見ればクレイグもわずかに息を乱し、前髪からのぞく瞳はそれまで以上に艶《つや》めいて潤《うる》んでいた。

そこから醸《かも》し出される得も言われぬ色気に、セシリアの胸が大きく鼓動を打つ。口の中がからからに渇いて、無意識にこくりと喉が鳴った。

「き、気持ちいい……の、ですか？」

「ああ。……できれば、もっと強くしてくれないか」

手を放したクレイグが、セシリアの身体をぐっと抱き起こす。

そのまま彼の広い肩口に頭を預けると、クレイグの舌が優しく耳朶《じだ》に這《は》わされてくらりとした。

「ん……、ふ……っ」

クレイグの両腕が腰に緩《ゆる》く回される。抱擁《ほうよう》とも言えない優しいふれ合いは、無理ならやめてもいいという彼の気遣いに思えた。

セシリアは少し逡巡《しゅんじゅん》したのち、再び手を動かし始める。先ほどより力を入れて怒張《どちょう》を握り、先端からあふれた蜜を塗りつけながら手を上下させた。

「そうだ……、うまいぞ」

クレイグのため息まじりの声がセシリアの後《おく》れ毛を揺らす。片手で髪を掻き上げられ地肌にふれられると、それだけでジンと痺《しび》れるような愉悦《ゆえつ》が湧き起こった。

このままでは自分のほうが気持ちよくなってしまう。

そのことに対する危機感と、もっと彼を気持ちよくしたいという欲求が同時に胸に湧き上がってきて、セシリアは再び喉を鳴らした。

（どうすればいいのかしら？　このまま手を動かしていればいいの？）

快楽に流されそうになる頭を必死に働かせて考えるが、なんの経験もなかった自分はクレイグが与えてくれた知識がすべてだ。それだけに考えを働かせるのにも限界がある。

どうするべきか迷いながらも、セシリアは思い切って顔を上げた。

「……あの、クレイグ様」

「ん……？　やっぱり無理そうか？」

「あ、いえ……その……、ど、どうすれば、もっと気持ちよくなっていただけますか？」

クレイグはパッと顔を上げる。その目がまん丸に見開かれているのを見て、セシリアはなんだかいたたまれなくなった。

「は、はしたないことを口にして、申し訳ありません……！　でも、わたしにできることがあるなら、その、教えていただければと思って……」

言えば言うほど墓穴を掘っていく気がする。穴があったら入りたいという心境でぎゅっと目を閉じると、クレイグの指先が顎《あご》にかかった。そのまま上を向かせられ、唇を重ねられる。

「ふっ……、ぁン……」

ぬるつく舌が歯列の裏をたどり、それだけで腰が砕けそうな快感が走る。彼の精を受け止めたはずの膣壁がひとりでにうごめき、ひくりと蜜口が震えて蜜をこぼすのをはっきり感じた。

「んンン……っ」

「……あんまり可愛いことを言って煽《あお》るな。せっかく優しくしてやろうと思っていたのに、激しくしたくなる」

どこか獰猛《どうもう》な声音にセシリアはびくりとする。

だが上目遣いでおずおずと見上げた彼は、怒りと言うより狂おしい表情をしていた。色気の中に滲《にじ》む焦燥《しょうそう》の気配に、こちらまで当てられそうになる。

「あ……クレイグ様……」

「おまえさえ嫌でないなら――」

セシリアの瞳を見つめながら、クレイグは親指で彼女のふっくらした下唇をなぞった。

「ここでおれを愛してほしい」

(……口で……?)

予想だにしなかった要求に、驚きを通り越して唖然《あぜん》とする。

だがよく考えれば、いつもクレイグは舌や唇でセシリアの秘所を愛撫してくれていた。

あれと同じと考えればいいのだろうか?

「っ……」

だが考えた途端に恥ずかしさが倍増して、セシリアは思わず息を呑んだ。

それでも彼女は、おずおずと手の中のものに視線を落とす。

会話の中でも硬度を失わずに張り詰めているそれは、セシリアと同じくもっと強い刺激を求めて、よだれを垂らしているように見えた。

「無理をしなくていいぞ」

固まるセシリアを気遣い、クレイグが苦笑して彼女の髪を撫《な》でる。

だが逆に、その言葉が後押しになった。セシリアはよしと気合を入れ、クレイグの前に身をかがめる。

なだれ落ちてくる髪を耳にかけながら、彼女はそっと彼の丸い先端に唇を押し当てた。

すると、手の中のものがびくりと震える。

「ふ……っ」

クレイグが短く息を呑んだ。先端から滲んでくる液が心なし増えて、彼が感じてくれているのだと嬉しくなる。

同時にセシリアの身体もじわりと熱を持ち、秘所が疼《うず》くように震えた。

(このあとはどうすればいいのかしら……？)

ひとまず手を離して、先端から膨《ふく》らんだ傘の部分、それからわずかに湾曲した竿《さお》の部分へとキスを落としていく。こぼれ落ちる液が舌にふれ、なんとも言えない味が広がった。

(これがクレイグ様の味……？)

セシリアは思い切って唇を開き、舌先を伸ばしてぺろりと竿部を舐《な》めてみた。

瞬間、クレイグの下腹がびくりと引き攣《つ》り、セシリアの髪を撫でていた手に力が籠もる。

「ご、ごめんなさい。痛かった……ですか？」

「……いや」

きつく眉を寄せたクレイグは、言葉少なに否定した。

彼の苦しげな様子に、このまま続けてもいいものか迷う。とりあえず再び竿《さお》部を上下にしごき、先端にキスを繰り返すと、クレイグが大きくうめいてセシリアの頭を引き剥《は》がした。

「きゃ……っ」

「すまない、それ以上されると出るっ……！」

「え？　あっ……、きゃあ、あッ！」

半ば突き飛ばされるように仰向けにされ、足を大きく開かされる。

直後、いきり立った剛直がずぶりと秘所に埋《うず》められ、セシリアはのけ反《ぞ》って悲鳴を上げた。

最初の行為でほぐれていた膣襞は喜んで彼を迎え入れ、奥へ奥へと誘い込む。

きつく眉を寄せ額《ひたい》に汗を浮かべながら、クレイグは獣じみた声を漏《も》らして腰を動かし始めた。

いつもとは違う荒々しい動き。けれど痛みを感じることはなく、それどころかひと突きされるごとに官能の渦《うず》に呑み込まれ、セシリアは大きく喘《あえ》いだ。

「あ、ああ！　やッ、クレイグ様、……あっ、やぁ、あああっ！」

「セシリア、そんなに締めたら……ッ！」

セシリアの尻の肉を掴《つか》むクレイグの指が、ぐっと肌に食い込む。

彼の唇が胸に落ち、薄紅色の乳首を強く吸い上げた瞬間、セシリアの口から声にならない声がほとばしった。

下肢がびくびくと引き攣《つ》り、膣壁が激しくうねってクレイグを奥へ引き込む。

互いの恥骨をぶつけるほど最奥《さいおう》に自身を突き入れたクレイグは、セシリアの身を掻き抱いて低い声を漏らした。

張り詰めた怒張《どちょう》が中でさらに膨《ふく》らみ、白濁がどくどくと注《そそ》がれる。その熱さと勢いにセシリアもたちまち上《のぼ》りつめ、背を弓なりにしならせがくがくと震えた。

「は、あぁ……、ああ、あ……ッ!!」

一気に駆け上がったにもかかわらず、絶頂の余韻は長く尾を引いて続いていく。

セシリアはクレイグの肩口にしがみついたまま、赤く艶《つや》めく唇をふるふるとわななかせた。

彼女の胸元に顔を埋め荒い呼吸を繰り返していたクレイグは、顔を上げるなり彼女の唇に喰らいついてきた。激しく舌を絡《から》め取られ、まだ息の整わないセシリアは頭の芯まで痺《しび》れさせ朦朧《もうろう》としてしまう。

やがてクレイグが再び抽送《ちゅうそう》を始めると、湧き上がる快感にあらがえずセシリアはか細い声を上げた。

「はあ、あ、あぁ……ッ」

「セシリア、好きだ。……今夜は離したくない」

「クレイグ、さま……、……あ、ああ、ん……、はぅ……ッ」

痙攣《けいれん》したように震え続ける膣壁が刺激を受けてさらに潤《うるお》い、クレイグの欲望を包んで蠕動《ぜんどう》する。

中に感じるクレイグが硬く質量を増してきた。

ふたりは下肢を繋《つな》げながら唇を合わせ、舌を絡《から》めて吐息を奪い合う。

クレイグの手がセシリアの乳房を愛撫するのに合わせ、セシリアも夢中で彼に腕を伸ばした。彼の茶褐色の髪に指を通し、肩や背を撫《な》でて愛するひとの形を感じ取ろうとする。

「ん、は……、ふ……っ」

身体中が彼の色に染まっていくようだ。お腹の奥が熱くて仕方ない。

じっとしていることができなくて、クレイグと一緒にセシリアも腰を揺らす。内腿で彼の胴を挟み、もっと深く繋がろうと無意識に身をよじった。

溺《おぼ》れるような快楽の中、夢中になってお互いをむさぼり合う。

それは時間が止まればいいのにと願ってしまうほど、濃密で幸福な一夜だった。


「――まだ婚姻前なのですから、激しいふれ合いはどうかお慎《つつし》みくださいませ」

「気をつけます……」

翌日の昼近く。肩まで湯に浸《つ》かりながら、年かさの侍女に懇々《こんこん》と諭されたセシリアは茹《ゆ》でたタコみたいに真っ赤になった。返事をすると喉はヒリヒリ痛み、声もかすれている。

まったく、王太子殿下もいくらセシリア様が愛おしいからと言って……と、侍女が眉をひそめて呟《つぶや》くのを聞き、さらにいたたまれなくなって鼻先まで乳白色の湯に沈んだ。

あいにくと記憶があやふやなのだが、空が白み始める頃までクレイグと身体を繋げていた気がする。

目覚めたときはもう昼近くで、午前中の予定はすべて取り消しになっていた。今日は結婚式の段取りを確認することになっていたため、説明にきたひとたちには申し訳ないことをしてしまった。

眉尻を下げうなだれるセシリアを見て、侍女もそれ以上はなにも言わなかった。代わりに湯から上がったセシリアの全身をまじまじと見つめ、ふっと口元を緩《ゆる》める。

なにかおかしなところでもあるのかとセシリアは慌てたが、侍女はゆっくりと首を振った。

「お美しい姫君であらせられると、見惚《みと》れていたのです」

「見惚れるなんて、そんな……」

「本当でございますよ。殿下から充分愛されたためでしょう。お肌の張りがいつも以上によろしくて、潤《うる》んだ瞳がとても艶《つや》めいて……同性のわたしどもですら、なにやらおかしな気分になりそうですよ」

セシリアは思わず頬に手をやる。端《はし》に控える若い侍女たちを見てみれば、照れたように視線を明後日の方向に向けた。その頬は一様に赤く色づいている。

（わ、わたし、そんなにいつもと違うのかしら）

身体も怠《だる》く眠気も残っているだけに、セシリア自身はいつもよりみっともなくなっているだろうと思っていたのだが。

実際のところ、情事を終えた気怠《けだる》さを引きずるセシリアからは得も言われぬ色気が漂《ただよ》っており、それが生来《せいらい》の美貌と相まって絶妙な妖艶《ようえん》さを醸《かも》し出していた。

普段は清楚で儚《はかな》げな雰囲気をしているセシリアだけに、今の姿はなんとも危うく、それでいて手《た》折《お》らずにはいられぬほど魅力的だ。

——それに気づかずにいるのは本人だけ。

これでは王太子殿下が夢中になるのも、また過保護になるのも無理はないと、侍女たちは納得の思いで頷き合うのだった。

＊　＊

そして日々は過ぎ、ついに戴冠式《たいかんしき》当日を迎えた。

この日のために誂《あつら》えた正装は、クレイグの端麗な姿をいっそう輝かしく彩《いろど》っている。国王の証《あかし》でもある緋色のマントを翻《ひるがえ》して歩く彼は、国内外の賓客を一瞬にして魅了した。

もちろんセシリアも例外ではなく、跪《ひざまず》いた彼が王冠を授かる場面など、感動のあまりつい涙ぐんでしまったほどだ。

聖堂の高窓から差し込む光を背に、口元を引き締めて堂々と立つクレイグは現人神《あらひとがみ》かなにかのように見える。王杖《おうじょう》を手に立ち上がった彼は既に一国の王としての威厳も持ち合わせていて、セシリアもまた、王妃として彼を支える覚悟と決意を新たにした。

その戴冠式のあいだ、セシリアはクレイグの婚約者としてアルグレードの重臣たちと並んで座っていた。そのため自然と挨拶に訪れる賓客の応対は彼女の役目となった。

人前で王族然と振る舞うことにはまだまだ緊張が伴《ともな》うが、ここ数週間の特訓の成果が実を結んだらしい。そつなく人々と会話を交わすことができた。

初々《ういうい》しくも美しいセシリアのたたずまいに、客人たちは一様に好印象を抱いたようだ。

その後の晩餐会でも朗《ほが》らかに話しかけられることが何度もあり、セシリアは緊張しつつも、次第に会話を楽しめるようになっていった。

「客人は皆おれをうらやましく思っているだろうな。おまえのような美しい王女を妃にできるんだから。実にいい気分だ」

クレイグはそんなことを言って、セシリアを愛おしげに見つめてくる。セシリアもまたクレイグを熱っぽいまなざしで見つめ返した。

晩餐のために着替えたクレイグは、今度は白い礼服に身を包んでいる。背には緋色のマントを纏《まと》っているため、少し気を抜くと戴冠式の様子を思い出し、人前であるのも忘れてつい見惚《みと》れてしまいそうになるセシリアだった。

おかげで客人に声をかけられて、慌てて我に返ることも一度や二度ではない。クレイグは時折気遣わしげに声をかけてきた。

「大丈夫か？　疲れているんじゃないか？　客人の対応を任せっきりだったし」

まさかあなたに見惚れていたからですとは言えず、セシリアは大丈夫ですと微笑みその場を誤魔化した。

とはいえ、晩餐が終わりダンスが始まる頃になると、さすがに少し疲れてきた。

飲み物を片手に、客人と話していたセシリアは、会話が途切れたところでふぅと小さく息を吐き出す。

彼女の様子に気づいて、宰相夫人のエリザがそっと声をかけてきた。

「お疲れになったでしょう？　あちらの長椅子に座って、少し休憩なさったらよろしいわ」

「ありがとう、エリザ夫人」

ありがたい申し出にひとつ頷くが、広間の端《はじ》に用意してある長椅子に向かおうとしたところで、予期せぬ相手に話しかけられた。

「ご機嫌よう、セシリア姫。またお会いできて光栄ですわ」

背後から響いた声に、セシリアは心底驚き、危うく飲み物を取り落としそうになる。

華やかさの中に傲慢《ごうまん》さが滲《にじ》むその声は、もう二度と聞くことはないと思っていたものだ。それだけに、空耳ではないかと疑いながら振り返ってみると……

「……エメラルダ……」

そこにいたのはまぎれもなく、フォルカナ王国の第八王女、セシリアの異母妹であるエメラルダだった。

「まぁ、せっかく会いにきたのに、喜んでくださらないの？」

そう言って、エメラルダは扇で口元を隠して楽しげに微笑む。

彼女のいつにも増して豪華な装いとよく通る声に、近くにいた人々がちらちらと好奇の視線を寄越してくる。

図らずも注目を集めていることに気づいたセシリアは、意識的に口角を引き上げた。

「……ごめんなさい、驚いてしまって。お久しぶりです、エメラルダ姫。本日は国王陛下とこちらに？」

　さすがにエメラルダひとりではなく、父王か、外交官などのお付きの人間が一緒だろうと思って見回すが、エメラルダはフンと鼻を鳴らした。

「いいえ。わたしひとりできたの」

「え……」

「あら、そんなに意外なことかしら？　わたしは幼い頃から社交界に出て、外国からのお客様に挨拶する機会もとても多かったわ。こういった席は慣れていてよ。どこかの誰かと違って」

　あからさまな挑発にセシリアはかすかに眉を寄せるが、すぐに平静を装った。

「では、本日はフォルカナからの使節としておいでくださったということですね」

「その通りよ。アルグレードの新王陛下の戴冠と、その妃となるあなたの結婚を祝福しにね」

　セシリアはほんの少し警戒心を抱く。王族が祝賀使節を務めることはままあるとはいえ、よりにもよってエメラルダがくるとは。おそらく父王に無理を言って頼んだのだろうが、そうまでしていったいなにをしにきたのだろう。

　考えるようにじっと相手を見つめると、エメラルダの口角が皮肉げに歪《ゆが》んだ。

「あらあら。わざわざ国境を越えてやってきた異母妹に対して、なんの言葉もかけてくださらないの？　大国の王妃になられるだけに、わたしなど相手にする必要はないとお思いなのかしら？」

　相変わらずのエメラルダに、セシリアは辟易《へきえき》する。だがそんな内心は綺麗に隠して、セシリアは王妃教育で身につけた完璧な仕草でエメラルダに挨拶した。

「いいえ、まさか。エメラルダ姫、このたびはフォルカナよりようこそおいでくださいました。陛下に成り代わりまして御礼を申し上げます。滞在中はどうぞゆっくりお過ごしくださいね」

にっこり微笑んで軽く膝を折ると、エメラルダは一瞬虚を突かれた顔をしたが、すぐに目尻を吊り上げた。

「ふんっ、外面《そとづら》だけはずいぶんと立派になったようね。でも、どんなに取り繕《つくろ》ったところで、おまえがなんの後ろ盾もない役立たずの王女であることに代わりはないわ。それを忘れないことね」

あからさまな暴言に、周囲にいた何人かがぎょっと振り返る。エメラルダはそれを自分にとっていいように受け取り、高らかな笑い声まで響かせた。

「多少見られるようになったところで、いずれボロが出るに決まっているわ。せいぜい陛下に捨てられないよう気を張っていることね」

そう聞こえよがしに言って、エメラルダは勝ち誇った笑みをセシリアに向ける。

フォルカナの使節としてアルグレードにきていながら、自国にいるときと同様の発言をするエメラルダの姿は、いっそあっぱれと言いたくなるほど清々《すがすが》しい。だが、この姿をフォルカナの重臣たちが見たら、おそらくその場で卒倒するに違いないだろう。それほどひどい暴言だった。

その証拠に、周囲の人々は一様に眉をひそめている。おそらくエメラルダは言いたいことを言ってすっきりしただろうが、自分の言動ひとつでフォルカナの株が下がることを、まったくわかっていないのだろう。

（わたしとしては、フォルカナ王室の名が傷つこうと、今さら知ったことではないけれどね）

少し離れたところにいたクレイグが視線を送ってくる。エメラルダに気づいた彼は、すぐにこちらにこようとした。

だが、セシリアはそれを目線で制する。この程度のこと、クレイグを煩《わずら》わせるまでもない。

セシリアは一度深く息を吸い込み、口角を緩《ゆる》やかに引き上げ優雅な笑みを浮かべた。

親しげに微笑まれ、エメラルダはわずかに頬を引き攣《つ》らせる。

「な、なによ……」

「ご忠告、どうもありがとうエメラルダ姫。今のわたしにはなによりの言葉だわ」

セシリアがにっこり微笑むと、エメラルダは怪訝《けげん》そうに黙り込んだ。

「確かに、今のわたしがあるのはクレイグ陛下の深い思いやりと、慈愛のお心があってこそです。本当にありがたいことだわ」

セシリアははにかみつつ、そっとクレイグに視線を向ける。

周囲の人々はクレイグを一途に慕うセシリアの初々《ういうい》しい様子に、和《なご》やかな笑みを浮かべた。

「でも、そんな陛下のお気持ちにあぐらを掻いていては、一国の王妃は務まらないものね。あなたの言葉を戒《いまし》めとして、しっかり胸に刻ませていただきます」

胸元に手を添え、セシリアは輝くような笑顔をエメラルダに向ける。

大勢の前で侮辱したはずのセシリアに感謝され、エメラルダは狐につままれたような顔をした。

「……え、ええ。そうなさいな」

かろうじてそう返したエメラルダだが、ふと周囲に目をやり、人々の視線がセシリアに向けられていることに気づいて、気に入らないという表情を浮かべた。

エメラルダからしたら、ずっと格下だと思っていたセシリアに人々の注目が集まるのはなによりも我慢ならないことなのだろう。愚かにもさらなる暴言を重ねようとしてくる。

「ま、まぁ、殊勝《しゅしょう》なことを言ったところで、あなたにそれができる頭があるとはとうてい考えられないけれど――」

「エメラルダ姫」

セシリアは鋭い口調でエメラルダの言葉を遮《さえぎ》り、彼女の前に大きく一歩踏み出した。

いきなり距離を詰められ、エメラルダはなんのつもりだと言いたげな視線をセシリアにぶつけてくる。

「言葉をお慎《つつし》みください。ここはフォルカナではなくアルグレード。あなたの言うことすべてが許される場所ではないのです。……この国の王妃となるわたしを貶《おとし》めれば貶めるだけ、あなた自身の――ひいては、フォルカナ王国の評価を下げているということを、あなたは理解していらっしゃるの？」

低い声で告げると、エメラルダは大きく息を呑んだ。ハッとした様子で周囲を見回し、人々が眉をひそめたり、あるいは失笑を浮かべているのを見てカッと頬を赤らめる。

「わかったなら、二度とそのようなことは口にしないで」

セシリアの念押しに、エメラルダはこめかみをピクピクさせながら食ってかかろうとする。だが自分を非難していた人々が、一方でセシリアには好意的な視線を向けていることに気づいて、彼女は悔しそうに奥歯を噛みしめた。

言葉が出ないぶん、憎しみを込めて睨《にら》んでくるエメラルダに、セシリアも真っ向から対峙する。

そんな中、朗《ほが》らかな声が割り込んできた。

「セシリア、いったいどうしたんだ？　そんな深刻な顔をして」

「クレイグ様」

ハッと顔を上げたセシリアは、ゆったりとした足取りで近寄ってくるクレイグを目にして、肩から力を抜いた。

「そろそろダンスが始まる頃合いだ。まさかおれをひとりで踊らせるつもりじゃないだろうな？」

軽口を叩きながらやってきたクレイグは、セシリアの肩を抱き寄せこめかみに軽く口づけてきた。

仲睦《なかむつ》まじいふたりの様子に、周囲の人々はほぅっと感嘆のため息を漏《も》らすが、エメラルダだけは違ったようだ。

「まぁ、アルグレード国王陛下！　このたびの戴冠、心よりお慶《よろこ》び申し上げますわ。覚えておいででしょうか、わたくし、フォルカナの第八王女のエメラルダと申します」

上目遣いにクレイグを見つめながら、深い胸の谷間をわざと見せつけるように礼をしたエメラルダに、周囲の人々がまた非難のまなざしを浴びせた。

しかしクレイグはにこやかにこれに応じ、軽く頷きを返して見せる。

「フォルカナからご足労いただき感謝します、エメラルダ姫。とても素敵なドレスですね」

「ま、まぁまぁ！　そう言っていただけるなんて嬉しいですわ。晴れの日にふさわしい装いをと思いまして――」

　エメラルダは頬を赤らめ、まんざらでもない様子ではにかんでみせる。

　クレイグは笑顔のままだが、セシリアは彼の紺色の目が少しも笑っていないことに気がついた。

「そうですか。――ですが、どうぞお許しください。今宵《こよい》のわたしの目には、セシリア以外は入ってこないようで……。なにせ美しく装った彼女がいつにも増して愛らしくて、先ほどからずっと気もそぞろだったのですよ」

　セシリアの手を取り、その指先に恭《うやうや》しく口づけて、クレイグは熱いまなざしをセシリアに注《そそ》いでくる。

　エメラルダを牽制するためとわかっていても、このようにじっと見つめられると、セシリアはたちまち首筋まで真っ赤になった。

　愛し合うふたりから醸《かも》し出される甘い雰囲気に、周囲の人々が当てられたようにそわそわし始める。言外にセシリアのほうが美しいと言われたエメラルダは、それまでの笑顔を盛大に引き攣《つ》らせた。

「エメラルダ姫もどうぞお楽しみください。では、失礼します」

　屈辱のあまりわなわなと震え出すエメラルダに、クレイグはとどめの一撃とも言える言葉をかけ、セシリアの背をそっと押した。セシリアは促《うなが》されるまま、彼について歩いて行く。

「……少しやりすぎではありませんか？」

「馬鹿を言え、あれでも我慢したほうだ。あの女がおまえにしてきたことを思えば、これくらいの仕返し、まだまだ可愛いほうだろう」

フンと軽く鼻を鳴らして、開《ひら》けた場所へ出たクレイグはセシリアと向き合い、改めてその手を取った。

主役であるクレイグとセシリアが踊りの輪に加わり、楽団が華やかな曲を奏で始める。

曲に合わせてステップを踏みながら、ふたりは小声で話し続けた。

「だが、そういうおまえも、上手《うま》く異母妹をやり込めたみたいじゃないか」

離れたところにいても、セシリアたちのやりとりを気にしてくれていたようだ。

セシリアはちらりと先ほどまでいたところを見やる。屈辱に顔を歪《ゆが》めたエメラルダが、荒々しく踵《きびす》を返すのが見えた。

「多少言い返せたぶん、それなりにすっきりしたか？」

「そうですね……。でも、思っていたよりはなんの感情も湧いてきません。たぶん、今がとても幸せなので、昔のことはもうどうでもよくなっているのかも」

クレイグの動きに合わせ優雅にターンしながら、セシリアは軽く肩をすくめてみせた。

「そう思えるのも、クレイグ様に大切にしていただいているおかげだと思います」

「嬉しいことを言ってくれるな。そんなおまえがおれは愛おしくて仕方ない」

ターンにまぎれ軽く唇にキスされて、セシリアは恥ずかしさに頬を薔薇《ばら》色に染める。人前でこんなことをするなんてと思ったが、クレイグがあまりに嬉しそうに微笑んでいるので、まぁいいかという気持ちになった。

その後、エメラルダとのやりとりは居合わせた人々によってすぐに広められたが、セシリアを悪く言う声は聞かれなかった。

もしかしたらクレイグが情報を操作したのかもしれないが、結果的にセシリアは大国の王妃にふさわしいという評価に繋《つな》がったようだ。

翌日になって侍女経由でその話を耳にし、セシリアはほっと胸を撫《な》で下ろしたのだった。

戴冠式《たいかんしき》後の五日間は、国を挙げた祝祭が行われる。王城でも、賓客を交えた祝宴や儀式などがつつがなく行われていった。

そして、戴冠式から五日目となる明日は、ついにセシリアとクレイグの結婚式である。花嫁は早朝からいろいろと準備があるため、前日の祝宴には参加せず、早めに入浴を済ませて就寝することになっていた。

「セシリアお姉様ったら大人気ね！　わたしのお友達も皆お姉様のことを、綺麗で優しそうで素敵な方だって絶賛していたわ！」

それを伝えたくてずっとうずうずしていたのだろう。浴室から部屋に戻ると、ちゃっかり居間でくつろいでいたラーナが、ぴょんっと跳ねながらセシリアに抱きついてきた。

「まぁ、お友達って、どなた？」

「祝宴に駆けつけた貴族の子供たちよ。他国の王族も何人かいるわ。大人は夜の社交に忙しいけれど、子供は子供で、お昼にたーくさんお喋《しゃべ》りして情報交換しているのよ！」

そう言ってラーナは得意げに胸を張る。どうやら彼女は、暇をもてあます子供たちのリーダーになっているようだ。此度《こたび》の祝祭で出回っている諸々の噂はすべて彼女のもとに集められ、目下《もっか》子供同士の社交のネタになっているらしい。

この年でたいしたものだわ……とラーナの行動力と積極性に舌を巻き、セシリアはひとまず「ありがとう」と礼を述べておいた。

「皆がお姉様を褒めているから、わたしも嬉しくて嬉しくて、黙っていることができなかったの。思わずお邪魔しちゃったのだけど、迷惑でした？」

「そんなことないわ。教えてくれてありがとう。とても嬉しいわ。……でもラーナ様、子供はもう眠る時間ではないの？　お目付役は？」

「うふふ。大丈夫よ！　部屋をこっそり抜け出してきたから気づかれていないわ」

まったく大丈夫ではない気がするが……

とはいえ、セシリアもここ数日は忙しくてラーナに構ってやれなかったため、大目に見ることにした。

「眠る前にお茶を飲もうと思っていたの。一緒にいかが？」

「ええ、もちろんよ！」

久々に姉妹水入らずでお茶会だ。しばらくは楽しくお喋りに興じていたが、やがて「失礼いたします」という声と同時に、侍女が姿を現した。

「フォルカナ王国の姫君が、国に戻る前にセシリア様と最後の語らいをしたいと面会を希望しております……。いかがいたしましょうか？」

「フォルカナの姫君って、戴冠式《たいかんしき》の夜にお姉様に喧嘩を売ってきたあの派手な姫君？」

「ラーナ様……」

まったく、『喧嘩を売ってきた』なんて言葉、いったいどこで覚えてきたのだ。

ラーナの行動力や積極性は美点だと思っているセシリアだが、王女らしからぬ言葉を覚えるのはどうにかしたほうがいいかもしれない、とひっそり思った。

とはいえ今はエメラルダのことだ。

「フォルカナの姫はここにきているの？」

「いいえ」

侍女もエメラルダとの噂を聞いているのだろう。主人に害を為すかもしれないと、表情を強張《こわば》らせている。

「……『庭の東屋《あずまや》でお待ちしています』と伝言を預かっております」

「行ってやることなんてないわ、お姉様。そのひと、お姉様のことを大勢の前で悪く言ったのでしょう？　そういう人間は無視するのが一番よ。下手《へた》に顔を見せたりしたら許されたと思って、また馬鹿なことをしてくるんだから」

いつも明快なラーナであるが、この考え方はさすがに大国の王女だ。自分に弓引く者に容赦しないという姿勢は、クレイグによく似ている。

しかしセシリアは、ラーナの言葉は正しいと思いつつも、行かないなら行かないでまた面倒なことが起こりそうだという嫌な予感を覚えていた。

エメラルダの性格については、不幸なことに誰よりも熟知している。公衆の面前であれだけの恥をかかされた彼女が、黙って引き下がるとはとうてい思えない。

(気は重いけど、もう一度会いに行ったほうがいいかもしれないわね)

セシリアはそう判断した。

「ラーナ様。明日も早いし、そろそろお部屋に戻ってはどう？　お目付役も、部屋を抜け出したのに気がつくかもしれないわ」

それまで楽しく話していたのに、急にそんなことを言い出すセシリアに、ラーナはすぐにピンときたようだ。

「まさかお姉様、会いに行かれるおつもりなの？」

咎《とが》めるような声で言われ、セシリアはつい苦笑した。

「ええ。でも心配しないで。侍女も衛兵も連れて行くから。……一緒にきてくれる？」

「もちろんでございます」

侍女はしっかりと頷き、さっそく扉を守る衛兵に警護を言いつけに向かった。

それでもラーナは不満顔だ。というより、不安げに目をパチパチさせている。

「お姉様……」

「大丈夫よ。ちょっと挨拶して、すぐに戻ってくるから」

それでもなにか言いたそうにしているラーナを、セシリアは部屋に送り出した。

その後、彼女は侍女ふたりを連れて自室を離れる。そのうしろに三人の衛兵が続いた。

物々しいと感じたが、湖に突き落とされたり、花瓶を落とされたことを思い出してすぐに考えを改める。備えあれば憂《うれ》いなしだと言い聞かせ、セシリアは中庭へ向かった。

中庭はラーナが言っていた通り、満開の薔薇《ばら》が見事に咲いている。来賓《らいひん》にも開放されているため、夜でもそこここに篝火《かがりび》が焚《た》かれ充分な明るさを保っていた。

東屋《あずまや》があるほうにはそばに小川が流れているため、ひとが立ち入らないよう篝火は少な目になっている。セシリアたちは、東屋の中に見える明かりを頼りにゆっくり進んでいった。

格子窓が嵌《は》まった白い東屋の中では、エメラルダがひとり椅子に腰かけて待っていた。

「ああ、セシリア！　きてくれたのね⁉」

入り口に立ったセシリアを見て、エメラルダはパッと顔を輝かせる。

その異母妹の様子を怪訝《けげん》に思いながらも、セシリアは硬い表情のままひとつ頷いた。

「嬉しいわ。どうか座って。お茶の用意もあるのよ」

親しげに腕を取られ隣に腰かけるよう促《うなが》される。だがセシリアは、やんわりとエメラルダの手を外した。

「いいえ、結構よ」

エメラルダは驚いたように目を丸くするが、すぐに「ごめんなさい」と視線を落とす。

「あれだけの仕打ちをしておいて、今さら親しげに振る舞うのは虫がよすぎるわよね……。こうして足を運んでもらえただけでもありがたいと思わなくてはいけないのに」

……これは本当にあのエメラルダなのだろうか？

そう思ってしまうほど、目の前の彼女は殊勝《しゅしょう》な態度で、いつもの横柄さのかけらもなかった。

セシリアはなんとも言えない胸のざわめきを抑えつつ無言を貫く。そんな彼女に、エメラルダは寂しそうに瞳を伏せたが、すぐに気を取り直した様子で微笑んできた。

「アルグレードの暮らしはどう？　こんな大きな国にひとりで嫁ぐことになって、心細い思いをしているのではなくて？　……ほら、王太子殿下には例の噂もあるし」

国を出る直前、エメラルダ本人が吹き込んできたひどい噂話を思い出し、セシリアはかすかに眉を寄せた。

「心配には及ばないわ。クレイグ様を始め、皆によくしてもらっているから」

端的に答えたセシリアに、エメラルダが初めて眉を寄せる。その変化を見逃さず、セシリアは慎重に口を開いた。

「最後に話をしたいということだけど……」

「……セシリア。わたし、あなたに謝りたくて」

エメラルダは視線を泳がせたあと、ぽつりと呟《つぶや》いた。

謝る……それこそ胡散臭《うさんくさ》い話だ。先日あれだけはっきり喧嘩を売ってきて、いったいどの口が言うのだろう。ここまでくると、彼女の神妙な態度がどんどん嘘っぽく思えてくる。

「ごめんなさい、あなたにずっとひどいことをしてきたわ。謝っても許されることではないとわかっているけど、最後にどうしてもあなたに直接謝りたかったの」

セシリアは表情こそ崩さなかったが、内心でため息をついた。

「あなたの気持ちはわかったわ。……確かにフォルカナではいろいろあったけれど、すべて忘れることにします。だから、あなたも同じようにして。それがお互いのために一番よいことだと思うから」

エメラルダの真意がどうであれ、セシリアは明日にはクレイグと結婚しアルグレードの王妃となる身だ。これ以上、彼女に付き合うのは止めたほうがよさそうだと判断した。

「明日は早いし、用件がそれだけなら失礼させていただくわ」

そう言って、セシリアは踵《きびす》を返そうとする。

エメラルダはあっけにとられた顔をしたが、「ちょっと待ちなさいよ」と慌てて追いかけてきた。

「せめてお茶を一口くらい……もう少しゆっくりしていっても！」

「あいにくと明日は早いのよ」

「せっかちねぇ。……じゃあ、もう仕方ないわ」

エメラルダの声音ががらりと変わった。

ハッと振り返ったセシリアに、エメラルダはニヤリと――憎悪が滲《にじ》む笑みを向ける。

「もともとここまでおびき出せればよかったのだし。充分よね」

「どういうこと――？」

そのとき、背後で侍女たちの悲鳴が上がった。

「セシリアさっ……、きゃあッ!!」

慌てて振り返ってみれば、衛兵が昏倒させられ、侍女たちが見知らぬ男たちに羽交い締めにされているではないか！

「なにをしているのです!?　離しなさ……ッ！」

「セシリア様、早くお逃げ、うっ！」

必死に抵抗していた侍女の首筋に、男のひとりが手刀を叩き込む。声もなくその場に崩れ落ちる侍女の姿に、セシリアは悲鳴を上げた。

とっさに駆け寄ろうとすると、どこからともなくやってきた男たちがセシリアを取り囲む。そしてあっという間に拘束されてしまった。

「離して！　いやっ……、誰かッ！」

「ほほほほっ！　いい気味！　下賤《げせん》の生まれの分際で、わたしに楯突いたりするからこういうことになるのよッ！」

必死に逃げようとするセシリアを高らかに笑って、エメラルダは満足げな面持《おもも》ちで踵を返した。

「その男たちもおまえのことが気に入らないのですって。ふふふっ、せいぜい可愛がってもらうといいわ。そうすれば大国の王妃になるなんて、分不相応なことはできなくなるから！」

「エメラルダ、あなた……！　うぐっ」

鳩尾《みぞおち》に拳《こぶし》を叩き込まれ、セシリアの意識が急激に遠ざかる。

エメラルダの嘲笑《ちょうしょう》が響く中、セシリアは為す術《すべ》もなく真っ暗な闇に落ちていった。

＊　＊

連日続く祝宴も今日で四日目。さすがに少々疲れてきた。

明日は結婚式だけに、そろそろ引き上げても大丈夫だろうか……。クレイグがそう思い始めた矢先、側近のマティアスが人混みを縫《ぬ》うようにしてそばにやってくるのが見えた。

「陛下、少しよろしいでしょうか？」

場にそぐわぬ緊迫した声音に、クレイグが真顔になる。

彼は即座に、それまで歓談していた他国の王族にこの場を辞す挨拶をして広間を出た。廊下に出ると一瞬でにこやかな笑みを消し、執務室へ歩き出す。

「マティアス、なにがあった？」

「反対派の中心人物である、スフィル侯爵ですが……」

「スフィル侯爵？　奴はまだ蟄居《ちっきょ》中のはずだろう？」

鋭く聞き返したクレイグは、マティアスの眉がきつく寄っているのを見て思わず舌打ちしそうになった。

「……城から姿を消したのか」

「申し訳ございません。城の者しか知らない抜け道があったようで……」

「なるほど。監視の目をかいくぐるのはわけもないといったところか」

ほとんど走るのと同じ速度で回廊を抜け、クレイグはマティアスに続きを促《うなが》す。

「それで？」

「今のところ目立った動きはありません。しかし明日が結婚式だけに、なにか仕掛けるとしたら今夜ではないかと……」

そうマティアスが言葉を紡《つむ》いだとき――

「クレイグお兄様――！」

既に休んでいるはずの妹の声が聞こえてくる。クレイグは目を瞠《みは》り、慌てて周囲を確認した。

「ラーナ？　おまえ、まだ起きていたのか」

正面の角から飛び出してきたラーナに、クレイグはあきれまじりにため息をつく。

「申し訳ございませんっ。お部屋にお送りする途中でございまして……」

そのラーナのうしろから慌てて駆けてきたのは、セシリア付きの侍女のひとりだった。そのことにクレイグはふと嫌な予感を覚える。

「ラーナ、おまえセシリアのところに行っていたのか？」

「ええ。このところ忙しくて全然お喋《しゃべ》りしていなかったから、つい――って、そんなことはどうでもいいのよ。お説教もあとにして！　セシリアお姉様が……っ」

「セシリアがどうした」

顔色を変えたクレイグに、ラーナは焦ったように訴えた。

「フォルカナの王女がセシリアお姉様を中庭に呼び出したの。お姉様は挨拶だけして戻ってくるって仰《おっしゃ》ったのだけど、やっぱり気になって……」

「なんだって？」

クレイグは思わずマティアスを振り返る。

マティアスも驚いた顔を見せたが、すぐに背後にいた兵士を呼びつけ指示を飛ばした。クレイグはその場にかがみ、ラーナと視線の高さを合わせる。

「セシリアが庭に向かったのはいつだ？」

「まだそう時間は経っていないわ。ついさっき別れたばかりだもの」

そうか、と答えながら、クレイグの胸は早くも悪い予感でいっぱいになる。素早く考えをめぐらせたクレイグは、ひとまずラーナをマティアスに預けた。

「侯爵の件もある。ラーナの周りにも厳重に警護をつけておけ」

「御意。陛下はどちらへ――」

「中庭へ向かう。おまえもすぐにこい」

言うなり、クレイグは中庭に向かって駆け出す。マティアスの指示ですぐに兵士が集められ、そのうちの何人かがクレイグに続いた。

（なにもなければいいが……！）

逸《はや》る心を押さえつけて庭園の東屋《あずまや》へ駆けつける。

だが、悪い予感は的中してしまった。捜索のため先に庭に飛び出した兵士たちが焦った声を上げる。

「セシリア姫に付いていた護衛が倒れております！　侍女も……っ」

「セシリアは？」

「どこにもいらっしゃいません！」

クレイグの紺色の瞳がすぅっと細められる。秀麗な顔にゾッとするほどの凄みが増し、報告した兵士は思わず震え上がった。

「マティアスを呼べ。すぐに出発する」

礼服の邪魔なマントを剥《は》ぐように脱ぎ捨て、クレイグは剣と馬の用意を言いつけた。

「夜明けまでに決着をつける。全員、続けッ!!」


胸の下あたりがズキズキする……そう思った瞬間、身体が大きく傾けられ、硬い地面に肩から落ちた。

「うっ……」

痺《しび》れるような痛みが全身に広がる。とっさに目を開けたセシリアは、冷たい石の床に転がされているのに気づいて息を呑んだ。

「ここは……っ」

「ふん、目が覚めたか」

不遜な声が頭上から聞こえ、セシリアは声のしたほうを見る。

その瞬間、手首になにかが食い込んだ。身をよじったセシリアは目を剥《む》く。いつの間にか後ろ手にまとめられた手首に、麻縄が食い込んでいた。

「まったく、愚かな王子もいたものよ。よりにもよってフォルカナのような小国の姫を娶《めと》るとは。これだから軍人上がりは駄目なのだ……」

ぶつぶつと呟《つぶや》いているのがクレイグについてのことだとわかり、セシリアは痛みを我慢して必死に顔を上げる。そこにいたのは壮年を少し過ぎたくらいの小太りの男だった。短い足を組んでイライラとつま先を動かしている。

部屋の隅に置かれた明かりに照らされるその顔には、見覚えがあった。お披露目の晩餐会でコソコソ話していたひとたちの中で、あからさまにクレイグを睨《にら》みつけていた男である。

(反対派の人間……それも、身なりからして蟄居《ちっきょ》を命じられた貴族のひとりではないかしら)

だとしたら、自分は敵の手に落ちたということになる。明日は結婚式だというのに、なんてこと……遅まきながらセシリアの全身に冷や汗が噴き出してきた。

同時に高笑いしていたエメラルダが思い出される。

やはりラーナの言う通り、エメラルダの呼び出しなど無視すればよかった。

おそらく、反対派の者たちは先日のエメラルダとのやりとりを知って、彼女の憎悪を利用したのだろう。まさかエメラルダがここまでするなんて……

だが悔やんだところで仕方がない。なんとか逃げ出さなければ。

セシリアは縄を解こうと必死にもがく。

そんな彼女を、主犯とおぼしき男は余裕の表情で嘲笑《あざわら》った。

「女の細腕でどうこうできるものではないぞ。あきらめておとなしくしておれ」

「こんなことをして……ただで済むと思っているの？」

「もちろんだとも。なにせ憎きクレイグ・アレンは結婚式という喜ばしい席で、妃が失踪したことを国内外の来賓《らいひん》に伝えることになるのだからな。戴冠したばかりのあやつにとってかなりの痛手となろう。戴冠早々愛する妃に逃げられたとあっては、あやつの面目《めんぼく》は丸潰れだ。民とてあやつに不信感を抱くであろうよ」

「わたしがいなくなったくらいで痛手を受けるほど、クレイグ様の人望は薄くないわ。それにクレイグ様のことだから、すぐに異変に気づいて駆けつけてくださるはずよ。そうなれば縄を打たれるのはあなたのほうだわ！」

はっきりそう確信して、セシリアは強気に言い返した。

男はその態度が癪《しゃく》に障ったのか、わずかに眉を跳ね上げたが、すぐに余裕の笑みを浮かべて足を組み直す。

「その強がりがいつまで保つか見物よのぅ。こやつらに好きにされたあとでも、同じことが言えるかな？」

男が手を叩くと、背後の扉から屈強な男たちがぞろぞろと現れる。その口元が一様にニヤニヤしているのを見て、セシリアは本能的な恐怖に肌を粟立《あわだ》てた。

「な、なにを……っ」

「妃が失踪してもさほど痛手にならぬというなら、『妃が何者かに穢《けが》された』だったらどうだ。クレイグ・アレンは妃を守ることができず、憐《あわ》れな姫君は気鬱《きうつ》によりみずから命を絶った……そうなれば、あやつは恥をかく程度では済まぬであろうな？」

男の言葉を聞いたセシリアは顔色をなくす。とっさにこの場から逃げ出そうとするが、行く手を阻《はば》むように男たちに周りを囲まれた。

「ははは っ。さすがに顔色が変わったな」

ゆっくりと椅子から立ち上がり、主犯の男は薄い唇を舐《な》め愉しげにこちらを見下ろしてきた。

「とはいえ、儂《わし》とて他国の姫君に無体な真似はしたくない。そなたが先ほどの発言を取り消し、心から許しを請《こ》うなら考えてやってもよいぞ？」

セシリアは指先までカタカタと震えながら、男をきつく睨《にら》みつけた。

「……誰が、許しを請うたりするものですか。こんな卑怯《ひきょう》なやり方であの方を辱《はずかし》めようとするなんて……臣下にあるまじき蛮行《ばんこう》です。恥を知りなさいッ！」

「な――」

絶句する男に向け、しっかり顔を上げたセシリアは凛《りん》とした声を響かせた。

「わたしはあなたのような卑怯者に絶対屈したりしない。たとえこの身を穢《けが》されても、あなたに頭を下げるより、はるかにマシよッ!!」

はっきり言い切ったセシリアに、男のこめかみがピクピクと震える。怒りで顔を真っ赤にし、口から唾を飛ばすようにしてセシリアに指を突きつけた。

「こ、この、言わせておけば……っ！　生意気な小娘が、二度とそのような口を利けぬようにしてくれるッ！」

主人の言葉を待っていたみたいに、男たちが一斉にセシリアに掴《つか》みかかってきた。無遠慮な手が身体のあちこちを這《は》い回り、セシリアはおぞましさに震え必死に涙を抑え込む。

（ごめんなさい、クレイグ様。あなたの足手まといになるなんて――）

恐怖よりもクレイグへの申し訳なさが勝って、こらえきれず涙がぽろりとこぼれた。

絶望感に身を浸《ひた》し、きつく目をつむったとき――

ビュッと風を切って、開け放したままの扉からなにかが飛び込んできた。

そのなにかは、セシリアの胸元を開こうとしていた男の腕をかすめ、大量の血飛沫《ちしぶき》を上げさせる。

カラカラと音立てて床を転がったそれは、銀色に光る剣だった。

「う、ぎゃああッ！」

「ひっ、だ、誰だッ⁉」

男たちが慌てて飛び退《すさ》り、セシリアは石床に倒れ込む。

それとほぼ同時に、外からガチャガチャと鎧《よろい》がこすれる音と重い靴音が幾重《いくえ》にも響いてきた。半開きだった扉がバンッ！と音を立てて開け放たれる。

「セシリア！　無事かッ⁉」

「クレイグ様……⁉」

先頭を切って飛び込んできた青年の姿を目にし、セシリアはかすれた声を上げた。

男たちはあからさまにひるんだ顔をしたが、飛び込んできたのがクレイグひとりと知るや、腰の得物に手をかける。クレイグは空っぽの鞘を手にしているだけで、丸腰も同然の状態だった。

「あ、相手はひとりだ。やっちまえ！」

全員が剣を抜き放ち、クレイグ目がけて突進していく。

セシリアの脳裏に最悪の映像が浮かぶ。それだけで息もできないほどの衝撃に見舞われた。

「クレイグ様、逃げて――！」

思わず叫ぶが、クレイグは逃げるどころか、腰を低くしてまっすぐこちらに駆けてくる。その素早い動きに、男たちは一様にひるみ蹈鞴《たたら》を踏んだ。

その隙を突き、クレイグはひとりの男の臑《すね》を鞘で打ち据《す》え体勢を崩す。そしてすれ違いざま、倒れ込んだ男の腹に鞘の先端を叩き込んだ。そのまま流れるようにセシリアのもとへ駆けてくる。

「クレイグ様！」

今にも泣き出したい気持ちをこらえ、セシリアは精一杯身を乗り出してクレイグの胸に飛び込む。そんな彼女をクレイグはひしと強く抱きしめた。

「セシリア、怪我はないか!?」

「はい、大丈夫、――危ないッ！」

クレイグの背後で男が剣を振り上げるのが見えた。クレイグはセシリアを抱えたまま素早く地面を転がり、床に落ちていた剣を足で跳ね上げる。

クレイグは柄《つか》の部分をしっかり握ると、剣先を返して斬り込んできた男の腕を削ぐように鋭く斬りつけた。

「ぎゃあああッ！」

「や、野郎！」

「下がってろっ」

セシリアを自分の背後に押しやり、クレイグは改めて剣を構え直す。

この時点で一対三。明らかにクレイグが不利に思えたが、彼はひるむことなく床を蹴った。

それからはあっという間だった。クレイグはまるで舞でも踊るかのように、美しく無駄のない動きで剣を操っていく。

攻撃を受け止めかと思えば身体をひねって受け流し、勢いのまま斜め下から鋭く斬り込む。ひとりの鳩尾《みぞおち》に剣の柄を叩き込み、もうひとりの頭には回し蹴りを喰らわせて昏倒させた。そうして最後のひとりにゆっくりと剣を向ける。

「う、ぐ……」

まっすぐ剣を向けられた男は、クレイグの迫力に呑まれて、みずからの剣を取り落としそうになっていた。

「おとなしく捕まるなら見逃してやる、……と、言いたいところだがな」

明らかに腰が引けている男相手に、クレイグは凶悪なほど凄みのきいた笑みを浮かべた。

「――セシリアに手を出そうとしたからには、捨て置くことはできんな」

ほとんど死刑宣告に近いそれに、男は大きくうめき声を漏《も》らした。

「ちっ……くしょおおおッ！」

自棄《やけ》になった男は、剣を握り直しクレイグに斬りつけてくる。

クレイグはぐっと姿勢を前に倒して、相手の懐《ふところ》に飛び込み大きく身をよじった。

「つ――ッ！」

男は間一髪のところで、下から斬り上げてきた剣先を避ける。だが大きく体勢を崩したところに、こめかみへ剣の柄を叩き込まれた。

ガンッ！　と痛そうな音が響き渡る。重たい身体がゆっくり倒れ、先に昏倒した男たちの上に折り重なった。

息を止めてその様子を見守っていたセシリアは、一気に身体中から力が抜けてほーっと息を吐き出す。

だが、その一瞬の隙を突かれた。

ふと背後に誰かの気配を感じた直後、セシリアは頭皮を引っ張られる痛みに悲鳴を上げる。

「セシリア……っ」

「そこを動くな、若造めッ！」

主犯の男だ。セシリアの長い髪を掴《つか》み上げ、隠し持っていた短剣を彼女の首に当ててくる。目の前に迫る刃の鋭さに、身が凍るほどの恐怖が襲ってきた。

「うっ……」

「その手を離せ、スフィル侯爵」

クレイグが地を這《は》うような低い声で命じる。

セシリアですらゾッとする冷たい声だった。それを直接向けられたスフィル侯爵は、ぶるっと震え上がる。

「ひっ……く、くるな！」

クレイグが動く気配を見せただけで、侯爵は悲鳴を上げて後ずさった。

「ここは完全に包囲されている。おまえが雇ったならず者はすべて捕らえた。もちろん、おまえに同調する反対派の身柄も確保してある。あきらめるんだな」

「ぐぬぬっ……！」

侯爵が奥歯を噛みしめ、うなり声を漏《も》らす。

いつの間にか室内にはマティアスを始めとする騎士たちが押し入り、セシリアとスフィル侯爵をぐるりと取り囲んでいた。既に勝敗は決しているだろう。

だが、スフィル侯爵はますます強くセシリアの首筋に短剣を押し当てた。

「み、道を空けろ！　さもなければこの女を殺すぞ！」

「やれるものならやってみろ。その前におまえの首を刎《は》ね飛ばす」

クレイグが冷静さと冷酷さを合わせた声音で応じる。射るような紺色の瞳に、恐怖が限界に達したのか、スフィル侯爵はとうとう悲鳴じみた声を上げた。

そしてなにを思ってか、高く掲げた短剣をセシリア目がけて振り下ろす！

「――――ッ！」

セシリアが声にならない悲鳴を上げたのと、クレイグが大きく前に踏み込んだのはほぼ同時だった。

一息で肉薄してきたクレイグは、侯爵の短剣を持つ手を剣で斜めに斬りつける。

血飛沫《ちしぶき》が上がるより早く侯爵を蹴りつけ、その手からセシリアを奪い取った。

「うぎゃあああッ！」

「マティアス、捕らえろ！」

「御意！」

セシリアをしっかり抱きしめ、クレイグが侯爵から距離を取る。マティアスと数名の騎士が侯爵に飛びかかり、あっという間にその身を床に叩きつけた。

「セシリア、首を見せろ」

背後で侯爵が口汚く罵《ののし》っているのを清々《すがすが》しいほど無視して、セシリアの手首の縄を切ったクレイグは、次に真剣な面持《おもも》ちでセシリアの首筋を見やる。

侯爵に押さえつけられていたときは気づかなかったが、よく見れば白い首筋にいくつか小さな切り傷ができていた。侯爵の手が震えて刃がふれたのだろう。

クレイグの表情がみるみる強張《こわば》っていくのを目《ま》の当たりにし、セシリアは慌てて首筋を押さえる。

「だ、大丈夫です。さほど痛みもありませんし……血だってそんなに出ていません」

「そういう問題じゃない。誘拐だけでも許し難いが……よくもおれのセシリアに傷を……侯爵には生きながら地獄を見せてやる」

背後を睨《にら》み据《す》えてクレイグは低い声で呟《つぶや》く。どんな厳罰よりも、彼のこの怒りの形相《ぎょうそう》を見るほうがずっと恐ろしい罰にセシリアには思えた。

「陛下！　侯爵以下、今回の件に関わった者には全員縄を打ちました」

「よし。ついでだからこの城の探索もしていけ。今回の件に限らず、叩けばまだまだほこりが出てきそうだからな」

「かしこまりました」

「おれとセシリアは王城へ戻る。あとを頼むぞ」

深々と頭を下げるマティアスに見送られ、セシリアたちは外へ出る。セシリアがさらわれた場所は、どうやらスフィル侯爵の城の、使われていない塔かなにかのような場所だったらしい。

「クレイグ様……わっ」

「疲れただろう。馬車を用意したから、それに乗って帰ろう」

いきなり抱き上げられ、クレイグの腕に座る形になったセシリアは不安定な体勢に悲鳴を上げる。すぐに馬車に乗せられたとはいえ、胸の動悸はしばらく収まらなかった。

「駆けつけるのが遅れてすまなかった。怖かっただろう？」

「いいえ……。それに謝るのはわたしのほうです。エメラルダからの呼び出しに応じなければ、こんなことにはならなかったのに」

「あの侯爵のことだ、おまえの部屋に侵入して、その場で襲うこともきっと考えていただろう」

だから気にするな、とクレイグは言ったが、その瞳はかつてないほど沈み込んでいる。

天井から下がるランプの明かりだけでも、彼がひどく気落ちしていることがわかって、セシリアは驚きにかすかに目を瞠《みは》った。

「湖のときといい花瓶のときといい、今回といい……怖い思いをさせてしまったな」

「クレイグ様……」

「おまえが危険な目に遭《あ》うたびに、今度こそ必ず守ると誓いながら結局この様《ざま》だ。きっと……おれが国王である限り、今後も似たようなことが続いていくのかもしれない。おれがおまえを深く愛しているのはもう周知の事実だ。だからこそ、おれをどうにかしようと考える奴らは、こぞっておまえを狙うだろう」

苦しげに眉を寄せ、絶望さえ感じさせるクレイグの瞳に、セシリアの胸は痛んだ。

彼が国王であることも、そのせいで狙われることも、彼自身の責任ではない。だというのに、彼はまるで自分がセシリアを危険にさらしているみたいに言う。

「おまえを守りたいなら、おまえを手放すのが一番の解決策なのかもしれないな」

彼の口から飛び出してきた言葉に、セシリアは頭にカッと血が上るのを感じた。

「そんなこと、二度と仰《おっしゃ》らないで！　わたしを手放す？　冗談じゃないわ！　フォルカナでのつらい日々から抜け出せて、ようやく幸せを手に入れたのに……あなたとともに生きていくという幸せに目覚めたのに、それをあなたは取り上げるというの？　そんなこと、絶対に許さない！」

「セシリア……」

セシリアが声を荒らげることなど今までなかっただけに、クレイグは驚きに目を見開いてこちらを見つめてきた。

その様子にますます怒りが煽《あお》られ、セシリアは首筋まで真っ赤にする。

「愛していると言ってくださったのは嘘なの？　わたしのことを手放しても、もうなんとも思わないの？」

「そんなわけあるか！　おまえのことは誰よりも大切に思っている」

「わたしも同じです！　あなたのことを誰よりも愛している。あなたのそばにいられなければ死んでしまうくらい……！」

怒りのせいか、いつもなら恥ずかしくて、とうてい言えないような言葉がぽんぽん出てくる。おまけにまだまだ止まらない。

「わたしを危険な目に遭《あ》わせたくないと仰るなら、もっと警護を強化するなり、敵を作らないよう上手《うま》く立ち回るなり、危険を回避する方法を考えればいいでしょう！　わたしだって、今後は誘われてもふらふら出て行くような真似はしないし、必要なら剣だって習います。それでもわたしを手放すと仰るの⁉」

一息にまくしたて、セシリアははぁはぁと荒い息をつく。

クレイグは途中からあっけにとられた表情でセシリアの主張を聞いていたが、やがて気が抜けたみたいにゆるゆると笑って、セシリアの背を撫《な》でた。

そしてそっぽを向いたセシリアを、彼は正面からぎゅっと抱きしめる。

「悪かった。弱気なことを言って。おまえを不安にさせた」

「……だったら、二度とそんなひどいことを仰らないでください」

「約束する。絶対に言わない。おれもおまえと同じだ。おまえがそばにいないと息もできない」

「クレイグ……、んっ……」

覆い被さるように唇が重ねられ、セシリアはぴくりと肩を震わせた。

「……おまえにキスできなくなるなんて、それこそ死ねと言われるのと同じことだ」

熱っぽい視線とかすれた声で告げられ、セシリアは怒りとは別の意味で赤くなる。

先ほどの自分が言った言葉がどれほど恥ずかしいことかを自覚して、にわかに慌てふためいた。

「ク、クレイグさま……んぅ……っ」

「セシリア、愛してる……」

切実な声音で告げられる。しかし、噛みつくみたいな口づけとともに怪しい手つきで胸元を探られ、セシリアは慌てて逃れようとする。

「クレイグ様、駄目です……」

「どうして？」

「どうしてって……、だって、ここ、馬車の中……っ」

「寝室まで待てない」

きっぱり言い切られ、セシリアはあっという間に追い詰められる。

脇の下に手を入れられ、身体がふわりと浮いたかと思えば、次のときにはクレイグの膝を跨《また》ぐように座らされていた。

就寝の前だったため、身につけているのはひとりでも脱ぎ着できる簡素なドレスだ。当然コルセットなどつけていない。薄いドレスは、服の上からでもクレイグの掌《てのひら》の熱さを感じてしまう。

「んぅっ、だ、だめ……」

「そんなことを言いながら、ここはもう勃《た》ち上がってるぞ」

「あんっ」

身をかがめたクレイグが、布地ごと乳房の頂《いただき》を咥《くわ》え込む。勃ち上がりかけた乳首を舌でねっとりと舐《な》められ、淫《みだ》らな痺《しび》れが背を駆け抜けた。

「ふ、ぅ……っ、あ、だめ、本当に……」

これ以上されては、セシリアとて止まらなくなる。

ここは揺れる馬車の中だし、明日は結婚式で朝も早いし、なにより自分もクレイグも疲れているのだから……

制止の言葉はいくらでも浮かんでくるのに、繰り返し弱いところを舐められ、時折唇で挟むようにしごかれると、頭に霞《かすみ》がかってきてなにも言えなくなった。

「くぅ、ん……」

「おまえもおれが欲しいだろう？」

「んン……ッ」

クレイグがセシリアの腰をぐっと引き寄せ、秘所にみずからの下肢を押しつけてくる。クレイグのそこはもう熱く張り詰め、いつでも挿入できる状態になっていた。

彼のたぎりを感じただけでセシリアも否応なく昂《たかぶ》っていく。奥からとろりとあふれ出るものを感じ、恥ずかしさに目がくらんだ。

「あ、はぁ……っ」

頭を引き寄せられ、深い口づけをたっぷりと浴びせられる。熱い舌で口腔を探られると、それだけで奥底からぞくぞくと湧き上がるものがあって、セシリアももうあとに引けなくなった。

観念したセシリアは彼の肩に手を置き、肉厚の舌にみずから舌をすり合わせる。

クレイグがくすりと微笑む気配がした。同時に紺色の瞳にそれまで以上の情欲が宿る。

それを至近距離で目《ま》の当たりにした瞬間、下腹の奥が燃えたぎるように熱くなった。まだふれられてもいない蜜口がヒクつき、よだれを垂らして彼を求める。

（こんなに早く身体が疼《うず》くようになるなんて……っ）

はしたない自分に泣きそうになる一方、早く彼と繋《つな》がりたくてじりじりしてしまう。先ほどまで命の危機に晒《さら》されていたせいか、愛するひとのもとに戻ってこられたことで、いろいろな箍《たが》が外れてしまったようだ。

「んっ……、クレイグ、さま……っ」

「欲しいか？」

「ん……」

こくこくと頷いて、自然と腰をすり寄せる。早く満たして欲しいと言う代わりに、みずから彼に口づけ舌を絡《から》めた。

これがクレイグを大いに煽《あお》ったようで、彼は性急な手つきで自身の腰元を緩《ゆる》めた。そして、セシリアのスカートをたくし上げ、素早く下着を取り去る。秘所が外気にふれた途端、とろりと蜜が内腿を伝い背筋が震えた。

「もうどろどろじゃないか」

「んぁ、あっ……、ああ、ぃや……っ！」

クレイグの指先が蜜口を刺激してきて、それだけでのけ反《ぞ》るほどに感じてしまう。

長い指がたいした抵抗もなくするりと膣胴に侵入していき、はっ……と浅い吐息が漏《も》れた。

「中もすっかり熟《う》れて……いい具合だ……」

「あっ、あぅ、う……！　ク、クレイグ、さまぁ、いやっ、いやぁぁ……っ」

ぐちゅぐちゅとわざと音を立てて掻き回され、セシリアは腰に響く愉悦《ゆえつ》に耐えきれず膝から崩れそうになる。ちょうど馬車が轍《わだち》を踏んだようで、車体がぐらりと大きく揺れた。

「きゃっ……」

「おっと」

「あうっ！」

座席から落ちそうになったところをクレイグの腕が抱き留め、ぐいっと引き寄せられる。その拍《ひょう》子《し》にすっかり隆起した彼の先端が膨《ふく》らんだ花芯をかすめ、たまらない愉悦を引き起こした。

「あ、あぁ、あ……！」

ちょうど道が悪いところを通っているのか、その後も馬車はガタゴトと激しく揺れる。どちらも動いていないというのに、馬車の振動でふれ合ったところが自然と擦《こす》れた。

知らず、彼の昂《たかぶ》りにみずからの秘所を擦りつける形になり、セシリアは目の前が真っ赤になるほどの羞恥《しゅうち》に襲われた。

「や、やぁ……っ」

「すごいな、ただ抱き合っているだけなのに……噴き出すみたいに蜜があふれてくる」

「いや、い、言わないで……！」

だが実際はクレイグの言う通りで、彼の屹立《きつりつ》が赤い秘裂や剥《む》き出しの花芯を擦《こす》るたび、弾けるような愉悦《ゆえつ》が湧き起こってたまらなくなる。

快感が高まるほど奥からあふれる蜜も増えて、今やセシリアだけでなく、クレイグの内腿にまで卑猥《ひわい》なぬめりがしたたっていた。

「ふっ、うぅ……！」

クレイグは深い口づけを仕掛けながら、セシリアのドレスの胸元を引き下ろし、乳房を直《じか》にさわってくる。秘所への刺激だけでもつらいのに、同時に柔らかな膨《ふく》らみや敏感な乳首を攻め立てられてはかなわない。

セシリアは首を振って逃れようとしたが、クレイグの腕が緩《ゆる》むことはなく、逆にお仕置きとばかりに乳首をひねり上げられる。

「ふぁ、あああ……ッ！」

いつもなら痛みを感じそうなのに、今のセシリアにはそれさえ甘美な刺激に思えて、全身を激しく震わせた。

唇の端《はし》からよだれがこぼれそうになり慌ててこくりと呑み込む。その隙に身をかがめたクレイグが今度は舌で胸元を攻めてきた。

「だめ……、あぁぁ、きゃ、あっ……！」

ぷっくりと勃《た》ち上がった乳首を薄赤い乳輪ごと含まれ、きつく吸い上げられる。それだけで下肢から立ち上る快感が増して、セシリアは思わずクレイグの肩にきつく爪を立てた。

「あ、あぁ……っ」

「ん……、馬車の揺れが収まってきたな」

「は、ぁ……」

既にセシリアには答える気力もなく、クレイグの肩口にぐったりともたれかかる。確かに馬車の振動はずいぶん緩やかになった。

「は、ん……」

「アクアマリンの瞳が潤《うる》んで、こぼれ落ちそうだな」

「んぅ……」

快感に潤んだセシリアの瞳を愛おしげに見つめながら、うっすらと目元を染めたクレイグが呟《つぶや》いた。

「セシリア……」

長い髪を掻き上げられ、優しい手つきにうっとりしてしまう。誘われるまま再び唇を合わせ、身体をぴたりとくっつけると、もっと深い快感が欲しくなってひとりでに腰が揺れた。

「中に、挿《い》れてほしいだろう？」

「……ん……」

ふたりのあいだでビクビクと震える屹立の存在を感じ取り、セシリアは熱に浮かされたみたいに頷いた。

「自分で挿れてみるか？」

「やっ……そんなの、無理……」

「無理じゃないさ。少し腰を上げて……、そうだ、そのままこの上に腰を落とせばいい」

説明しながら、クレイグはセシリアの小さな手を捕まえて自身にふれさせる。クレイグのそれは先端からこぼれる先走りとセシリアの蜜ですっかりぬめっており、これ以上ないほど熱く硬く張り詰めていた。

自分で挿入《そうにゅう》するなんて……と思いながらも、セシリアはクレイグに言われるままに動く。彼の先端を蜜口にあてがい、ゆっくり腰を落としていくが、再び馬車ががたりと大きく揺れて、丸い亀頭がつるりと滑った。

「あんン！」

彼の先端がセシリアの花芯をえぐるように刺激してきて、強い快感に危うく絶頂しかける。のけ反《ぞ》るセシリアの腰をしっかり支えるクレイグは、それでもみずから挿入しようとはしなかった。

「ゆっくりでいい。ほら、もう一度……」

「は、ぁ……っ」

クレイグに促《うなが》され、セシリアは震える手で再度彼自身を握り直し、蜜口を亀頭に合わせる。みっしりと張り詰めたそれが敏感な秘裂にふれるだけで、膝ががくがく震えてしまった。

「ん……、んっ！」

セシリアは、慎重に震える腰を落としていく。

「んぁぁ……っ！」

硬く存在感のある昂《たかぶ》りが、すっかり熟《う》れて火照《ほて》った媚壁を押し開いて挿入《はい》ってくる。

膣壁が彼の熱い屹立《きつりつ》を喜ぶように震え、奥へと誘い込もうと激しく収斂《しゅうれん》した。

「すごいな……」

クレイグも感じ入って、震える吐息を吐き出す。そこに滲《にじ》む艶《つや》を感じるだけで膣壁がきゅうきゅうと反応して、セシリアはたまらずあえかな声を響かせた。

「あ、ふ……」

時間をかけ、ようやくすべてを収めたセシリアは、クレイグの肩口にもたれてはぁはぁと荒い息をつく。

だが走り続ける馬車は小刻みに揺れて、常に振動を与えてくる。さらに馬車が轍《わだち》を通るたびに腰が揺れて、彼のものをきつく締め上げてしまった。

「あ、あぁ、……ふぅ……っ」

「っ……、こうしているだけでも、持って行かれそうだな……！」

「んン……！」

確かに、熱の塊《かたまり》を呑み込んだように身体中が熱い。

だが馬車の振動だけでは決定的な刺激には足りず、セシリアはつい腰を動かして深い快感をむさぼろうとした。

だが挿入しただけで腰が抜けてしまったのか、膝に力が入らず上手《うま》くいかない。

「は、ぁ……、も……クレイグさま……っ」

「セシリア、どうしてほしい？」

答えなどとうにわかっているくせに、クレイグは意地悪く問いかけてくる。

こういうところは嫌いだわと思いつつ、紺色の瞳でじっと見つめられると、欲求が喉の奥からせり上がり、羞恥心《しゅうちしん》がどこかに飛んで行った。

恥ずかしさよりもさらなる愉悦《ゆえつ》を求める本能が勝って、セシリアは彼の胸元を握りながらかすれた声で懇願する。

「う、動いて……もっと、奥まで……気持ちよくして、ぇ……っ」

「っ、了解……っ」

セシリアの腰に手を添え、そっとその身体を浮かせる。せっかく剛直を根本まで呑み込んだのに半ばまで引きずり出され、セシリアはとっさに嫌だと首を振った。

だが次の瞬間、添えられていた手がパッと離され、反《そ》り返った屹立《きつりつ》がずんっと一気に根本まで埋《うず》められる。

「あああぁぁ――――……ッ!!」

あまりの衝撃にセシリアは白い喉を反らし、嬌声《きょうせい》を響かせた。急に襲ってきた絶頂に頭の中が真っ白になって、息が止まる。

「ふっ……、は、ぁ……っ」

「まだだ」

「きゃ……、あぁ、あ、ああ――ッ……！」

それからは立て続けに下から突き上げられ、絶頂の波から抜けきらぬセシリアは為す術《すべ》もなく喘《あえ》ぎ声を上げた。

だが膣壁はもっと快感を得たいとばかりに、クレイグの雄をきつく締めつけるのだ。彼が抜けていくときは物欲しげにヒクつき、奥まで挿入《はい》ってきたときには離さないとばかりに強く食い締める。最奥《さいおう》から止めどなくあふれる蜜が抽送《ちゅうそう》のたびにぐちゅぐちゅと卑猥《ひわい》な水音を立て、ふたりの劣情をこれ以上なく煽《あお》った。

「ひぁ、あ、あぁう、……やっ、あああ――ッ……!!」

「ぐっ……」

とうとう耐えきれなくなり、弓なりに背をしならせたセシリアが果てる。それと同時にクレイグがきつく眉根を寄せ、低くうめいた。

一拍遅れて奥に熱い飛沫《ひまつ》が叩きつけられ、セシリアはさらに深い絶頂へと押し上げられる。身体ががくがくと大きく震えた。

「あ、ふ……、んんっ……」

息を詰めて震えていると、先に大きく息を吐き出したクレイグにゆるりと抱き直され、蕩《とろ》けるような口づけを見舞われる。

情事特有の甘い倦怠感に襲われながら、セシリアは無意識に舌を絡《から》めて口づけに応えた。

「――愛している、セシリア。これからもずっとおれのそばにいてくれ……」

セシリアはゆるりと微笑んで、クレイグの形よい頬をそっと包んだ。

「わたしも愛しています。なにがあっても、ずっとおそばにいます。……決して離れたりしません」

クレイグが微笑み、長い睫毛《まつげ》を伏せる。愛しいひとへ、今度はセシリアから柔らかく口づけた。

馬車の車輪がカラカラ回る。

やがて空が白み始め、王城が見える頃になっても、ふたりは飽《あ》くことなくお互いへの思いを確かめ合っていた。

エピローグ

結婚式の始まりを告げる聖堂の鐘が、アルグレード全土に響き渡る。

その日は天候にも恵まれ、セシリアはアルグレード国王となったクレイグとともに、多くの来賓《らいひん》が見守る中、夫婦の契りを交わした。

この日のために誂《あつら》えた花嫁衣装は、最上級の絹を使ったシンプルな意匠《デザイン》だ。

袖口と襟元には小粒の真珠が縫《ぬ》い付けられ、美しい襞を持たせたスカート部分には銀糸で百合の刺繍《ししゅう》が施《ほどこ》されている。歩くたびに光の加減で美しい百合が浮かび上がり、そこここに縫い止められた真珠が朝露のように輝いた。

襟元は喉までしっかり詰まっており、首の傷も隠れている。

まっすぐな銀の髪は今は長いヴェールに収まっていた。

頭からかぶった薄いヴェールは顔まですっぽり覆っているため、寝不足の青白い顔を隠すのにも一役買っている。

(本当に、無事に結婚式に間に合ってよかったわ)

王城に到着したときにはすっかり日が昇っていた。そのためセシリアは、無事に助け出された侍女たちと再会するなり、感動する暇も与えられず浴室に押し込められ、着付けや化粧などの準備に追われたのである。

王城と隣接する聖堂へ駆け込んだときには開始時間も迫っていて、危うく式が始められないところだった。

既に来賓《らいひん》が着席していただけに、国の体面を守るためにも間に合ったのはほっと安堵するところであった。

こうして無事に式は開始され、荘厳な音楽とともに入場したセシリアは、先に祭壇のそばで待っていたクレイグの手に手を重ねて結婚式に臨んだ。

「それでは、誓いの口づけを――」

婚姻聖書に署名を終えると、式を取り仕切る大司教が厳《おごそ》かに声をかけてくる。

しずしずとクレイグのほうを向くと、ゆっくりヴェールが持ち上げられた。

「疲れていないか?」

そっと視線を上げると、クレイグが気遣わしげなまなざしで見つめている。

彼もまた白を基調とした礼服を着ていた。襟や袖口を飾る金の釦《ボタン》や、肩から下がる金の飾緒《しょくちょ》が、クレイグ本人の美貌をさらに引き立てまぶしいくらいに輝いている。

このひとが自分の永遠の伴侶になる――改めてそれを思い、そのあまりの幸せに思わずぽうっとしてしまった。

だが、身体のほうは今にも頽《くずお》れそうなほど疲れ切っていた。

「すぐに寝台に入りたいくらい、疲れています」

「そうか。だが、今夜も寝かせてやれないな」

「なっ……」

驚きの言葉は誓いの口づけに呑み込まれ、セシリアは目を見開いたまま硬直する。してやったりという表情で離れていくクレイグに、思わず文句を言いたくなったが、たくさんの来賓の手前それもできない。セシリアは、ぷくっと頬を膨《ふく》らませた。

ふたりはこのあと、無蓋《むがい》馬車に乗って王都をぐるりと一周することになっている。

祝福の言葉と割れんばかりの拍手、そしてどこからか降ってくる紙吹雪を受けながら、セシリアはぷりぷりと隣を歩くクレイグに怒った。

「誓いの口づけの前にあんなことを仰《おっしゃ》るなんて。不謹慎です」

「すまない。おまえと無事に結婚できたと思ったら嬉しくてな。つい羽目を外した」

「つい、で済む問題ですか」

通路を抜けると、そこには国王夫妻の到着を待ちわびる王都の民が詰めかけていた。ふたりが姿を見せるや大変な歓声が上がる。

ふたり揃ってにこやかに手を振りつつ、馬車があるほうへゆったり歩いて行く。

歓声を受ける中、セシリアは小さな声で気になっていたことを尋ねた。

「来賓の席にエメラルダの姿がなかったのですが、彼女は……？」

「昨夜の時点で捕らえ、今は王城の一室に軟禁している。おまえにしたことを思えば即座に投獄してやりたかったが、あれでも一国の王女だからな。朝のうちにフォルカナに使者を出して、すぐに引き取りにこいと要請した。厳重に罰を下すように国王へ手紙を送る予定だ」

エメラルダに甘いフォルカナ国王とて、アルグレード国王から直接要請されれば、罰を下さないわけにはいかない。

悪ければ幽閉、よくても修道院送りが妥当だろうとクレイグは続けた。

「では、スフィル侯爵は……」

「マティアスに命じて奴の城を洗わせている。蟄居《ちっきょ》くらいじゃ罰にならなかったみたいだからな。おまえを誘拐した罪と一緒に根こそぎ罪を暴き出して厳罰に処す」

反対派の残党がおかしな気を起こさないためにも、スフィル侯爵への罰は相当のものになるだろうとセシリアにも予想できた。

いろいろあったとはいえ、こうして無事に結婚式を迎えられてなによりだと思う。

――そうこうしてるうちに無蓋《むがい》馬車へ到着する。車内は薔薇《ばら》の花であふれ、まるでおとぎ話の中に出てくる馬車のようだ。

「お手をどうぞ、王妃様」

先に乗り込んだクレイグがセシリアに大きな手を差し出してくる。微笑みながらその手を取ると、民衆からひときわ大きな歓声が上がった。

「皆がおれたちを祝福している。喜ばしいことだな」

「本当に……少し恥ずかしいですけど、嬉しいです」

セシリアがはにかんで頷くと、クレイグはわずかに声音を改め、じっと彼女を見つめてきた。

「おれは国王として、この日を祝ってくれた国民たちすべてを幸せにしたい。そのために、王妃であるおまえにも力を貸してほしい」

ふれ合ったままだった彼の手を包むように握りしめ、セシリアはしっかり頷いた。

「もちろんですわ」

「だが……おれ個人として、幸せにしたいと思う一番の人間はおまえだ、セシリア」

隣に腰かけた彼女の肩をひしと抱き寄せ、クレイグは誠実な声音で呟《つぶや》いた。

「この先、いろいろなことがあると思う。だが、必ず幸せにするから、どうかおれとともに生きていってほしい」

セシリアは笑って、みずからクレイグの頬に口づけた。

「どんなことがあっても、あなたの隣にいられるならわたしは幸せです。――愛しています、クレイグ様。これからも末永く、おそばにいさせてください」

クレイグが輝くような笑みを見せた。

「もちろんだ。ずっと一緒だ」

力強く答えたクレイグが、唇に口づけてくる。柔らかくしっとりとした口づけを、セシリアは民衆の歓声とともに嬉しく受け取った。

ふたりを乗せた馬車がゆっくり走り出す。車輪が回るごとにシャンシャンという軽快な鈴の音が響き、王都中に幸せの種を振りまいていった。

聖堂の鐘がふたりの門出《かどで》を祝うために打ち鳴らされ、集められた白い鳥が一斉に空に放たれる。

ぱたぱたと羽ばたく鳥たちは、まるで世界中に祝福を届けたいとばかりに、抜けるような青空めがけて高く高く飛び立っていった。

竹若和馬
CV.上田貴紀
篠竹相良
CV.藤原翔大
紅原円
CV.髙坂篤志
守崎啓也
CV.増田俊樹
ヴィンセント・ジェン・シルベル
CV.沢城千春
桂木鏡矢
CV.村上喜紀
三宮穂高
CV.中澤まさとも
バジル
CV.ランズベリー・アーサー

佐倉 紫（さくら ゆかり）
2012年よりWebにて小説を発表。0歳と2歳の育児をしつつ、乙女系恋愛小説を執筆中。

イラスト：瀧 順子

愛《あい》されすぎて困《こま》ってます!?

佐倉 紫（さくら ゆかり）

2016年 4月30日初版発行

編集－本山由美・羽藤瞳
編集長－塙綾子
発行者－梶本雄介
発行所－株式会社アルファポリス
〒150-6005東京都渋谷区恵比寿4-20-3恵比寿ｶﾞｰﾃﾞﾝﾌﾟﾚｲｽﾀﾜｰ5階
TEL 03-6277-1601（営業） 03-6277-1602（編集）
URL http://www.alphapolis.co.jp/
発売元－株式会社星雲社
〒112-0012東京都文京区大塚3-21-10
TEL 03-3947-1021
装丁・本文イラスト－瀧順子
装丁デザイン－ansyyqdesign
印刷－大日本印刷株式会社

価格はカバーに表示されてあります。
落丁乱丁の場合はアルファポリスまでご連絡ください。
送料は小社負担でお取り替えします。

ISBN978-4-434-21890-3 C0093